Julia Schuck

A spoonful of us

Julia Schuck, 1995 geboren, lebt mit ihrer Familie und einer italienischen Straßenkatze in der schönen Daimlerstadt Schorndorf. Beziehungen und Paarkonflikte sind Teil ihrer täglichen Arbeit als Sozialpädagogin im Jugendamt. Immer auf der Jagd nach einer guten Geschichte inspirieren sie vor allem ihr Alltag mit vielen unterschiedlichen Menschen und das Reisen durch europäische Städte.

Julia Schuck

A Spoonful of us

Roman

PIPER

Mehr über unsere Autorinnen, Autoren und Bücher:
www.piper.de

Wenn Ihnen dieser Roman gefallen hat, schreiben Sie uns unter Nennung des Titels »A spoonful of us« an *empfehlungen@piper.de*, und wir empfehlen Ihnen gerne vergleichbare Bücher.

ISBN 978-3-492-50873-5

Für einen direkten Kontakt und Fragen
zum Produkt wenden Sie sich bitte an:
info@piper.de
Dieses Werk wurde vermittelt durch die litmedia.agency, Germany
Redaktion: Larissa Bendl
Satz auf Grundlage eines CSS-Layouts
von digital publishing competence (München)
mit abavo vlow (Buchloe)
Covergestaltung: © Alexa Kim »A&K Buchcover«
Covermotiv: Verwendete Lizenzen von Visual
Generation@shutterstock.com, tiff20@depositphotos.com und tac-
cjana@depositphotos.com
Printed in the EU

In Erinnerung an die, die uns vorausgegangen sind.

Niemand, den man wirklich liebt, ist jemals tot.

Ernest Hemingway

Playlist

Mittelmeer – PASHANIM
All My Broken Pieces – James Bay
Sara – Provinz
Espresso – Sabrina Carpenter
Expresso & Tschianti – Josh.
METEO – Emanuele Aloia
Alles was ich hab (Sommer Version) – IL CIVETTO & Ami Warning
Ein Anruf entfernt – Zartmann
Situationship – Jacob Elias
Alle Geschichten – Tiemo Hauer
Verletzte Menschen – Montez
Prototype – Trettmann
Beautiful Things – Benson Boone
Broken – Ivo Martin
Nur so gesagt – Tom Twers
Jetzt gehst du weg – Rakede
Misses DGAF – Ivo Martin
Abendkleider und Nadelstreifen – Schmyt
Don't hold me – Dean Lewis
Erste/letzte – Montez
LA PARTE MIGLIORE DI ME – Ultimo

Prolog

SARA

Köln, 03.03.2025, Rosenmontag

Die Party ist ein absoluter Reinfall. Da ich jedoch die Einzige zu sein scheine, die das so sieht, trinke ich meinen zweiten Mojito viel zu schnell und sehe mich ungeduldig nach Luca (26) um. Garantiert setze ich zu große Hoffnungen in ihn, aber ihm traue ich wirklich zu, mich von der Tatsache abzulenken, dass der Tag ganz anders verlief als ursprünglich geplant.

»Sara?« Jemand stupst mich von hinten an, und als ich mich umdrehe, erkenne ich ihn. Luca sieht genauso aus wie auf seinem Profilbild, Gott sei Dank. Volle Wangen, dunkle Haare und braune Augen, die ihm ein vertrauenswürdiges Aussehen verleihen, während er mich zaghaft anlächelt.

»Oh, hi!«

Unter seiner Musterung bin ich mir der Schminke in meinem Gesicht und des Haarreifs mit dem Minigeweih mehr als bewusst, doch sobald sein Lächeln breiter wird, erwidere ich es.

»Bist du Bambi?«, fragt er und legt den Kopf schief.

»Und du?« Ich sehe demonstrativ auf seine blaue Jeans,

den dunklen Longsleeve und den Pullover, den er über dem Arm trägt. »Hercule Poirot undercover?«

»Sehr witzig.« Er grinst. »Ich hasse hart gekochte Eier. Und verkleiden.« Achselzuckend sieht er sich in der Kneipe um, in der alle anderen mindestens für Letzteres etwas übrig zu haben scheinen. »Bist du schon lang hier?«

»Wir waren vorher auf dem Umzug, meine Freundin, ihr Partner und ich. Sie steht da hinten und rammt dir ihren Regenschirm in den Rücken, solltest du mich schief ansehen.« Ich lache und winke Nelly mit einem extrasüßen Lächeln zu, während Luca sich stirnrunzelnd umdreht.

»Du machst mir ein bisschen Angst«, gibt er zu und scheint nicht so recht zu wissen, ob ich es ernst gemeint habe.

»Das war ein Witz.« Augenverdrehend ziehe ich ihn am Oberarm in Richtung Bar. »Du brauchst einen Drink.« Luca lacht, kommt aber bereitwillig mit.

Nachdem wir uns zwei Tequilashots genehmigt haben, kämpfen wir uns zu Nelly durch, die ihn unverhohlen kritisch mustert. »Das sind Nelly und Lars, wir kennen uns noch aus der Schule«, stelle ich ihm die beiden vor, und er lächelt sie freundlich an, wobei ich den Verdacht hege, dass er darauf achtet, Nellys Regenschirm nicht zu nahe zu kommen. In diesem Moment beendet die Band ihre Spielpause und performt in voller Lautstärke *Et jitt kein Wood.* Beim Refrain grölen alle um uns herum lautstark mit, und es besteht keine Chance mehr auf eine weitere Unterhaltung.

Ich lasse mich von dem Rhythmus mitreißen und tanze mit Nelly, die mich an sich zieht, um mir ins Ohr zu brüllen: »Was hast du jetzt vor?«

»Ich glaube, ich nehme ihn mit zu mir«, antworte ich

und bewege mich weiter, spüre Lucas Blick auf mir und bilde mir ein, dass ihm gefällt, was er sieht.

»Bist du dir sicher, Sara?« Sie bleibt abrupt stehen und sieht alles andere als glücklich aus. »Du kennst den Typen doch gar nicht.«

»Das ist der Sinn von Dating. Ich will ihn ja kennenlernen.« Oder unverbindlichen Sex. Hauptsache, ich muss nicht allein in die stille Wohnung, in der ich das Gefühl habe, die Wände rücken immer näher, bis ich darin ersticke. Mein Herzschlag verdoppelt sich, und Adrenalin pumpt durch meine Venen. Kann ich das wirklich? Einen Typen daten, der nicht Vini ist? Ihn mit zu mir nehmen, ihn küssen und …

Ohne es weiter zu zerdenken, drehe ich mich um und überbrücke die kurze Distanz zu Luca, um meine Lippen an sein Ohr zu legen. »Gehen wir noch zu mir?«

Sein Blick huscht von meinen Augen zu meinem Mund, nur für einen Wimpernschlag, aber ich bemerke es trotzdem. »Hab ich irgendwas zu befürchten?«, fragt er und lächelt zaghaft, was mich zum Lachen bringt.

»Auf keinen Fall, Nelly lassen wir hier.« Ich grinse ihn an, und er nickt.

»Also gut, ich bin dabei.«

Wir verabschieden uns von Nelly, die mir das Versprechen abnimmt, sie sofort anzurufen, sollte irgendetwas sein.

»Danke, dass ihr mich heute mitgenommen habt.« Nacheinander umarme ich sie und Lars, dann nehme ich Lucas Hand, der vorangeht und uns einen Weg durch die Menschenmenge bahnt. Ein aufgeregtes Kribbeln fährt durch meinen Körper, als ich den leichten Druck seiner Finger spüre, vertraut und doch völlig neu.

Bis zu meiner Wohnung brauchen wir nur zehn Minuten, in denen wir die Unterhaltung auf Small Talk beschränken. Nachdem ich uns die Tür aufgeschlossen habe, stehen wir einen Moment unschlüssig im offenen Wohnbereich. Offensichtlich hat mein Körper das Prinzip des Mutantrinkens nicht verstanden, denn als Luca seinen Pullover auf der Sofalehne ablegt, bin ich mit einem Mal nervös. Ihn nach einem Treffen zu fragen, war ein spontaner Einfall. Weil er mir kein Schwanzbild zur Begrüßung geschickt und auch sonst sehr respektvoll kommuniziert hat. Weil er so ganz anders aussieht als Vini. Und weil seine Ruhe mir ein Gefühl von Sicherheit vermittelt.

»Schön hier.« Luca sieht sich kurz um, sein Blick streift Möbel, Deko, Sofakissen und bleibt dann doch an mir hängen.

Achselzuckend befeuchte ich meine Lippen, die auf einmal ganz trocken sind. »Danke.«

Luca beobachtet aufmerksam, wie ich einen Schritt auf ihn zu mache, und dann noch einen, bis ich das Kinn ein wenig heben muss, um ihm in die Augen zu sehen. Braune Augen, warme Augen. Wir berühren uns nicht, und dennoch habe ich das Gefühl, die Luft zwischen uns flirrt.

Sein Mund verzieht sich zu einem Lächeln. »Hi«, flüstert er und gräbt mit verlegener Miene seine Zähne in die Unterlippe.

Ich schnappe nach Luft. *Merda*, ich bin jetzt einfach mutig! Bestimmt lege ich beide Hände auf seine Schultern und ziehe ihn zu mir. Luca zögert nur einen Wimpernschlag, dann folgt er meiner Berührung, und seine weichen Lippen landen auf meinen.

Wow! Auch das fühlt sich überraschend ... vertraut an. Meine Nervosität verpufft, als Luca mich um das Sofa herumführt und dort auf seinen Schoß zieht. Mit einer fließenden Bewegung nimmt er mir den Haarreif ab und lässt ihn zu Boden fallen, während er die Finger der anderen Hand in meinem Haar vergräbt. Ein Kribbeln geht durch meinen Körper, als ich ihn so nah an mir spüre. Es fühlt sich gut an. Er fühlt sich gut an. Wir finden uns ohne Worte, es herrscht Stille, die nur von unseren lauter werdenden Atemzügen durchbrochen wird, und von dem Rascheln unserer Kleidungsstücke, die eines nach dem anderen auf dem Boden landen. Es ist leicht, sich auf Luca einzulassen, denn er ist aufmerksam und merkt schnell, was mir gefällt. Nichts um mich herum ist mehr wichtig, weder der Tag noch die Wohnung, in der ich bisher ...

Das Klicken des Türschlosses lässt mich in der Bewegung erstarren und holt mich gleichzeitig mit einer solchen Wucht in die Realität zurück, dass Luca sich erschrocken von mir löst. Seine nackten Schultern sind gerötet von meinen Fingern, die ich unbemerkt ein wenig zu fest in seine Haut gegraben habe. Doch bevor er etwas sagen kann, wird meine Ahnung zur Gewissheit, denn Vinis Stimme zerschneidet die Stille.

»Was zur Hölle ist hier los?!«

Luca fällt fast rückwärts vom Sofa, weil ich mich unter ihm aufsetze und gleichzeitig auf dem Boden nach dem schwarzen Body taste, den ich unter dem Kostüm getragen habe. Stattdessen erwische ich ein knittriges dunkelblaues T-Shirt, das ich als Vinis identifiziere, aber jetzt ist schon alles egal. Schnell schlüpfe ich hinein.

»Sara, wer ist dieser Typ?« Vini spricht zwar mit mir, aber sein Blick weicht keine Millisekunde von Luca ab, der sich seine Jeans vor den Schritt presst und die Augen weit aufgerissen hat. Gott sei Dank trägt er noch seine Boxershorts, sonst wüsste ich nicht, wie Vini reagieren würde.

Luca sucht meinen Blick, und Scheiße, wir kennen uns

nicht, sind zwei Fremde, die auf der Suche nach Nähe auf der Couch gelandet sind, aber seine Augen flehen mich an, die Situation aufzulösen. Eine sinnvolle Erklärung abzugeben, warum er vor einem wutentbrannten Typen in Polizeiuniform steht, die ihm lächerlich gut steht, obwohl sie nur ein dämliches Karnevalskostüm ist. Und *Dio*, ich wünschte, es wäre anders, aber ich kann ihm nichts erklären.

»Es tut mir leid«, wispere ich an Luca gewandt – und Vini explodiert. Er durchquert in zwei großen Schritten den Raum. »*Lo giuro*, wenn du nicht in zwei Sekunden hier raus bist, hast du die längste Zeit deinen Schwanz in –«

»Vini!«, kreische ich, während Luca um das Sofa herum ausweicht und dabei seine Jacke von der Lehne pflückt.

Ich stelle mich Vini in den Weg, umklammere seinen Oberarm so fest wie möglich, obwohl ich weiß, dass er sich mit einem einzigen Ruck von mir losreißen könnte. »Lass ihn in Ruhe!« Es ist mir egal, dass ich völlig außer mir klinge, Hauptsache, ich halte Vini davon ab, auf Luca loszugehen, bevor der sich in Sicherheit gebracht hat.

Und zum Glück schätzt Luca die Situation genau richtig ein. Sein Kopf ist hochrot, als er sich mit der Hand an der Klinke ein letztes Mal zu mir umdreht, seine Klamotten fest vor die nackte Brust gepresst. Die Scham schwappt über mich wie eine tosende Welle, als Luca mit erschütterter Miene die Tür hinter sich zuzieht und ich mich zu Vini umdrehe. Ich könnte ausrasten, doch stattdessen ist meine Stimme tödlich leise.

»*Vaffanculo*! Raus hier!«

1

LUCA

Düsseldorf, zehn Wochen später

Mit meinem Vater zu telefonieren, ist in etwa so sinnvoll, wie bei *Minecraft* zu versuchen, mit der Holzspitzhacke Diamantblöcke abzubauen.

»Komm nach *Italia.*«

Italia, Italia. Seit Nonnas Tod höre ich von ihm nichts anderes. In *Italia* ist alles besser, der *caffè*, das Wetter, keine Alimente für Söhne aus vergangenen Ehen, die vor lauter Stress durchs erste juristische Staatsexamen fallen.

»*Papà*, ich ziehe nicht nach Italien. Deutschland ist meine Heimat.« Ich lege die Stirn einen Moment an der alten Tapete vor mir ab, obwohl ich am liebsten den Kopf gegen die Wand schlagen würde.

»Angelina würde sich freuen, wenn ihr Bruder nicht so weit weg wäre.«

Augenverdrehend mache ich ein paar Schritte über den ausgetretenen Läufer im Flur. Angelina ist fünf, sie freut sich auch, wenn die Katze auf den Teppich gekotzt hat. Außerdem ist sie meine *Halb*schwester, und wir kennen uns kaum. Was nicht meine Schuld ist.

»Luca? Bist du noch da?« Seine Stimme knistert im Hörer. Der Empfang in dem fensterlosen Flur ist schwach, aber ich habe ohnehin nichts mehr zu sagen. Er hat mir mitgeteilt, was ich wissen wollte, und damit kann ich das Gespräch getrost beenden.

»Da Nonna die Wohnung noch bis zum Rest des Jahres bezahlt hat, bleibe ich. Danach werde ich schon etwas finden.«

»Du bist ein Sturkopf, *proprio come* Fiona …« *Genau wie Fiona.*

Stopp! Wenn er jetzt anfängt, von Mamma zu reden, brennt mir die Sicherung durch. »*Ciao, papà.* Grüße an alle.«

»Jetzt warte doch mal …«

Ich lege auf und lasse das Handy auf dem kleinen Schrank im Flur liegen, bevor ich anfange, durch die Räume zu tigern.

Nonnas Wohnung ist winzig, und sie ist noch winziger, weil ich mich bisher nicht dazu durchringen konnte, ihr Schlafzimmer leer zu räumen, sondern stattdessen in dem einzigen anderen Zimmer auf der ausziehbaren Couch schlafe. In der Küche ist immerhin Platz für einen Tisch und zwei Stühle, sodass ich nicht im Bett essen muss. Als ich wieder im Flur ankomme, schnappe ich mir das Handy und gehe ins Bad. In einer Stunde bin ich mit Simon und Jasi verabredet, das reicht, um noch unter die Dusche zu springen und schon mal die Pizza zu bestellen, die ich auf dem Weg zu den beiden abholen werde.

Das Badezimmer ähnelt einer Dampfgrotte, als ich das heiße prasselnde Wasser nach fünfzehn Minuten ausdrehe und mir ein Handtuch um die Hüften schlinge. Aus meinem Handy, das ich auf dem Waschtisch abgelegt habe, dröhnt in voller Lautstärke Pashanim. Der Song wird von dem Signalton einer eingehenden Benachrichtigung unterbrochen. Ein Blick auf den Sperrbildschirm offenbart, dass sie aus der Dating-App stammt, die ich nach dem letzten Desaster eines Dates eigentlich längst hätte löschen sollen. Aber die Hoffnung stirbt wohl zuletzt. Also öffne ich die angezeigte Nachricht von Lea (24). Sie hat hellbraune glatte Haare, ein schmales Nasenpiercing und mir heute Vormittag auf unser Match die erste Nachricht geschickt. Der Chat mit ihr war bisher unaufgeregt, aber freundlich.

Ich öffne die Nachricht und erstarre. Auf meine Frage, was sie am Wochenende vorhat, hat sie geantwortet:

> Ich gehe mit Freunden ins Freibad, Beachvolleyball spielen. Wie sieht's bei dir aus, machst du Sport? Nicht böse gemeint, aber du siehst ein bisschen pummelig aus.

In mir zieht sich etwas fest zusammen. Echt jetzt? Wer einen Satz mit »nicht böse gemeint« anfängt, sollte vielleicht überlegen, ob er nicht besser einfach gar nichts sagt.

Mein Blick wandert automatisch zum Spiegel, doch der ist noch beschlagen. Was soll pummelig überhaupt bedeuten? Vielleicht habe ich kein Sixpack, das ich mit einem Zahnpastagrinsen in die Kamera halten könnte. Aber offenbar reichen Lea schon die vollen Wangen und die kräftige Schulterpartie, die ich auf meinem Profilfoto nicht verleugnen kann, um über ihr Gegenüber zu urteilen.

Keine Ahnung, was ich erwartet habe, als ich mir diese Scheißapp heruntergeladen habe. Dass in meinem alten Freundeskreis aus dem Studium inzwischen ausnahmslos alle in ernsthaften Beziehungen sind, hat mir wohl das Gefühl vermittelt, ich müsste es auch mal wieder mit Dating versuchen. So als könnte ein Date darüber hinwegtäuschen, dass mein sonstiges Sozialleben auf ein Minimum heruntergefahren ist, seit ich von Köln nach Düsseldorf gezogen bin. Aber selbst wenn das so wäre – hier ist mal wieder der Beweis, dass es Schwachsinn ist, auf Basis eines Fotos in einer App zu entscheiden, ob man jemanden kennenlernen möchte oder nicht.

Das letzte Date mit Sara (26) zu Karneval in Köln vor ein paar Wochen begann eigentlich toll. Dass wir beide ein wenig angetrunken waren, hat vermutlich dazu beigetragen, dass wir relativ schnell in ihrer Wohnung und dort auf der Couch gelandet sind … bis auf einmal dieser Typ im Zimmer stand und gedroht hat, mich zu kastrieren. Gar kein Interesse, herauszufinden, wie ernst er das gemeint hat. Jedenfalls ein Griff ins Klo, genau wie Lea.

Damit ist jetzt Schluss! Kurzerhand schließe ich die App und deinstalliere sie direkt.

Ich wollte vielleicht keinen Neuanfang, aber ich habe ihn bekommen. Zuerst Nonnas Tod im Januar, kurz darauf die Prüfungen fürs Staatsexamen, bei denen ich sofort wusste, dass es unmöglich zum Bestehen gereicht haben kann. Dann das dreimonatige Warten bis ich es schwarz auf weiß hatte – durchgefallen. Ein Neuanfang auf die harte Tour. Ein Date brauche ich dafür nicht.

Entschlossen rubble ich mir die Haare trocken, bevor ich in Klamotten schlüpfe und das Bad verlasse, um mich um die Pizzabestellung zu kümmern.

2

SARA

»Er wird schon sehen, dass ich auf sein Geld nicht angewiesen bin.« Seit gerade mal zehn Minuten stehe ich in Mauros neuem Restaurant in Düsseldorf, und schon diskutiere ich mein Leben mit ihm, wie könnte es auch anders sein. »Ich brauche überhaupt keine Männer in meinem Leben!«

Papa und Vini über einen Kamm zu scheren, ist ein bisschen unfair, aber den Hang zur Dramatik habe ich schließlich von Ersterem geerbt. Und dass er mir den Geldhahn zugedreht hat, nur weil ich angekündigt habe, bei Letzterem auszuziehen, ist echt zum Kotzen. Dabei ist es weiß Gott nicht das erste Mal, dass sich Papas und meine Vorstellungen, wie ich mein Leben zu leben habe, unterscheiden.

Mauro wirft mir einen kurzen Blick zu. »Streng genommen ... mich brauchst du schon, *pulcina.*« Er seufzt, während er über einen unsichtbaren Fleck auf seiner nigelnagelneuen Theke wischt.

Ich verdrehe die Augen über den Spitznamen, obwohl ich mich längst daran gewöhnt habe, dass der Großteil meiner Familie mich Küken nennt. Und natürlich hat er recht, denn bevor ich zurück zu meinen Eltern gezogen wäre, hätte ich mich womöglich doch noch mal auf Vini eingelassen, obwohl ich mir geschworen habe, die Trennung dieses Mal durchzuziehen.

»Mir ist egal, ob du Vini heiratest oder nicht. Aber ich will keinen Stress mit deinem Papà. Was ist so schlimm daran, dir einfach einen Job zu suchen?«

Der zweite große Streitpunkt zwischen Papà und mir ... Ich puste mir die Locken aus dem Gesicht und lasse mich auf einen der Stühle im Gastraum fallen. »Ich kann nicht einfach nur irgendeinen Job machen, er muss zu mir passen. Außerdem wäre es damit auch nicht getan!« Mit den Händen unterstreiche ich die Intensität meiner Worte. »Ich konzentriere mich jetzt erst mal auf das Zertifikat in Ernährungspsychologie.«

»Das kannst du von mir aus machen. Und du kannst hier auch eine Weile wohnen. Aber ich erwarte deine Unterstützung.« Kopfschüttelnd geht er hinter den Tresen, wo er den Lappen in die Spüle wirft und mir eine Cola zapft. Anschließend stellt er sie auf den Tisch vor mir, auf dem ich soeben meine Beine abgelegt habe.

»Füße runter!« Empört verschränkt er die Arme.

»Ist doch keiner da«, entgegne ich, komme seiner Aufforderung aber nach. Mit Mauro zu diskutieren, ist sinnlos.

»Wenn sich rumspricht, dass meine aufmüpfige Cousine ihre Füße auf den Tisch statt darunter platziert, kann ich schließen, bevor ich mir hier in Düsseldorf die erste Stammkundschaft aufbauen konnte.« Er setzt sich mir gegenüber und streicht über seinen dunklen Dreitagebart. »*Allora*, das *Food Lovers Festival* ist in ein paar Wochen. Wir haben noch genug Zeit, und ich habe mir fest vorgenommen, mit der neuen Filiale den Ehrenpreis zu gewinnen.«

Ich verdrehe die Augen, während Mauro eine ausladende Geste macht, die den zugegebenermaßen schönen

Raum einfasst. Alles strahlt freundlich und hell, seit er die Wände frisch gestrichen und Vittoria mit Dekoration ein bisschen neapolitanischen Flair eingebracht hat. Seine Frau hat definitiv ein Händchen für Ästhetik.

Aber seit sein Pizzateig von der Deutschen Landwirtschafts-Gesellschaft mit Gold prämiert wurde, redet Mauro von nichts anderem mehr als diesem Ehrenpreis.

»Und was soll ich dabei tun?«, hake ich nach.

»Ich habe mir überlegt, dass ich für verliebte Paare ein Lovebirds-Menü anbieten möchte.« Er spricht die englischen Worte mit so starkem Akzent aus, dass ich ein Lachen unterdrücken muss. »Du pochst doch ständig so auf dein Studium, da kannst du mal beweisen, dass da wirklich was dahintersteckt.«

Nachdenklich nehme ich einen Schluck Cola. Die Auswirkungen von Lebensmitteln oder besser gesagt unserer ganzen Ernährung auf zwischenmenschliche Beziehungen sind deutlich unterschätzt. Und jetzt möchte Mauro mit seinem Lovebirds-Menü verliebte Paare ansprechen ... oder solche, die es noch werden wollen. Er hat recht, eigentlich ist das genau mein Thema. Dass er darauf kam, ist ganz sicher das Resultat von Nonnas ewiger Predigt, Liebe gehe schließlich durch den Magen, bla, bla. Diesen Spruch kann kein Italiener erfunden haben, denn wer knutscht schon gerne nach einer ordentlichen Portion Pasta aglio e olio? Genau, niemand.

»Also gut. Ein Menü kreieren werde ich wohl hinkriegen. Aber ich brauche jemand Neutralen zum Testessen!«

Als das Telefon klingelt, springt Mauro auf und läuft zurück zur Theke.

»Pizzeria da Mauro, *pronto*? – Ah, *ciao*, Luca. *Sì*, einmal Pizza Napoli, *due* Pizze Margherita *e* ...« Er notiert etwas auf einem Zettel. Ungeduldig tippe ich mit meinen kurzen

Fingernägeln auf den Tisch und nehme schließlich einen Schluck Cola.

»*Ecco*, achtzehn Uhr zum Abholen, kein Problem. – *A dopo.*« Er legt das Telefon zur Seite und wendet sich mir zu, als wären wir nie unterbrochen worden. »Wo ist das Problem, *principesa*? Such dir jemanden aus dem Lokal aus. Ah, pass auf!« Er hebt den Zeigefinger. »Das gerade war ein Stammkunde aus Köln, junger Mann, sehr sympathisch. Er hat Ahnung von der italienischen Küche, kennt sich aus. Ich frage ihn.«

»Aus Köln?«

»Luca wohnt jetzt in Düsseldorf«, ergänzt er mit diesem ungeduldigen Unterton, der fast immer bei ihm mitschwingt.

»Wenn du meinst, dass er Ahnung hat.« Ich zucke die Achseln. »Und wenn wir diesen Preis gewinnen, redest du mit Papà und legst ein gutes Wort für mich ein.«

»Ich glaube ja, dein Papà ärgert sich mehr darüber, dass du die Verlobung mit Vincenzo aufgelöst hast ...« Er neigt den Kopf von links nach rechts und grinst. »Aber wenn wir Erfolg haben, lobe ich deine Fähigkeiten von mir aus für den Rest meines Lebens.«

»Also gut. Wann muss ich bereit sein zum Ausfahren?«

»Ab siebzehn Uhr. Ich muss jetzt zurück in die Küche, *pulcina.*«

Ich nicke, schnappe mir mein Glas und die Reisetasche, die ich vor der Theke abgestellt habe, dann wende ich mich zur Tür. Während ich die schmale Holztreppe nach oben hochsteige, verschwindet Mauro durch die Schwingtür in die Küche.

»*Ciao, nonna!*«, rufe ich, nachdem ich die Tür geöffnet habe. Die alten Holzdielen knacken unter meinen Schuhen, die ich hastig von den Füßen streife. Von der offenen

Balkontür kommt frische Luft, und ich bilde mir ein, das Rauschen des Rheins zu hören. Für einen Moment stelle ich mir vor, ich wäre in dem kleinen Ferienhaus in Bagnoli und hörte das Meer rauschen. Dann erscheint Nonna im Türrahmen zur Küche, ihre geblümte Schürze hat sie umgebunden und die Hände in die Hüften gestemmt.

»Sara! Hast du schon wieder abgenommen?« Sie zieht die buschigen Augenbrauen zusammen und mustert mich mit kritischer Miene.

Mit einem Seufzen lasse ich die Reisetasche fallen und stelle das Glas ab. »Nein, habe ich nicht. Oder keine Ahnung.« Stress und Streit schlagen mir zwar auf den Magen, aber es ist eine Ewigkeit her, dass ich mich zuletzt auf eine Waage gestellt habe.

Ich schließe Nonna in eine Umarmung.

»Hast du dich gut eingelebt?« Ich weiß, dass es für sie nicht einfach war, die alte Wohnung aufzugeben, aber das Haus zwischen Rheinpromenade und Marktplatz mit dem Restaurant im Erdgeschoss und der Wohnung im Obergeschoss war ein absoluter Glücksgriff für Mauro und seine Familie.

»Dein Papà hat mich schon angerufen«, übergeht sie meine Nachfrage.

»Ich mache ihm Schande. Kein Job, kein Mann, kein Plan«, fasse ich meine Lebenssituation grinsend zusammen. Solange ich meine Eltern nicht allzu regelmäßig sehe, kann ich Papàs Enttäuschung mit Humor nehmen.

Nonna kneift mich in die Wange und schüttelt leicht den Kopf. »Du hast dich noch nie dafür interessiert, was deine Eltern für das Richtige halten. Warum fängst du nicht einfach bei deinem Cousin im Restaurant an?«

Ich folge ihr in die Küche, wo sie den Löffel aufnimmt und in einem Topf rührt.

»*Nonna*! Ich bin Ernährungs*wissenschaftlerin*, keine Köchin. Von dir erwarte ich ja gar nicht, dass du das verstehst ...«

»Was soll das heißen? Etwa, dass ich alt bin?« Drohend schwenkt sie den Kochlöffel vor meiner Nase hin und her.

Ich verdrehe nur die Augen.

»Geh deine Sachen aufräumen, dann kannst du noch einen Teller Spaghetti essen, bevor du arbeitest.«

»*Va bene.*« Ich schmatze ihr einen Kuss auf die Wange, dann schnappe ich mir die Reisetasche und gehe in das Gästezimmer, das an den Wohnraum angrenzt. Es ist klein, aber mit einem Bett, einem Kleiderschrank und einem schmalen Schreibtisch ausgestattet. Als Mauro es mir bei meinem Besuch letzte Woche angeboten hat, habe ich sofort zugesagt. Bis ich etwas gefunden habe, das ich mir auch ohne Papàs finanzielle Unterstützung leisten kann, wird es gehen. Hauptsache, ich muss keinen Tag länger in Vinis Wohnung bleiben.

Endlich habe ich Gelegenheit, mich bei Ana zu melden, die mir bereits vor Stunden geschrieben hat. Ich weiß genau, dass sie dringend auf meine Rückmeldung wartet, dass ich tatsächlich aus Vinis Wohnung in Köln ausgezogen und bei Mauro in Düsseldorf angekommen bin.

Ana [13:27]

Schreib mir, wenn alles geklappt hat.

Sara [16:01]

Bin da, Zimmer bezogen, um 17 Uhr geht's Pizza ausfahren ...

Ana [16:02]

Wie fühlst du dich?

Sara [16:02]

Es ist alles gut. Papà ist stinksauer, er bleibt dabei, dass er mich bei der Miete nicht unterstützt

Ana [16:03]

Verstehe nicht, warum Agostino so streng ist … aber ich bin froh, dass du erst mal bei Mauro unterkommen kannst und jetzt ganz in meiner Nähe wohnst ☺

Sara [16:05]

Ich denke, er hätte lieber Vini als Sohn als mich als Tochter

Ana [16:06]

Ach komm, Süße. Ich bin stolz auf dich! Du wirst es auch ohne Vini schaffen, okay?

Sara [16:07]

So weit wie jetzt war ich noch nie … bitte erzähl mir nicht, wenn er sich bei Carlo ausheult, ich ertrag das nicht

Ana [16:09]

Ich hab deinem Bruder schon gesagt, dass ich der Meinung bin, dass er sich raushalten soll, aber du weißt ja, wie er ist …

O ja. Dass Vini der beste Freund meines Bruders ist, hat unsere Beziehung oder besser gesagt unsere Trennungen in der Vergangenheit nicht unbedingt erleichtert. Carlo war schon immer der Typ, der sich überall einmischen musste. Als er angefangen hat, Ana zu daten, hat sie sofort klargemacht, dass sie sich aus unseren Geschwisterstreitereien auch zukünftig raushalten wird. Und das hat überraschenderweise bisher immer funktioniert.

Sara [16:12]

Wir sehen uns die Tage, ja?

Ana [16:13]

Ich freu mich!

***

Ich steige von den Pedalen des klapprigen Fahrrads, das Mauro mir fürs Ausliefern überlassen hat, und zoome die Karte auf meinem Handy näher. Die Adresse muss doch hier irgendwo sein. Frustriert sehe ich mich um, aber kann die Hausnummer fünf einfach nirgendwo entdecken. Schließlich nehme ich das Handy aus der Halterung und scanne damit meine Umgebung, woraufhin Google mich wieder die Straße zurückschickt.

Kopfschüttelnd befestige ich das Handy und trete in die Pedale. Auch wenn ich heute zum ersten Mal ausfahre, wird Mauro es nicht gutheißen, wenn das Essen nur noch lauwarm bei den Kunden ankommt.

Oh! Hier nach rechts, jetzt hab ich's! Die kleine Gasse muss ich vorhin übersehen haben – und tatsächlich, Hausnummer fünf.

Zufrieden stelle ich das Fahrrad auf dem Bürgersteig ab und klingle bei Steffens, wie es auf meinem Lieferbeleg steht. Bezahlt wurde via PayPal, weshalb ich laut Gianni, der schon seit der Eröffnung für Mauro fährt, nicht mit Trinkgeld rechnen kann.

Ein junger Mann in Jogginghose mit blonden, verstrubelten Haaren öffnet mir. »Hi.«

»Pizzeria da Mauro. Ich habe hier zweimal Pizza, zweimal Pasta und ...« Ich öffne die Warmhaltebox und reiche ihm die Gerichte raus. »Zweimal Thunfischsalat.« Den habe ich separat im Korb, damit er nicht warm wird, Anweisung von Mauro.

»Perfekt, danke!«

»Guten Appetit und einen schönen Abend noch«, sage ich, und der Typ nickt freundlich.

»Ebenso.« Dann wirft er die Tür zu.

Gianni hat recht behalten. Jetzt muss ich nur noch zurück zum Restaurant finden ...

Mit flinken Fingern ändere ich die Route am Handy. Beim nächsten Mal sage ich Mauro, dass ich die Straßen ausfahren möchte, die ich mit dem Roller erreichen kann, das erscheint mir unkomplizierter, als sich in der Altstadt zurechtzufinden. Obwohl ich gerade mal die dritte Tour fahre, bin ich schon verschwitzt. Seufzend schwinge ich mich wieder auf den Sattel und fahre los. Vor mir liegt noch ein langer Abend.

3

LUCA

»*Salve*, Luca!« Mauro streckt mir die Hand hin, und ich schlage ein. Dann wendet er sich wieder dem Bier zu, das er gerade zapft, und nickt zu dem kleinen Tisch vor der Theke, die den Eingangsbereich vom restlichen Gastraum abgrenzt. »Setz dich, deine Pizzen sind gleich fertig.« Einer vorbeieilenden Servicekraft drückt er das Tablett in die Hand. »Ramazotti?«

»Danke, nein, alles gut.« Anstatt Platz zu nehmen, lehne ich mich an die Theke.

»*Va bene.*«

Ich sehe mich in dem Gastraum um, dessen indirekte Beleuchtung eine gemütliche Atmosphäre erzeugt. Die Tische im hinteren Bereich sind größtenteils besetzt, aber dank der Schallisolierung, die Mauro neu hat anbringen lassen, sind die Gespräche der Gäste nur gedämpft zu hören. »Viel los?«

»Kann man sagen.« Er wirft einen skeptischen Blick auf die Kartons, die der Pizzabäcker gerade befüllt hat. »*Merda*, wo bleibt Sara?« Eilig zieht er ein Handy aus der Hosentasche und hält es sich ans Ohr. Als niemand rangeht, pfeffert er das Gerät in die Ecke und schnappt sich den nächsten Zettel, auf dem eine Getränkebestellung notiert ist.

»Probleme mit deiner Fahrerin?«, vermute ich.

»Meine Cousine. Sie hilft seit heute aus, aber ihr Orientierungssinn ist … *un disastro*. Sie kommt nicht von hier.«

Ich muss lachen. »Dann hoffe ich, du lässt sie nicht meine Bestellungen ausfahren.«

»Ich habe sie beauftragt, unseren Beitrag für das *Food Lovers Festival* zu planen. Soziales Engagement ist dieses Jahr noch wichtiger, ich will diesen Ehrenpreis gewinnen.«

»Du hast es mal erwähnt. Hast du Zweifel?«

»*Certo che no*, aber es kommt auf viele Faktoren an. Es wird nicht nur das Produkt bewertet, sondern der Gesamteindruck. Engagement, Ausbildungsförderung … Jedenfalls wird Sara ein Lovebirds-Menü dafür entwickeln.«

»Ein Lovebirds-Menü?« Was soll denn das bedeuten?

»*Sì*, du weißt schon, es soll eben verliebte Paare ansprechen … es gibt doch diesen Spruch, Liebe geht durch den Magen.« Er grinst. »Also wollen wir ein bisschen was beitragen für die *amore*.« Mit drängenden Gesten unterstreicht er seine Worte, als er von seinem Handy unterbrochen wird, das lautstark zu klingeln beginnt. Er stürzt sich beinahe darauf und fängt schon an zu schimpfen, kaum dass er es am Ohr hat. »*Porca miseria, Sara, dove sei?*«

Den Redeschwall, der ihm entgegenschallt, kann ich zwar nicht verstehen, er klingt aber nicht weniger aufgebracht als Mauro selbst.

»Hier warten vier Pizzen darauf, ausgefahren zu werden. Wenn du nicht gleich da bist, kann ich Giuseppe sagen, er soll von vorn anfangen. *Madonna mia*, beeil dich!«

Er pfeffert das Handy zurück auf die Theke und wendet sich wieder mir zu, als wäre nichts gewesen. »Wir brauchen noch jemanden als Testesser. Das wäre doch was für dich, *amico*.« Er zwinkert mir zu, während er die Gläser auf einem Tablett positioniert und die Bestellung noch einmal gegenprüft.

»Und dann muss ich nach der Anzahl der Schmetterlinge in meinem Bauch bewerten?« Ich lache.

»*No, no*! Aber ich möchte, dass wir vor allem junge Leute ansprechen, den ... *come si dice* ... Geschmack treffen.«

»Was ist der Haken?« Kostenloses Essen von Mauro? Wer würde dazu schon Nein sagen?!

»Kein Haken, mein Freund. Na gut, du musst es mit Sara aushalten, das schafft nicht jeder.« Er lacht schallend. »Ah, deine Pizza!« Er deutet auf den hinteren Teil der Theke, die vor dem ausladenden Pizzaofen in den Gastraum hineinragt, auf der sein Pizzabäcker gerade den letzten Karton schließt.

»Also, kann ich Sara sagen, dass du dabei bist?«

Achselzuckend nehme ich die Pizzakartons entgegen. »*Sì*, warum nicht?« Ist ja nicht so, als hätte ich momentan Besseres zu tun.

Wir verabschieden uns, und ich mache mich mit der Pizza auf den Weg zu Simon.

***

»Du hattest recht«, erklärt Jasi und leckt sich genüsslich Tomatensoße vom Finger, bevor sie eine Serviette zur Hand nimmt. »Die Pizza ist fantastisch.«

Simon lehnt sich auf der Couch zurück und nickt zustimmend. »Echt stark. Aber du hast ja schon früher in Köln von Mauro geschwärmt. Sag ehrlich, du bist nur wegen der Pizzeria nach Düsseldorf gezogen.« Er lacht laut, und ich ringe mir ein Schmunzeln ab. Simon kennt natürlich die Wahrheit, aber das macht es trotzdem nicht einfacher.

»Ich glaube eher, Mauro hat sich für Düsseldorf entschieden, weil er wusste, hier mit mir einen Stammkunden sicher zu haben«, scherze ich.

Doch das Ablenkungsmanöver funktioniert nicht. »Hast du denn schon eine Idee, wie du weitermachen willst?« Jasis Stimme hat diesen einfühlsamen Ton angenommen, den man von ihr selten hört, und das nimmt mir jede Möglichkeit, mit einem halbherzigen Spruch zu kontern.

Habe ich mir überlegt, wie es weitergeht? Ich habe eine BAföG-Bewilligung für Jura in Regelstudienzeit. Ich habe ein verpatztes erstes Staatsexamen und die Qual der Wahl. Verlängerung beantragen, ein weiteres Jahr büffeln, vielleicht durchkommen. Die Tatsache, dass ich nicht mehr in Köln, sondern in Düsseldorf bin, macht klar, dass das nicht wirklich eine Option für mich ist. Die zweite Möglichkeit heißt Studium abbrechen, über vier Jahre in die Tonne treten, in drei Jahren BAföG zurückzahlen und ...

»Keine Ahnung«, murmle ich, und weil sowohl Simon als auch Jasi daraufhin schweigen, klappe ich schwungvoll den Pizzakarton zu und richte mich etwas auf. »Starten wir noch ein Game?«

»Klar.« Simon sieht ein bisschen erleichtert aus, und ich kann es ihm nicht verdenken. Unsere Freundschaft bestand schon immer aus Zocken, meistens online, und gelegentlichen Treffen bei Pizza und Bier, während wir uns oberflächlich über unsere unterschiedlichen Alltage ausgetauscht haben. Simon, der seine Ausbildung auf dem Bau schon vor Jahren abgeschlossen hat und seither Vollzeit arbeitet, Jasi, die Einzelhandelskauffrau gelernt hat und inzwischen eine kleine Penny-Filiale leitet. Und ich. Der neben dem Zocken immer noch gelernt hat, zuerst für die Realschule, dann fürs Abi und schließlich fürs Studium. Seit fucking vier Jahren.

***

Drei Tage später

Als ich die Schritte im Treppenhaus höre, reiße ich die Tür auf und erwarte Gianni oder einen der anderen Fahrer, die ich bisher nur vom Sehen kenne, doch vor mir kommt eine Frau zum Stehen, die unverkennbare Warmhaltebox mit Mauros Logo vor der Brust. Ihre Katzenaugen werden schmal, als sie mich erblickt, und weiten sich, als uns beiden gleichzeitig klar wird, dass wir uns kennen. Ich jedenfalls habe sofort leuchtende Bilder vor Augen.

Verdammte Scheiße, ist das ein schlechter Scherz?

»Du?«, stößt sie aus und stellt die Box unsanft auf dem Boden ab. Sara (26) aus Köln ...

»Was machst du denn in Düsseldorf?«, entgegne ich genauso misstrauisch wie ihr Blick, mit dem sie mich von oben bis unten mustert. Meine blaue Jogginghose, das hellgraue T-Shirt, das meine Brust betont, dafür aber auch den kleinen Bauchansatz nicht verbergen kann. Nicht, als hätte sie das nicht sowieso schon alles gesehen. Also ohne die Klamotten.

Ich schüttle leicht den Kopf, um die Erinnerung loszuwerden, als sie eine unwirsche Geste mit der Hand macht. »Arbeiten.« Sie wirft die langen schwarzen Locken über die Schulter. »Mauro hat ...«

»Warte mal«, hake ich ein. Bedeutet das etwa, dass Sara ... »Bist *du* etwa die Cousine, von der Mauro neulich gesprochen hat?« O bitte, das darf nicht wahr sein.

Einen Moment wirkt sie überrascht, dann verzieht sie das Gesicht. »Oha! *Du* bist der Luca, sein absoluter Liebling unter den Stammkunden und der perfekt geeignete Testesser?«

Sie betont die Worte so, dass mir klar ist, dass sie wohl Mauro zu imitieren versucht, aber ich hänge noch am Inhalt ihrer Worte. Ich werde sicher nicht mit Sara an Mauros tollem Lovebirds-Menü feilen. Ausgerechnet die Frau, die mich nach einem mehr als angenehmen Chat spontan an Karneval für eine unverbindliche Nacht mit nach Hause genommen hat, dafür dass ich am Ende Hals über Kopf vor ihrem Typen flüchten durfte, als der unerwartet nach Hause kam.

»Der bin ich dann wohl«, gebe ich bitter zurück. »Bist du eigentlich nur vorbeigekommen, um ein bisschen zu plaudern, oder hast du zufällig auch meine Pizza dabei, die ich vor …«, ich werfe einen demonstrativen Blick auf mein Handgelenk, an dem ich keine Uhr trage, »fünfzig Minuten bestellt habe? Ich fürchte, wenn sie noch länger hier rumsteht, ist die letzte Restwärme auch dahin.«

Sara bückt sich zu der Kiste hinunter und öffnet den Deckel. Sofort erfüllt ein köstlicher Duft den Flur und verschafft mir ein Ziehen im Magen. Ich habe echt Hunger. Sie klappt den Deckel des Pizzakartons auf, nimmt eines der vorgeschnittenen Stücke heraus und … beißt ab.

»Sag mal, geht's noch?«

Sie kaut und sieht mir dabei direkt in die Augen. Keine Ahnung, irgendwie verschlägt es mir die Sprache. Sie sieht ein bisschen heiß aus, wie sie mit den zerzausten Locken vor mir im Flur steht und diese Pizza isst.

»Du hascht rescht«, erklärt sie mit noch halb vollem Mund. Sie schluckt den Rest des Bissens herunter. »Ist kalt.«

Ich nicke wissend, schüttle den Kopf und stehe dann etwas dümmlich vor ihr. Was soll das alles hier?

4

SARA

»Wohnst du eigentlich allein?«, hake ich nach. Wäre zwar nur fair, dass mich für meine Provokation gleich irgendeine eifersüchtige Freundin anspringt und aus dem Flur jagt, aber Bock auf eine solche Begegnung habe ich jetzt nicht unbedingt.

Luca nickt zögernd. »Ist nur vorübergehend, meine ... ist ja auch egal.«

»Gut, dann ...« Ich nicke in die Wohnung. »Ich teile meine Pasta mit dir.«

»Was?« Er sieht mich verständnislos an, als ich die Box wieder aufnehme.

»Sei ein Gentleman, bitte mich herein, dann teile ich meine Pasta mit dir.« Mit der Schuhspitze tippe ich ungeduldig auf den Boden.

»Sara, was soll das? Ich hab keinen Bock auf Stress mit deinem Typen. Die eine Begegnung hat mir mehr als ger–«

»Er ist nicht mein Typ«, schneide ich ihm vehement das Wort ab. »Dann eben nicht! Ich bin für dich durch die halbe Stadt gegurkt, dafür dass du das Essen jetzt verschmähst.« Ich funkle ihn an. Wenn das so weitergeht, ist meine Pasta auch bald kalt. Eigentlich hatte ich vor, sie irgendwo am Rheinufer zu essen und den lauen Frühsommerabend zu genießen.

»Entschuldige mal, du kennst aber das Konzept von Lieferservices? Ich habe Geld dafür bezahlt, dass du mir mein Essen warm an die Haustür bringst, soll ich mich jetzt dafür entschuldigen?«

Frustriert blase ich die Backen auf. »Natürlich nicht. Aber du könntest wenigstens mein Angebot annehmen. Pasta?« Ich wedle mit der Box in der Hand und lege den Kopf schief.

Er mustert mich eindringlich, seufzt und macht schließlich einen Schritt zur Seite. »Komm rein. Und ... nicht wundern, ist ein bisschen altmodisch. Die Einrichtung war schon vorher da.«

Wie sich herausstellt, ist das dezent untertrieben. Ich folge ihm in einen schmalen, fensterlosen Flur, den eine beigegemusterte Tapete ziert. Auf dem Boden liegen mehrere Läufer, für die meine Nonna ganz sicher zu begeistern wäre. An der Wand über einer dunklen Holzkommode hängen ein paar gerahmte Fotos, doch Luca läuft so schnell weiter, dass ich keine Gelegenheit habe, sie zu betrachten.

Die Küche ist schmal, die Fronten haben einen hellen, zeitlosen Ton, doch der dunkelbraunen Holzarbeitsplatte sieht man die vielen Jahre an, die sie auf dem Buckel hat. Dennoch fühle ich mich sofort wohl. Hier könnte auch meine Nonna am Herd stehen.

Unauffällig mustere ich Luca, während er zwei geblümte Teller und Besteck aus dem Schrank holt, und frage mich, wie er hierher passt. Doch bevor ich mir eine Theorie ausdenken kann, bedeutet er mir, Platz zu nehmen, also öffne ich den Pizzakarton und die Box mit der Pasta und stelle beides auf dem Tisch ab.

Luca reicht mir einen Pastaschöpfer, und ich teile die Nudeln zwischen uns auf.

»Tja, dann ... danke schön?« Es klingt wie eine Frage.

»Guten Appetit«, sage ich, was er erwidert. Und obwohl wir daraufhin beide mit Essen beschäftigt sind, ist die Stille zwischen uns nicht so wirklich entspannt. Mich überfällt die Erinnerung daran, wie ich vor ein paar Wochen unter ihm lag, meine Nägel in seine breiten Schultern gegraben habe und seine Lippen auf ...

»Es tut mir leid, was in Köln passiert ist«, sage ich, auch um meine sich verselbstständigenden Gedanken aufzuhalten. »Vini hätte –«

»Stopp.« Luca lässt seine Gabel fallen und sieht mich gequält an. »Bitte ...« Er schüttelt den Kopf. »Lass uns das Thema einfach vergessen. Ich will nicht drüber reden.«

Ich nicke zögernd, und anstatt noch etwas zu sagen, schiebe ich mir ein Stück Pizza in den Mund, die man auch lauwarm hervorragend essen kann.

»Erzähl mir lieber, was es mit dem Ehrenpreis auf sich hat«, sagt Luca, woraufhin ich die Augen aufreiße.

»Obwohl du Stammgast bist, hat Mauro dich nicht schon bis ins kleinste Detail damit vollgelabert?«

Seine Schultern entspannen sich merklich, und er zupft ebenfalls ein Stück Pizza aus dem Karton. »Nein, ich bin erst seit Kurzem in Düsseldorf, und davor war er mit seinem Umzug beschäftigt. Klär mich auf.« Lächelnd beißt er ein Stück ab.

»Du weißt, dass er im Frühjahr in Köln für seinen Pizzateig ausgezeichnet wurde.«

Er nickt und wedelt mit dem angebissenen Stück zwischen uns herum. »Völlig zu Recht.«

»Jedenfalls vergibt das Land jährlich so einen Ehrenpreis, laut Mauro eine ziemlich große Sache, und er hat sich in den Kopf gesetzt, ihn unbedingt zu gewinnen.«

»Und das will er mit dem Lovebirds-Menü?«

Ich zucke die Achseln. »Diese Auszeichnung berücksichtigt wohl viele Faktoren wie Regionalität bei der Verarbeitung und faire Ausbildungsbedingungen. Außerdem gesellschaftliches Engagement.«

»Das *Food Lovers Festival*?«, hakt er nach und nickt, als hätte er das doch schon einmal gehört.

»*Giusto.*«

»Und obwohl es um einen so wichtigen Preis geht, überlässt er das Menü dir?« Mit kritischem Blick mustert er mich. »Warum?«

Ich verschränke die Arme vor der Brust und funkle ihn an. »Woher die Vorurteile?«

Abwehrend hebt er die Arme und lässt sie dann wieder fallen, um sich ein weiteres Stück Pizza zu nehmen. »Ich hatte bereits von deinen Qualitäten als Lieferfahrerin gehört, und na ja ... du hast mich heute nicht unbedingt vom Gegenteil überzeugt.«

Ich lache auf und deute vorwurfsvoll auf die Essensreste zwischen uns. »Ich finde nicht, dass du dich beschweren kannst. Außerdem wirst du als Testesser genügend Gratisessen abstauben, um die kalte Pizza wiedergutzumachen.«

Lucas Grinsen wird schwächer, während er an dem Pizzarand knabbert. Dann hebt er den Blick und sieht mich entschlossen an. »Ich habe nicht vor, dein Testesser zu werden, Sara.«

»Was? Aber ...«

»Wenn ich gewusst hätte, dass du es bist, hätte ich nicht zugesagt.« Zaghaft zuckt er mit der Schulter. »Versteh das bitte nicht falsch, ich will einfach keinen Stress. Ehrlich gesagt, ist mein Leben aktuell zu chaotisch, um mich auch noch –«

»Ich bin Ernährungswissenschaftlerin«, falle ich ihm

ins Wort, was ihn die dunklen Augenbrauen fragend zusammenziehen lässt. Er hat ein schönes, volles Gesicht und schokoladenfarbene Augen, deren Blick ich festhalte, während ich spreche. »Und ich mache gerade mein Zertifikat in Ernährungspsychologie. Deshalb hat er mir das anvertraut. Und ich habe Ja gesagt, weil ...« Ich zögere. »Ich weiß nicht, wie es bei dir war, aber ich bin damit groß geworden, dass Essen und Ernährung im Allgemeinen einen hohen Wert in der Gesellschaft haben. Die italienische Kultur lebt das noch viel mehr, als man es hier in Deutschland macht.«

Luca nickt, damit erzähle ich ihm vermutlich nichts Neues. Bei unserer ersten Begegnung habe ich immerhin mitbekommen, dass auch er aus einer italienischen Familie stammt. Abgesehen davon haben wir uns auf dem Heimweg größtenteils über die Location sowie die wild kostümierten Feiernden unterhalten.

»Obwohl meine Nonna schon immer auf die Bedeutung von Essen pocht«, fahre ich fort, »und mein Cousin ein, nein, zwei erfolgreiche Restaurants führt, hat meine Studienwahl in meiner Familie ... na ja, sagen wir, nicht gerade Begeisterungsstürme ausgelöst.«

»Du willst es ihnen zeigen.« Lucas fragender Gesichtsausdruck klart etwas auf.

Ich nicke, leicht atemlos von meinem aufgeregten Monolog. »Ich werde ihnen beweisen, dass mein Studium etwas Nützliches sein kann.« Und dass ich es auch ohne einen Mann als Versorger schaffe.

Luca nimmt einen Schluck aus seinem Wasserglas, und als er es absetzt, schimmern seine vollen Lippen feucht. Keine Ahnung, warum ich jetzt ausgerechnet darauf achte, aber ich brauche eindeutig zu lang, um mich von dem Anblick loszureißen. Als er sich jetzt im Stuhl zurücklehnt, wirkt er etwas entspannter. »Nun, ich bin nicht unbedingt der Typ fürs Theoretische.«

»Stand in deinem Datingprofil nicht, dass du Jura studierst?«, kontere ich. Außerdem meine ich, dass er auf dem Weg zu mir irgendwas von einer großen Prüfung erzählt hat, bevor wir das Reden ad acta gelegt haben.

Er lacht kurz auf, und obwohl ich nicht sicher bin, wie ehrlich sein Lachen ist, mag ich den Klang. »Du solltest nicht alles glauben, was auf Tinder steht.«

»Ach! Dann bist du in Wahrheit fünfundachtzig Jahre alt, und deshalb sieht es hier aus wie im Museum?« Übertrieben erschrocken reiße ich die Augen auf, aber das Lächeln, das er sich abringt, kann man kaum als solches bezeichnen.

»Meine Nonna hat hier bis vor Kurzem gewohnt. Sie ist Anfang des Jahres gestorben, daraufhin bin ich durchs Staatsexamen gerasselt. Jetzt bin ich hier, und das Einzige, wofür mir die Immatrikulation noch nutzt, sind grauenvolle Tinder-Dates.« Er zieht eine Grimasse, aber die Stille, die nach seinen Worten eintritt, tut mir beinahe körperlich weh.

»*Merda*«, flüstere ich und muss schlucken. »Tut m-mir leid«, stottere ich und hasse, wie unsicher meine Stimme klingt. Das bin nicht ich, aber *madonna*, das war vermutlich das größte Fettnäpfchen, in das ich je getreten bin. Ach was, das war ein ganzes Butterfass, und ich bin ungebremst hineingesprungen.

»Schon okay.« Luca nickt, weicht meinem Blick jedoch aus. Dann steht er auf und beginnt, unser Besteck in den Geschirrspüler einzuräumen.

5

LUCA

Es klirrt, als ich die Teller etwas unsanft in den Geschirrwagen einräume, aber meine Hände zu beschäftigen, hilft gegen den Kloß in meinem Hals.

»Hat sie gerne gekocht, deine Nonna?« Sara scheint sich wieder etwas gefangen zu haben. Sie ist aufgestanden, und ich erkenne im Augenwinkel, dass sie sich erneut umsieht, als erblicke sie die Küche zum ersten Mal. Die alte Wandwaage, auf die Nonna geschworen hat, obwohl Mamma schon vor Jahren eine digitale gekauft hatte. Die weißen Fliesen hinter der Theke, deren schlichte Optik alle paar Fliesen von Zitronen- und Olivenmotiven unterbrochen wird. Das Holzregal mit den kleinen Schubfächern, in denen sich neben Zucker und Salz diverse italienische Kräuter und Gewürze befinden.

Als Sara sich mir zuwendet, fällt mir auf, dass ich nicht auf ihre Frage geantwortet habe.

»Sie hat dafür gelebt.« Ich räuspere mich, um meine Stimme zu festigen. »Wenn sie Ragù alla bolognese gekocht hat, hat sie die Soße frühmorgens aufgesetzt, direkt nach dem ersten Espresso des Tages.«

Sara lächelt. »Genau wie meine Nonna. Als sie erfahren hat, dass es in Deutschland Menschen gibt, die Tomatensoße mit Gemüsebrühe kochen, wollte sie direkt wieder zurück nach Italien.« Sie lacht, und ich muss schmunzeln.

»So ging es meiner Nonna mit Milchkaffee. Cappuccino am Nachmittag zählt für sie zu den sieben Todsünden.«

Sara lehnt sich an die Theke und sieht mir dabei zu, wie ich mit einem Lappen den Tisch abwische. »Und hast du ihr Talent fürs Kochen geerbt?«

Ich zucke mit einer Schulter. »Ich koche gerne, aber so gut wie bei Nonna schmeckt es nie.«

Erneut huscht ein Lächeln über ihr Gesicht. »Verstehe ich. Deshalb bist du also Fan von Mauros Küche?«

»Er kocht vielleicht nicht wie Nonna, aber nicht umsonst gilt er als einer der besten Italiener in Köln.«

»Und bald auch von Düsseldorf«, ergänzt sie. »Jedenfalls war er der Meinung, ich könne mich mit meinem Studiengang auch mal nützlich machen, und je länger ich darüber nachdenke, desto mehr Lust habe ich auf das Projekt«, erklärt sie.

Ich nicke und deute dann auf den kleinen Kaffeekocher, den ich aus dem Schrank geholt habe. »*Caffè*?«

»*Certo.*« Sie grinst. »Na ja, jedenfalls sind die Auswirkungen von Essen auf das gesellschaftliche Zusammenleben meiner Meinung nach deutlich unterschätzt.«

Ich reiche ihr das Unterteil des Kochers, und sie füllt es am Wasserhahn bis zum Ventil, dann gibt sie es mir zurück.

»Ist das so? Wie gesagt, ich bin eher der praktische Typ. Vielleicht deshalb auch das verbockte Staatsexamen.«

»Du meinst, du hast dich innerlich dagegen entschieden?«

Ich seufze. Keine Ahnung, wie der heutige Abend so verlaufen konnte, dass ich jetzt hier sitze, mit Sara, und ihr den Konflikt meines Lebens auftische. Aber ich mach's. »Das würde jedenfalls erklären, warum ich hier bin, in Düsseldorf, und nicht in Köln, um es im Zweitversuch durchzuziehen. Nonna ist kurz vor meinen Prüfungen gestorben. Ich habe sie geschrieben und wusste direkt, dass es nichts geworden ist. Na ja, und als ich das Ergebnis dann schwarz auf weiß hatte ...« Ich zögere, massiere mit der Hand meinen Nacken, bevor ich Saras Blick erwidere. »Seit sie tot ist, bin ich irgendwie ... in ein Loch gefallen. Ich fürchte, ich sehe mich einfach nicht in diesem Berufsfeld. Das wusste ich vermutlich schon länger, aber ich konnte es bisher ganz gut ignorieren.«

Sie neigt den Kopf und sieht mich neugierig an. »Und was willst du dann machen?«

Konzentriert betrachte ich den Kaffeekocher, als wäre meine volle Aufmerksamkeit notwendig, damit er den Espresso genau so zubereitet, wie ich ihn liebe: schwarz und stark.

»Du musst es mir nicht sagen, ich bin viel zu neugierig, das ist –«

»Nein, ist schon gut.« Ich werfe ihr einen kurzen Blick zu. »Ich habe in Köln in einer Bäckerei gearbeitet. Das war nur so nebenher, und ehrlich gesagt, war der Job nicht mal gut bezahlt.«

»Aber die Arbeit hat dir Spaß gemacht?«

»Und wie.« Keine Ahnung, warum ich dachte, Gesetze lernen könnte mich irgendwie erfüllen, wo ich doch schon immer lieber mit den Händen gearbeitet habe.

»Dann hat Mauro doch recht, du bist der perfekt geeignete Testesser. Du verstehst was von der italienischen Küche, und backen kannst du auch noch.«

Ich nehme zwei Espressotassen aus dem Schrank und verteile den dampfenden *caffè*, dann reiche ich Sara eine Tasse. »Ich gebe zu, dass unser spontanes Wiedersehen harmonischer ablief, als ich es erwartet hätte.«

Während Sara einen Löffel Zucker in ihren Espresso rührt, hält sie den Blick aufmerksam auf mich gerichtet.

»Aber ich halte es trotzdem für keine gute Idee, dass wir das mit dem Testessen machen. Ich bin mir sicher, du findest jemand anderen.« Jemanden, der nicht beinahe mit ihr geschlafen hat. Jemanden, der nicht die ganze Zeit daran erinnert wird, dass er in Boxershorts vor ihrem Nicht-Typen flüchten musste.

»Ach, komm schon!« Abrupt hört sie auf zu rühren. »Ich will nicht irgendjemand anderen, und wie soll ich das bitte Mauro erklären?« Sie sieht mich herausfordernd an, doch ich nehme erst mal einen Schluck und schweige. »Okay, pass auf. Ich mach dir ein Angebot.«

»Ein Angebot?« Skeptisch ziehe ich die Augenbrauen hoch.

»Du lässt mich bei dieser Sache nicht hängen, dafür hake ich bei Mauro wegen eines Ausbildungsplatzes nach. Ich weiß, dass er in Köln regelmäßig Leute ausbildet und überdurchschnittlich bezahlt, sonst hätte er die Auszeichnung nicht bekommen. Was sagst du?«

Sie strahlt mich an, aber mir verschlägt es erst mal die Sprache. Eine Ausbildung bei Mauro? Als ... Pizzabäcker? Daran habe ich bisher noch keinen Gedanken verschwendet ... Wäre das eine Möglichkeit, wie ich vielleicht sogar ohne BAföG noch mal von vorn beginnen könnte?

»Ist das ein Trick?«, hake ich sicherheitshalber nach.

Saras Lachen fällt in sich zusammen, und sie runzelt die Stirn. »Sag mal, was denkst du denn von mir? Natürlich nicht.« Sie hält mir ihre schmale Hand hin. »Wir machen das Lovebirds-Menü zusammen, und ich sorge dafür, dass Mauro so begeistert von uns ist, dass ihm gar nichts anderes übrig bleibt, als dir die Stelle zu geben.«

Zögernd schlage ich ein. Mal ehrlich, was habe ich zu verlieren? Nur ...

Sara will ihre Hand schon wegziehen, doch ich halte sie fest. »Aber das zwischen uns ... also da geht nichts mehr. Wir bleiben bei platonischem Kontakt. Und Mauro erfährt nichts von unserem ...«

»One-Night-Stand?« Übertrieben schüttelt sie meine Hand. »Deal.«

»Okay.«

Jetzt grinst sie wieder und klatscht kurz in die Hände. »Ich setz mich gleich nächste Woche dran und fang schon mal an, ein bisschen zu brainstormen. Gib mir mal deine Nummer, dann melde ich mich bei dir.«

Während sie die Nummer in ihren Kontakten abspeichert, schiebe ich die Zweifel zur Seite. Sara und ich haben uns über eine Dating-App kennengelernt, uns auf einer Party verabredet und sind im Bett gelandet, aber wir sind garantiert nicht die Ersten, die danach platonischen Kontakt haben – schließlich sind wir erwachsene Menschen. Wir kochen beide gern, wir essen gern und verstehen uns überraschend gut. Was soll also schiefgehen?

***

Am Montagabend schreibt Sara mir die erste Nachricht.

Sara [18:38]

Was hältst du von Fisch?

Luca [18:41]

Sehr speziell ... schwierig zuzubereiten.

Sara [18:42]

Das ist wahr.

Sara [18:57]

Vergiss den Fisch, Nonna meint, der muss dreimal schwimmen. Im Meer, in Öl und in Wein 😅

Ich lache. Der Satz hätte auch von meiner Nonna sein können.

Luca [19:01]

Was ist dagegen einzuwenden?

Eingehender Videoanruf von Sara.

Ich nehme an, obwohl ich das letzte Mal vermutlich heute Morgen in den Spiegel gesehen habe.

»Hi.«

Sara legt sofort los. »Findest du das nicht total dekadent?«

»Das mit dem Öl und Wein? Generell ist Fischessen im Restaurant eher dekadent.«

»Aber findest du das ansprechend? Für junge Verliebte?« Sie hat das Handy irgendwo abgestellt und gestikuliert mit den Händen.

Ich lache und lehne mich gegen die Wand hinter der Schlafcouch. »Ich mag keinen Fisch.«

»*Ecco*, ich sagte ja, vergiss den Fisch.«

Schmunzelnd schüttle ich den Kopf. »Also gut. Irgendwelche anderen Erkenntnisse?«

»Nur die Ruhe, Nonna sagt, gut Ding will Weile haben.«

»Ich nehme mal an, das hast du übersetzt. Oder hat sie etwa deutsche Redewendungen drauf?«

»Haha, nein, sie hat was von der hastigen Katze und blinden Kätzchen gefaselt.« Sara verdreht die Augen. »Bei Sprichwörtern ist es manchmal einfach absurd, zwei Sprachen zu beherrschen.«

»Diese Redewendung fand ich schon immer seltsam.«

»Wie auch immer. Ich halte dich auf dem Laufenden.« Sie grinst und nimmt das Handy in die Hand.

»Mach das«, antworte ich lächelnd, als sie winkt. Dann ist das Gespräch beendet, und ich setze mich an den PC.

Auf dem winzigen Schreibtisch habe ich mir eine Zockerecke eingerichtet, wo ich definitiv mehr Zeit verbringe, als gesund für mich ist. Aber seit ich in Düsseldorf bin und noch keine endgültige Entscheidung über meine Zukunft getroffen habe, habe ich wenig Alternativen.

Seit am Anfang des Jahres die neue Season gestartet hat, zocken Simon, Jasi und ich wieder häufiger *League of Legends*, und obwohl ich das Spiel mag, nervt mich das toxische Verhalten mancher Mitspieler. Ich war nie der Typ, der sich in Emotionen reingesteigert hat, deshalb würde es mir im Traum nicht einfallen, fremde Menschen online zu beleidigen. Nachdem Jasi zweimal patzt und entsprechendes Feedback im Chat bekommt, hat sie keine Lust mehr und steigt aus. Simon und ich spielen noch eine Runde, aber irgendwie macht es heute weniger Spaß, und so verabschieden wir uns schließlich auch voneinander.

Meine Augen brennen, als ich den PC herunterfahre und die Nachttischlampe neben dem Sofa einschalte. Die

Post, die sich auf dem Wohnzimmertisch stapelt, erinnert mich daran, dass ich mich dringend noch um ein paar Dinge kümmern muss. Nonna braucht zukünftig weder Werbeflyer vom NABU noch von dem toskanischen Hof in der Provinz Arezzo, auf dessen Olivenöl sie geschworen hat. Aber heute gehe ich das definitiv nicht mehr an.

6

LUCA

In den nächsten Tagen sende ich ein Schreiben an alle Firmen und Behörden, von denen in den letzten zwei Monaten Post einging. Außerdem schaffe ich es, wenigstens Nonnas Schuhe auszusortieren und die wenigen Paare, die sie selten getragen hat, in einem Secondhandladen in der Nähe abzugeben.

Zuletzt rufe ich endlich bei Anne an, der Filialleitung der Bäckerei *Linsenmeier* in Düsseldorf. Meine frühere Chefin hat mich schon vor Wochen angekündigt, aber ich konnte mich einfach nicht früher dazu durchringen. Zum Glück scheint sie mir mein Zögern nicht übel zu nehmen, ganz im Gegenteil. Sie lädt mich für den nächsten Tag um vier Uhr in die Backstube ein, damit ich die Abläufe kennenlernen kann.

Anschließend setze ich mich an den PC am Schreibtisch und öffne die Homepage der Uni Köln. Nicht zum ersten Mal lasse ich den Cursor über dem Formular mit der Exmatrikulation schweben. Es bleibt nicht mehr viel Zeit, mich zu entscheiden, und ich muss mich dringend um das BAföG kümmern, damit die Rückzahlung nicht so groß wird. Aber je mehr ich mich damit befasse, desto mehr lähmt mich der Gedanke, mit nichts dazustehen. So viele Jahre Studium aufgeben für …?

Einen Neuanfang. Den brauche ich sowieso, seit meine WG in Köln sich aufgelöst hat, weil alle außer mir plötzlich angefangen haben, ernsthafte Beziehungen zu führen, und mit ihren Partnerinnen zusammengezogen sind oder um die Welt jetten. Seit Nonna gestorben ist und ich hier in ihrer Wohnung allein bin, weil Papà nach der Scheidung vor Jahren mit seiner neuen Frau nach Italien zurück ist und Mamma schon so lange tot ist, dass ich manchmal vergesse, wie ihre Stimme klang oder ihre Haare rochen, wenn sie mich so fest umarmte, wie es ihre Art war.

Als die Vibration meines Handys meinen Gedankenstrudel unterbricht, nehme ich es mit einem erleichterten Aufatmen in die Hand.

Sara [14:13]

Wie stehst du zu Grünkohl?

Luca [14:13]

Ernsthaft? Kein Mensch mag Grünkohl.

Sara [14:14]

Ich hab's befürchtet. Aber er enthält viel Vitamin A und unterstützt die Produktion von Sexualhormonen.

Luca [14:15]

Ich wette, das hast du dir ausgedacht!

Eingehender Videoanruf von Sara.

Schmunzelnd nehme ich den Anruf entgegen.

»Luca!« Ihr Ton ist mahnend, eine Begrüßung spart sie sich mal wieder. »Ich dachte eigentlich, ich hätte in dir jemanden gefunden, der meine Arbeit ernst nimmt.«

Mit dem Handy in der einen hebe ich die andere Hand, um eine entschuldigende Geste anzudeuten. »Ich bin mir ziemlich sicher, dass meine Sonnencreme auch Vitamin A enthält.«

»Warst du deshalb auf Tinder unterwegs? Zu viel verwendet?« Ein breites Grinsen teilt ihre Lippen.

»Kein Kommentar«, gebe ich zurück. »Also, was jetzt?«

»Süßkartoffeln?«

»Mega. Kenne ich allerdings nicht aus der italienischen Küche.«

»Nein, ich auch nicht. Eine andere Möglichkeit wären noch die B-Vitamine und Zink.«

»Und das heißt in Lebensmitteln?«

»Brokkoli und Kalbfleisch?«

Ich lache über ihren skeptischen Gesichtsausdruck. »Interessante Kombi.«

»Zum Kalbfleisch fällt mir als Erstes Vitello tonnato ein.«

»Urgh. Wir hatten doch gesagt kein Fisch.«

»Hey, Mauros Version ist wirklich gut. Aber du hast recht, wäre jetzt auch nicht meine erste Wahl für ein Date.«

»Wie beruhigend. Ich hab langsam trotzdem etwas Angst vor dem Testessen.«

»So ein Quatsch.« Sara stellt ihr Handy irgendwo ab und wirft ihre Haare über die Schultern. Dann scheitelt sie sie in der Mitte, teilt eine Hälfte in drei Stränge und beginnt zu flechten. »Ich fahre gleich noch ein paar Touren für Mauro. Was hast du noch vor?«

Einen Moment schweige ich überrumpelt, denn ehrlich gesagt, habe ich keine Antwort, die nicht nach Vollversager klingt. Ich bin sechsundzwanzig Jahre alt und starre heute Abend ein paar Löcher in die Wand der Wohnung meiner verstorbenen Großmutter. Das klingt nicht bedenklich, das klingt pathologisch.

»Keine Ahnung, hab nichts vor«, murmle ich deshalb, aber Sara scheint es nicht zu kümmern, dass ich ein einsamer Loser bin.

»Du kannst dir schon mal Gedanken über ein Dessert mit ... dunkler Schokolade, Mandeln und Beeren machen.« Sie grinst, während sie ein Gummi um das Zopfende befestigt, bevor sie sich der anderen Seite widmet.

»Mal sehen, was ich machen kann«, sage ich, bevor wir uns verabschieden.

Als der Bildschirm meines Handys schwarz wird, fällt mir auf, wie gut es mir tut, mit Sara zu reden, trotz der Reibereien. Auch wenn ich wegen unserer gemeinsamen Vergangenheit nicht damit gerechnet hätte, bin ich auf einmal doch froh, dass ich dem Testessen zugestimmt habe. Sara, ihr Lachen und ihr temperamentvolles Wesen tun meiner angezählten Stimmung der letzten Tage definitiv gut.

Um die Ruhe zu überdecken, gehe ich in die Küche und schmeiße das kleine Reiseradio an, das früher permanent lief, solange Nonna in der Küche war. Was somit nahezu ununterbrochen war, denn sie hatte immer irgendetwas zu kochen, backen oder aufzuräumen. Gedankenverloren ziehe ich eines ihrer Kochbücher aus dem offenen Regal und blättere zu den Desserts. Vielleicht hat Sara recht, und ich kann mich wenigstens nützlich machen.

Als es Stunden später an der Haustür klingelt, muss ich mich einen Moment sortieren. Auf der Küchentheke liegen Kochbücher verteilt, dazwischen und im Spülbecken stapeln sich Backutensilien, und im Backofen glänzt die italienische Version einer Schokomandeltarte mit Brombeerfüllung. Keine Ahnung, was mich geritten hat, aber als ich das Rezept für die Crostata entdeckt habe, bin ich kurzerhand losgezogen und habe im Supermarkt um die Ecke alle nötigen Zutaten besorgt. Seither habe ich mich in der Küche verbarrikadiert und die Zeit völlig vergessen.

Auf dem Weg zur Wohnungstür reibe ich die mehligen Hände an meinem T-Shirt ab, das nach der Backsession definitiv in die Wäsche gehört. Dann drücke ich den Summer, öffne schwungvoll die Wohnungstür und mache einen erschrockenen Satz, denn die Person steht bereits hier oben. Zuallererst springt mir die große Lieferbox von Mauro ins Auge, dann entdecke ich Sara, die sich das Ungetüm vor die Brust gedrückt hat und bei meinem Anblick in Gelächter ausbricht.

»Du solltest dein Gesicht sehen.« Sie trägt eine Baskenmütze und eine Jeanslatzhose, die Haare sind immer noch zu zwei Zöpfen geflochten, die rechts und links auf ihren Schlüsselbeinen liegen.

Ich reiße mich von ihrem Anblick los und konzentriere mich auf die Warmhaltebox. »Ich schwöre, ich habe nichts bestellt.«

Sie zuckt die Achseln, strampelt umständlich die Schuhe von den Füßen und drängt sich an mir vorbei ins Innere. »Ich liefere trotzdem.«

»Aaaalles klar.« Ich werfe die Tür zu und verdrehe die Augen. »Komm doch rein«, rufe ich ihr hinterher, doch da ist sie schon in der Küche verschwunden und stößt einen überraschten Laut aus.

»Was hast du denn hier getrieben?«

Ich bleibe hinter ihr im Türrahmen stehen. »Ich habe gebacken.«

Mit großen Augen dreht sie sich um und mustert mein dreckiges Shirt, dann lacht sie erneut. »Sehe ich. Wäre doch nicht nötig gewesen.«

»Pf. Ich ... ziehe mal eben ein frisches Shirt an.«

Sie nickt, während sie eine Schüssel und die Backpapierrolle vom Tisch auf die Theke befördert, um ihre Box abstellen zu können. Ich beobachte, wie sie Pizza und Pasta auslädt und sich schließlich zu mir umdreht.

»Los, *avanti*, heute ist sie heiß!« Ungeduldig wedelt sie mit der Hand, also beeile ich mich, mir ein sauberes T-Shirt von nebenan zu organisieren.

In der Zwischenzeit hat sie bereits Teller und Besteck ausfindig gemacht, sodass ich nur noch ihr gegenüber Platz nehmen muss.

»Wow«, sage ich anerkennend. »Was verschafft mir die Ehre?«

7

SARA

Luca sieht noch fast genauso verwirrt aus wie in dem Moment, als er mir nichts ahnend die Tür geöffnet hat. An der dunklen Haarsträhne, die ihm in die Stirn hängt, haftet noch etwas Mehl vom Backen, aber es ist zu süß, als dass ich ihn darauf hinweisen würde.

Grinsend deute ich auf das zwischen uns ausgebreitete Essen. »Ich gehe schon mal in Vorleistung. Falls das mit dem Testessen nicht gleich ein Genuss wird.«

Jetzt lächelt er, so vorsichtig wie immer, als wäre er nicht sicher, ob seine Reaktion wirklich angemessen ist.

»Außerdem habe ich mit Mauro wegen der Ausbildung gesprochen. Er war überrascht, aber er meinte, für das kommende Ausbildungsjahr habe er noch niemanden für das Restaurant in Düsseldorf.« Ich nehme den Nudellöffel und fülle unsere Teller nacheinander mit Pasta. »Er will sich zuerst voll und ganz auf das Festival konzentrieren, aber ich würde sagen, er ist nicht abgeneigt.«

Lucas Miene ist wieder ernst, er sieht mich staunend an. »Wirklich? Das ist ... danke, dass du nachgefragt hast.«

Ich winke ab und werfe ihm einen herausfordernden Blick zu. »Ich erwarte dein vollstes Engagement beim Lovebirds-Menü.«

»Hätte ich erwähnen sollen, dass Beziehungen bisher nicht unbedingt mein Fachgebiet waren?« Er zieht die Nase kraus.

»Gesunde Beziehungen waren bisher auch nicht meine Spezialität«, gebe ich zu und denke an Vini. »Wer weiß, vielleicht finden wir heraus, dass man sich den Traumprinzen doch backen kann, wenn man nur das richtige Rezept kennt.«

»Oh, *merda*! Der Kuchen!« Wie von der Tarantel gestochen, springt Luca auf und eilt zum Backofen. Als er ihn öffnet, entweicht ein Schwall heiße Luft, aber es riecht nicht verbrannt.

»Gerade noch rechtzeitig.« Erleichtert stößt er den Atem aus, dann schaltet er den Ofen aus und nimmt die heiße Backform mit zwei Kochhandschuhen heraus. Ein köstlicher Duft vermischt sich mit dem würzigen Geruch der Pasta, sodass ich einen Moment in Erwägung ziehe, die Nachspeise vorzuziehen. Doch dann kommt Luca zurück an den Tisch und beißt herzhaft in ein Stück Pizza.

Er schließt genießerisch die Augen, und mir drängt sich der Gedanke auf, wie absurd das Ganze doch ist. Jetzt sitze ich ausgerechnet dem Typen gegenüber, der vor ein paar Wochen nur halb bekleidet aus meinem Wohnzimmer geflüchtet ist, weil Vini plötzlich vor uns stand und einen Tobsuchtsanfall bekommen hat, der dämliche Idiot.

Obwohl es mit Luca toll war – jedenfalls bis Vini reingeplatzt ist –, habe ich mich nicht mehr bei ihm gemeldet, denn ich habe mir keine Illusionen gemacht, dass er mich nach dem Erlebnis noch einmal würde wiedersehen wollen. Und natürlich hat er nicht mehr geschrieben. Aber dann stand er auf einmal zufällig vor mir. Und jetzt, wo wir hier gemeinsam unsere Pizza genießen, bin ich plötzlich froh, wie alles gekommen ist.

»Willst du nichts essen?« Lucas Stimme reißt mich aus den Gedanken, sodass ich mir ebenfalls ein Stück Pizza aus dem Karton nehme und hineinbeiße. Heute habe ich mich für Mauros Klassiker entschieden, Margherita mit kleinen Cocktailtomaten und frischem Basilikum. »Mhmm ... lecker.«

»Absolut. Und dabei war ich nie Fan von Pizza Margherita.«

Ich nicke. »Ich weiß genau, was du meinst. Mauro sagt immer, eine gute Pizzeria misst sich an ihrer Margherita. Wenn der Klassiker nicht passt, ist es einfach nichts.«

»So ist es. Und was ist dein liebstes Pastagericht?«

»Für mich geht nichts über Spaghetti aglio e olio mit extra Peperoni. Aber zur Not kriegst du mich mit jeder Art Pasta.«

»Eine echte Italienerin.« Er lächelt.

»*Ovvio*«, antworte ich augenzwinkernd. »Und du? Bist du auch hier geboren?«

»Ja, ich lebe schon immer in Deutschland. Meine Mutter ist nach dem Studium hergezogen und geblieben, mein Vater und seine Eltern lebten schon länger hier. Sie haben sich auf der Arbeit kennengelernt und schon kurz danach geheiratet.« Er zögert, und obwohl er meine Frage beantwortet hat, habe ich den Eindruck, dass er noch etwas hinzufügen will, deshalb warte ich ab.

»Meine Mutter wurde krank, und weil mein Vater eine andere Frau kennengelernt hat, bin ich quasi bei Nonna aufgewachsen. Nach Mammas Tod ist Papà mit seiner neuen Frau nach Italien gezogen.«

»Das tut mir leid«, sage ich und meine es aus tiefstem Herzen. Meine Eltern und ich streiten uns viel, aber ich kann mir nicht vorstellen, wie schrecklich es sein muss, einen Elternteil schon in so jungen Jahren zu verlieren. »Für dich war es keine Option, auch nach Italien zu ziehen?«

Luca schüttelt den Kopf. »Nonna hat sich seit Jahren um mich gekümmert, ich habe mich bei ihr wohlgefühlt, und auch wenn Mamma ihm verziehen hat, fiel es mir schwer, darüber hinwegzusehen, dass mein Vater uns in dieser Zeit allein gelassen hat.«

Ich nicke. »Das kann ich mir vorstellen. Meine Nonna Francesca ist zu Mauro und seiner Familie gezogen, nachdem Nonno gestorben ist, denn sie wollte nicht allein sein.« Ich ziehe eine Grimasse. »Ich liebe meine Nonna über alles, aber ich könnte niemals auf Dauer mit ihr unter einem Dach leben.«

Luca lächelt. »Das war bei mir anders. Wir haben zusammengelebt, bis ich fürs Studium nach Köln gezogen bin. Ich weiß nicht, ob ich bereuen soll, es getan zu haben.« Er runzelt nachdenklich die Stirn.

»Du meinst, weil du sonst mehr Zeit mit ihr gehabt hättest?«, hake ich nach.

»Es fühlt sich so an. Vor allem jetzt, wo ich mich frage, ob die ganze Zeit in Köln einfach verschwendet war.«

Vehement schüttle ich den Kopf. »Das kannst du nicht sagen! Du hast sicher viel gelernt, und bestimmt hätte deine Nonna nicht gewollt, dass du zu Hause rumsitzt.« Ich kannte sie zwar nicht, aber ich kann mir vorstellen, was bei mir los gewesen wäre, wenn ich statt des Studiums in Ernährungswissenschaften einfach gar nichts gemacht hätte.

»Du meinst, so wie jetzt?« Luca verschränkt die Arme vor der Brust, grinst mich jedoch an.

»So hab ich das nicht gemeint, ich ...«

»Schon gut, du hast recht.« Er löst die Haltung auf und wuschelt sich mit der Hand durch die Haare. »Sie hätte mir die Hölle heiß gemacht. Dass ich wegen etwas so Sinnlosem wie ihrem Tod das Staatsexamen versaue, hätte sie mir vermutlich übel genommen.«

Ich muss über seinen zerknirschten Gesichtsausdruck lachen. »Klingt ganz so, als hätte ich sie gemocht.«

»Ich bin mir sicher, sie hätte dich gemocht.«

8

LUCA

Anch'io. Und ich mag dich auch. Aber das sage ich nicht, denn keine Ahnung, wie man mit platonischen Kontakten über Gefühle spricht. Darf man so was?

»Jedenfalls bin ich wirklich froh, dich gematcht zu haben! Ich glaube, ich hab mich noch nie so gut mit einem Tinder-Date verstanden.« Sara strahlt mich völlig unbefangen an. Sie hat wohl kein Problem damit, ihre Gefühle zu artikulieren.

Etwas entspannter nicke ich. »Du hast recht. Ich verbringe gerne Zeit mit dir. Tut mir leid, dass ich dich beim letzten Mal beinahe vor die Tür gesetzt hätte.«

Sie lacht. »Streng genommen war ich da schon. Danke, dass du mich dann doch noch reingelassen hast.«

»Klar.«

Für einen Moment schweigen wir beide, aber es ist ein gutes Schweigen. Und das macht es fast noch besser. Sich mit jemandem ungezwungen unterhalten zu können, ist das eine, aber gemeinsam zu schweigen, fühlt sich nur mit wenigen Menschen wirklich gut an.

Nachdem wir unser Geschirr und auch das Chaos, das ich beim Backen hinterlassen habe, aufgeräumt haben, komme ich auf das Lovebirds-Menü zurück.

»Steht eigentlich schon fest, wie Mauro sich das mit

dem Menü vorgestellt hat? Müssen sich aussichtsreiche Paare bewerben, und wir wählen aus?«, frage ich, während ich das Kaffeepulver in den Espressokocher löffle.

»Haha, das hättest du wohl gerne.« Sara lehnt sich mit der Hüfte gegen die Theke und zuckt dann mit der Schulter. »Nein, ehrlich gesagt, keine Ahnung, das ist noch offen. Auf jeden Fall werden wir nur eine begrenzte Zahl an Reservierungen stemmen können.«

Ich mache einen zustimmenden Laut, schraube das Oberteil des Kochers fest und schalte den Herd an.

»Wir werden sehen.« Sara reicht mir zwei Espressotassen, die ich vor mir auf die Theke stelle. »Besprechen wir das nächste Woche. Wann hast du Zeit für einen ersten Durchgang im Restaurant?«

Ich warte, bis der köchelnde Espresso das Kännchen gefüllt hat, dann teile ich die dampfende Flüssigkeit zwischen den beiden Tassen auf und reiche Sara eine.

»Morgen früh bin ich wegen eines Nebenjobs in der Bäckerei *Linsenmeier*, dann erfahre ich, an welchen Tagen ich arbeite«, antworte ich, während wir uns Zucker in den Kaffee rühren. »Wenn wir uns nachmittags treffen, ist es egal. Abends geht auch, aber dann lieber, wenn ich am nächsten Tag frei habe.«

»Verständlich.« Sara nippt an ihrer Tasse. »Wann beginnen die Schichten beim Bäcker?«

»Es kommt drauf an, was es alles zu tun gibt, und hängt auch davon ab, was die Bäckereien anbieten. Soweit ich weiß, fängt die Chefin um zwei an, in Köln hab ich meistens um vier angefangen.«

»O Gott, das klingt nach einem Nebenjob aus der Hölle.«

Ihr entsetzter Gesichtsausdruck bringt mich zum Lachen. »Wie man's nimmt. Es hat auch Vorteile.«

»Ach ja? Welche sollen das sein? Kriegt man Gratisbackwaren?«

Schmunzelnd schüttle ich den Kopf. »Das nicht gerade. Was übrig bleibt, wird an die Tafel gespendet. Aber du kannst dir die Sachen alle selbst backen?«, schlage ich vor, doch sie verdreht die Augen. Beschwichtigend hebe ich die Hände. »Gut, ja, vermutlich muss man ein Herz fürs Backen haben, und für Langschläfer ist der Job nichts.«

»Du bist also ein Early Bird?«

Ich zucke mit den Achseln. »Das frühe Aufstehen hat mir nie viel ausgemacht.«

Sara schüttelt verständnislos den Kopf. »Seltsame Menschen, diese Frühaufsteher.«

»Ganz schön vorlaut für jemanden, der noch auf einen Nachtisch hofft«, sage ich und werfe ihr einen vielsagenden Blick zu.

Sie streckt mir die Zunge raus und zieht ein Messer aus dem Messerblock. »Jetzt mach schon, schneid ihn endlich an.«

Lachend tue ich wie geheißen. Der Kuchen hat die perfekte Konsistenz, fluffig und weich, außerdem ist er noch lauwarm.

Ich lege je ein Stück auf einen Teller und reiche Sara eine Gabel. Einträchtig spießen wir unseren Kuchen auf, und während ich probiere, beobachte ich Sara, die genüsslich die Augen schließt. Sie blinzelt sie auf und lacht, als sie bemerkt, dass ich ihr zugesehen habe.

»Göttlich.« Sie nimmt einen weiteren Bissen, und ich tue es ihr nach. Der Kuchen schmeckt wirklich sehr gut, genau richtig schokoladig. Während die milden Mandeln für die perfekte Konsistenz sorgen, stellen die Brombeeren einen fruchtig intensiven Kontrast zur süßen Schokolade dar.

»Ich komme jetzt öfter«, erklärt Sara grinsend und deutet auf den Kuchen.

Ich verdrehe die Augen. »Schon okay, ich sehe darüber hinweg, dass du nur wegen meiner Backkünste Zeit mit mir verbringen willst.«

»Mein Invest in diese Freundschaft ist ein Cousin mit einem wirklich guten Restaurant.«

»Das ich schon kannte, bevor wir uns begegnet sind, aber wenn du meinst.« Während ich unsere Teller in den Geschirrspüler räume, verstaut Sara die Verpackungsreste in der Warmhaltebox.

»Jetzt sei nicht so kleinlich.« Sie lächelt mich über die Box hinweg an, und ich kann nicht anders, ich lache zurück.

***

Als der Wecker am nächsten Morgen um halb vier klingelt, denke ich an Sara, denn am liebsten würde ich mich umdrehen und noch eine Runde schlafen. Ich war deutlich länger wach, als ich es normalerweise bin, wenn ich um diese Zeit aufstehen muss. Also quäle ich mich unter die Dusche, schaufle ein paar Haferflocken mit Cornflakes und Milch in mich und mache mich auf den Weg zur Bäckerei. Die kühle Nachtluft weckt mich, sodass ich, vor Ort angekommen, zum Glück nichts mehr von der Müdigkeit spüre.

»Wie schön, Luca, freut mich! Ich bin Anne.« Sie trägt eine weiße Schürze mit Rüschen und hat über ihre kurzen braunen Haare ein Haarnetz geschlungen. Nachdem sie mir gezeigt hat, wo ich meine Sachen ablegen kann, reicht sie mir ebenfalls Schürze und Haarnetz. Dann gehen wir gemeinsam in die Backstube, wo sich mir der Bäcker als Ole und die Auszubildende als Chiara vorstellen.

»Morgens findet immer eine kurze Teambesprechung statt, aber das kennst du ja schon aus Köln«, erklärt Anne, während sie mich durch den Raum führt. »Danach gehen wir unseren Aufgaben nach, bereiten den Teig vor. Hier«, sie deutet auf eine verschlossene Tür, »ist der Garraum, und da vorn ist die Spülküche.« Ich folge ihr zu der Spülstraße, die ähnlich aufgebaut ist wie in Köln. »Im Nebenjob wirst du hauptsächlich uns Bäckern zuarbeiten und beim Spülen und Saubermachen unterstützen. Deshalb reicht es im Normalfall, wenn du um vier anfängst. Ist das in Ordnung?«

Ich nicke, denn das kommt mir entgegen.

»Du meintest, du hast dir drei Tage in der Woche vorgestellt? Ich habe noch einen anderen Hilfsarbeiter, er arbeitet dienstags und freitags. Wäre es für dich möglich, die anderen Tage zu übernehmen?«

»Klar, das ist kein Problem. Momentan habe ich keine anderen Verpflichtungen«, erkläre ich leise, aber Anne lässt sich nicht anmerken, was sie davon hält.

»Super, dann kannst du heute einfach mal dabei sein und dir alles anschauen, und ich gebe dir später die Unterlagen, ja?« Sobald sie mit ihrer Führung am Ende ist, gibt sie mir ein Zeichen, dass ich Ole bei der Herstellung der Brötchen unterstützen kann. Nach einigen wenigen Worten ist alles klar, und wir arbeiten überwiegend schweigend, während im Hintergrund das Radio läuft. Die Bäckerei in Köln war in einem dunklen Hinterhof, doch hier hat die Backstube eine Fensterfront in Richtung Osten direkt hinter der Theke, an der wir die Brötchen formen. Als wir nach vier Stunden fertig sind und beginnen, die Theke zu putzen und alle Utensilien zu reinigen, geht vor uns spektakulär die Sonne auf.

»Schön, oder?« Anne ist neben mir stehen geblieben und meinem Blick gefolgt. »Du musst es im Sommer sehen, wenn um halb sechs der Tag beginnt ... draußen sind noch kaum Menschen unterwegs.«

»Das ist das Schönste an diesem Beruf, oder? Diese friedliche Atmosphäre, wenn der Tag anbricht«, sage ich, und erinnere mich an die vielen Morgen, an denen ich durch das nächtliche Köln gefahren bin und der Himmel langsam durchzogen war von hellgrauen Schlieren, die den neuen Tag einläuteten.

»Ich finde, ja.«

»Endlich hast du noch so einen Romantiker gefunden, was?« Ole ist grinsend neben uns getreten und wischt ein letztes Mal über die Theke. »Jedes Frühjahr liegt sie uns damit in den Ohren, dass die Tage endlich wieder länger werden.«

»Sei ehrlich, die schönsten Sonnenaufgänge hast du in der Backstube der Bäckerei *Linsenmeier* erlebt«, antwortet Anne und wirft ihm einen strengen Blick zu.

Ole schüttelt schmunzelnd den Kopf. »Es waren ein paar schöne dabei. Aber ich war auf dem *Pico do Arieiro* auf Madeira, Sonnenaufgang über den Wolken.« Er legt Daumen, Zeige- und Mittelfinger aneinander und küsst sie. »Aber es war nur ein winziges bisschen schöner als das hier«, fügt er tröstend hinzu, als Anne einen Flunsch zieht.

»Los, ab in die Spülküche mit dir«, sagt sie und wedelt mit einem Geschirrtuch vor ihm herum. Gemeinsam mit Chiara macht er sich an die Arbeit, während ich Anne in ihr Büro folge.

»Also, mein Lieber. Du hast es dir nicht anders überlegt?« Sie sieht mich mit einem breiten Lächeln an, sodass um ihre Augen viele kleine Fältchen entstehen.

»Nein, es ist alles gut. Wo muss ich unterschreiben?«

»Hier.« Sie reicht mir einen Vertrag, den ich überfliege, bevor ich schließlich meine Unterschrift daruntersetze. Anschließend legt sie das Papier auf den Kopierer und reicht mir ein Exemplar. »Dann freue ich mich, dass du uns unterstützen wirst.«

»Danke, ich freue mich auch.« Ich reiche ihr die Hand.

»Wir sehen uns also am Montag.«

***

Während der nächsten zwei Wochen spielen wir uns in der Backstube ein, sodass schon bald alles Hand in Hand geht und ich mich nicht mehr bei jedem Schritt absichern muss. Anne hat eigentlich immer gute Laune und tanzt gerne zu Achtzigerjahressongs aus dem Radio, während Chiara sie regelmäßig erfolglos für irgendwelche modernen Künstler zu begeistern versucht. Ole unterbricht seine Tätigkeit täglich für eine kurze Raucherpause um vier und macht die Frühstückspause nur, weil sie gesetzlich vorgeschrieben ist und Anne darauf besteht.

Am Donnerstagmorgen sitzen Chiara und ich bei einer noch warmen Butterbrezel vor dem Gebäude.

»Ich mache die Ausbildung echt gerne«, sagt sie und beißt von ihrer Brezel ab. »Aber ohne die finanzielle Unterstützung von meinen Eltern ...« Sie schüttelt den Kopf. »... könnt ich das knicken.«

Ich nicke, während ich an dem knusprigen Arm der Brezel knabbere. »Die Chefin in Köln hatte mir einen Ausbildungsplatz angeboten ...«

»Aber?« Neugierig sieht sie mich an.

»Zu der Zeit dachte ich noch, dass ich Jura durchziehe.«

»Finanziell waren das auch andere Aussichten.« Sie lacht unbekümmert.

»Da hast du wohl recht«, gebe ich zu. Jetzt bin ich zwar sicher, dass ich nicht an die juristische Fakultät in Köln zurückkehren werde, das beantwortet aber nicht die Frage, was ich stattdessen tun werde. Ich brauche dringend einen Plan.

9

SARA

Nachdem Vini ein Paket für mich, das versehentlich an ihn geliefert wurde, nach über einer Woche endlich bei Carlo abgegeben hat, mache ich mich auf den Weg zu meinem Bruder. Natürlich hat Vini darauf spekuliert, dass ich es bei ihm abhole. Und ich habe es in Erwägung gezogen, weil ich nach meiner erfolglosen Shoppingtour mit Nelly letzte Woche am Ende doch noch mal ein Kleid online bestellt habe und sichergehen muss, dass es auch passt.

Eigentlich hatte ich bereits eins, abgestimmt auf Vinis braunen Dreiteiler. Aber auch wenn wir weiterhin Carlos und Anas Trauzeugen sein werden, will ich nicht mehr im Partnerlook auf der Hochzeit auftreten. Dafür habe ich jetzt ein geniales paillettenbesetztes Kleid bestellt. Blöderweise an Vinis Adresse, die noch in meinem Account hinterlegt war. Vini würde mir ganz sicher einreden wollen, dass ich zurückkomme, dass mein Auszug eine Übersprunghandlung war und er mir meinen Seitensprung, der keiner war, weil wir uns davor getrennt hatten, verzeihen werde. Und weil ich mir in Sachen Vini genauso wenig vertraue wie ihm, ist es besser, das Paket bei Carlo abzuholen.

Die Altbauwohnung, die mein Bruder und Ana in Oberkassel bewohnen, ist modernisiert und mit einer schicken Einbauküche ausgestattet, ein echter Glücksgriff. Ich war erst enttäuscht, als die beiden sich bei ihrer Wohnungssuche für Düsseldorf entschieden haben, aber im Grunde war es keine Überraschung. Carlo ist schon fürs Studium von Köln weggezogen und hat sich hier schnell so wohl gefühlt, dass er kein Geheimnis daraus gemacht hat, nicht wieder nach Köln zurückzuwollen. Nachdem auch Ana kein Problem damit hatte, ihre Geburtsstadt zu verlassen, sind sie jetzt hier. Und seit ich ebenfalls nicht mehr in Köln bin, ist es umso besser, die beiden so nah zu wissen. Nur dass Ana heute arbeitet, weshalb es Carlo ist, der auf mein Klingeln hin die Tür öffnet und mich in eine Umarmung schließt.

»Ciao, *sorellina*!« Seine Cool-Water-Duftwolke hüllt mich ein, als er mich auf die Wangen küsst und mich schließlich an den Schultern ein Stück zurückschiebt, um mich zu mustern. Seine Gedanken behält er jedoch für sich, er winkt mich lediglich herein. »Komm rein, wir trinken einen *caffè*.«

Ich stutze, als ich meine Schuhe an der Garderobe abstelle. Direkt neben ein paar weißen Airmax mit roten Schnürsenkeln – ein Modell, das mir von Carlo nicht bekannt ist, dafür aber von jemand anderem. »Ist Vini da?«

»Er war zufällig in der –«

»Gib mir einfach das Paket, und ich verschwinde wieder.« Ich will gerade in meine Schuhe schlüpfen, da taucht er in der Tür auf. Er sieht scheiße aus mit den Augenringen, die fast so dunkel sind wie sein schwarzer Bartschatten. Und verdammt gut, wie er seinen Arm im Türrahmen abstützt und ein halbes Lächeln aufsetzt. »*Ciao, bellina.*«

»Nenn mich nicht so.«

»Sara.« Carlo sieht mich mahnend an, aber ich spüre, wie in mir die Wut hochkocht. »Lass uns nicht hier im Flur stehen. Ich mache *caffè*, ihr könnt in Ruhe reden.«

»Ich fass es nicht, dass du mir in den Rücken fällst!« Ich funkle Carlo an und versuche, Vini zu ignorieren.

»*Amò* ... ich meine, Sara.« Vini zögert und macht dann einen Schritt auf mich zu. »Carlo wollte uns nur die Gelegenheit geben, zu reden. Mit ein bisschen Abstand.«

»Ich habe deine Nummer, Vincenzo.«

Er zuckt zusammen und ich mit ihm. Keine Ahnung, wann ich ihn das letzte Mal so genannt habe.

Um meine Reaktion zu überspielen, werde ich noch lauter. »Und ich habe sie nicht gewählt, *santo cielo*, ist es so schwer, das zu akzeptieren?«

»Ja, es ist schwer zu akzeptieren, wenn es den beiden wichtigsten Menschen in meinem Leben scheiße geht!«, fährt Carlo mich an. »Du hast Vini doch nicht mal die Gelegenheit gegeben zu erklären, dass da nichts lief.« Klar, dass er bestens informiert ist über Vinis Verhältnis zu seiner neuen Arbeitskollegin, von der er mir kein Sterbenswörtchen erzählt, sich aber plötzlich abends mit ihr verabredet hat.

»Es gibt nichts zu erklären! Auf welcher Seite stehst du eigentlich?«

»Fang jetzt nicht so an.« Carlo wirft die Hände in die Luft. »So wie es jetzt ist, seid ihr beide nicht glücklich. Und das bedeutet wohl, dass du deine Entscheidung vielleicht noch mal überdenken solltest.«

»Dir geht es nicht um mein Glück, erzähl mir nichts!«

Er bläst die Luft aus, als könne er nicht fassen, dass ich so schwer von Begriff bin, dabei ist das Gegenteil der Fall. Wie kann er nicht verstehen, wie wichtig es für mich ist, dass er diese Entscheidung akzeptiert? Wie schwierig es ist, mich selbst davon zu überzeugen, dass es uns getrennt besser geht als gemeinsam. Besser gehen wird.

»Und hör auf, dich in meine Angelegenheiten einzumischen!« Dann wende ich mich Vini zu. »Gib mir das Paket.«

»Sara, ich wollte doch nur –«

»Das Paket!« Ich presse die Zähne so fest aufeinander, dass mein Kiefer schmerzt. Ich kann nicht hier stehen und in seine traurigen Augen schauen, ich kann nicht hören, was er zu sagen hat, und ich werde nicht darüber diskutieren, dass wir zusammen besser sind. Dieses Mal nicht, das habe ich mir geschworen.

Als ich in meine Schuhe schlüpfe, dreht er sich endlich, endlich um und kommt einen Augenblick später mit dem Paket zurück. Ich reiße es ihm aus der Hand und öffne die Wohnungstür.

»*Pulcina.*« Carlos Stimme hat einen traurigen Klang angenommen, was in mir sofort das Bedürfnis hervorruft, mich zu ihm umzudrehen, aber ich kann nicht mehr stehen bleiben. Deshalb gehe ich erhobenen Hauptes die Treppe hinunter, bis ich wieder an der frischen Luft bin.

Weil ich so aufgebracht, wie ich bin, nicht direkt nach Hause will, irre ich, nachdem ich mit der U-Bahn zurückgefahren bin, mit dem Päckchen unter dem Arm durch die Altstadt. Vini ist es gelungen, einfach alle auf seine Seite zu ziehen. Gut, Ana ist wohl nach wie vor auf meiner Seite, aber sie heiratet Carlo, und ich kann sie unmöglich immer zwischen die Fronten ziehen. Papà glaubt, dass ich ohne Vini an meiner Seite keine Perspektive habe, und ein großer Teil meiner Familie ist ohnehin der Meinung, dass ich mich glücklich schätzen sollte, einen erfolgreichen attraktiven Mann an meiner Seite zu haben. Dabei war mir der Gedanke schon immer zuwider, mich auf dem Erfolg meines Partners auszuruhen. Ich möchte auf eigenen Beinen stehen, einen Job finden, den ich gerne mache und mit dem ich finanziell abgesichert bin. Aber für meine Familie ist Vini der Traummann schlechthin. Niemand will hören, wie beschissen es mir geht, wenn wir uns mal wieder die halbe Nacht gestritten haben und ich mich den Rest der Nacht frage, ob es wirklich an mir liegt.

Wie kann es sein, dass ich all das weiß und trotzdem nur an diese dunklen Schatten unter seinen Augen denken kann? Wie kann es sein, dass ich mir Sorgen um ihn mache und mich schuldig fühle?

Ich lasse den Blick über den Rhein schweifen, der vor mir zwischen den Häusern sichtbar wird. Natürlich weiß ich, was das Internet zu diesem Beziehungsverhalten sagt. Emotionale Abhängigkeit. Ausgerechnet ich, mit meiner großen Klappe und dem selbstbewussten Auftreten, soll mich emotional abhängig gemacht haben. Der Gedanke tut schon weh, seit ich zum ersten Mal darauf gestoßen bin.

Ich reiße mich vom Anblick des Wassers los und mache mich auf den Weg zurück zum Restaurant. Wie auch immer man es nennen will, ich habe entschieden, dass es dieses Mal kein Zurück gibt. Und auch wenn ich mich bewusst darauf konzentrieren muss, nicht zu checken, ob Vini mir geschrieben hat, oder ihm womöglich selbst zu schreiben, schaffe ich es, das Handy in der Tasche zu lassen. Ich werde das Kleid anprobieren und mich bei Ana melden, bei ihr kann ich meinen Frust loswerden.

Zurück in Mauros schmalem Gästezimmer schlüpfe ich in das Kleid, das zum Glück sitzt wie angegossen. Passende Schuhe habe ich auch. Wenigstens darüber muss ich mir also keine Gedanken mehr machen. Schnell knipse ich ein Selfie, auf dem man mein Outfit einigermaßen gut erkennen kann, dann sende ich es an Ana.

Sara [12:22]

Outfit steht ✓

Ana [12:23]

Hat Vini das Päckchen also endlich vorbeigebracht

Sara [12:24]

Wie man's nimmt … er hat mich überrascht, als ich es bei Carlo abholen wollte 🙈

Ana [12:24]

WAS?! 😱 Das darf nicht wahr sein

Ana [12:24]

Ich hab Carlo tausendmal gesagt, dass es eure Angelegenheit ist

Sara [12:26]

Aber er ist ein Arsch, wie immer, wenn es um mich geht

Ana [12:27]

Sag das nicht, Süße ☹ Hauptsache, du hast jetzt dein Kleid 😘

Ana [12:28]

Rede noch mal mit ihm, okay?

Sara [12:29]

Mal sehen

Ich weiß, dass Ana Streit zwischen mir und Carlo nur schwer ertragen kann, aber dieses Problem hat sie quasi mit eingekauft, als sie begonnen hat, ihn zu daten. Wenn ich an seine Worte denke, werde ich sofort wieder sauer, aber immerhin lenkt mich die Wut von Vini ab.

Weil ich mich ohnehin darum kümmern muss, setze ich mich an die Hausarbeit in Ernährungskommunikation, deren Abgabe in wenigen Tagen ansteht. In den letzten Wochen bin ich gut vorangekommen, mir fehlen nur noch die letzten zwei Kapitel, bevor ich den gesamten Text überarbeiten und auf Rechtschreibung überprüfen muss.

Eine halbe Stunde später höre ich Stimmen und das Knallen der Wohnungstür. Klingt so, als wäre Mauros Frau mit den Kindern zurück.

»Sandro! Du sollst die Tür festhalten, wie oft muss ich dir das noch sagen?«, höre ich Vittoria schimpfen.

»Ist Zia Sara da?«

»Ich weiß nicht«, antwortet Vitto. Stampfende Schritte kommen näher. »Emilio, stopp! Zuerst geht ihr Hände waschen, dann könnt ihr nach Sara sehen. Ihr habt Papà gehört, es gibt gleich Essen.«

Ich klappe gerade den Laptop zu, als mir einfällt, dass ich Luca noch fragen muss, ob er diese Woche Zeit hat, um Nonna und mich beim Testkochen zu unterstützen.

Sara [13:05]

Wäre bei dir Donnerstagabend möglich, wenn der erste Andrang im Restaurant durch ist? Kochen im Restaurant und unsere Ergebnisse bewerten?

Schnelle Schritte nähern sich von außen meiner Tür, dann klopft es.

»Ja?«

»Zia Sara!« Emilio reißt die Tür auf und kommt hereingestürmt, direkt hinter ihm Sandro. Beide umarmen mich stürmisch, was mich zum Lachen bringt.

»Hey, ihr zwei. Wie war die Schule?«

»Wir haben 'nen Film geschaut.« Emilio grinst.

»Na, so was.«

»Sind doch eh bald Ferien.« Sandro verdreht die Augen. »Kommst du mit essen? Nonna hat Frittata gemacht.«

»Wer sagt da schon Nein?« In meiner Hand vibriert mein Handy, aber bevor ich draufschauen kann, stöhnt Emilio auf.

»Ich *hasse* Frittata. Es ist immer Paprika drin.«

Lächelnd streiche ich ihm über die Haare. »Ach, komm. Du kannst sie mir geben, okay?«

Er nickt begeistert und zieht mich an der Hand mit ins Wohnzimmer, wo ich Vitto begrüße, bevor wir gemeinsam nach unten ins Restaurant gehen.

»Da seid ihr ja endlich.« Nonna streckt ihren Kopf aus der Küchentür. »Setzt euch hin, *forza, andiamo raggazzi, su*!« Sie scheucht uns an den einzigen eingedeckten Tisch. Vitto setzt sich mit einem Seufzen und schenkt sich Wasser ein, von dem sie einen großen Schluck nimmt. »Ich sag's dir, sechs Wochen Sommerferien, danach kannst du mich einliefern.«

Ich lache mitfühlend, weil ich mir das vorstellen kann. Die zwei Jungs haben unglaublich viel Energie, und Vitto kümmert sich die meiste Zeit allein um die beiden.

Nonna und Mauro kommen aus der Küche und stellen Oliven, eingelegte Zucchini und Melanzane vor uns ab, dann bringen sie die Frittata.

»Und für dich«, sagt Nonna, als sie Emilio den letzten Teller vor die Nase stellt. »*Senza peperoni.*«

Emilios Blick hellt sich auf, und er dreht sich zu Nonna um. »Keine Paprika?«

»Nein. Dein Papà hat gesagt, sonst isst du nichts.«

Emilio grinst und schnappt sich das Besteck.

Vitto wirft ihm einen strengen Blick zu, woraufhin er noch mal absetzt und Nonna anstrahlt. »*Grazie, nonna.*«

»*Ma certo, tesoro.*«

Erst nach dem Essen fällt mir ein, dass ich gar nicht mehr geschaut habe, ob Luca mir geantwortet hat. Während wir Espresso trinken, nehme ich mein Handy zur Hand und checke die eingegangene Nachricht.

Luca [13:07]

Donnerstag würde gut passen. Bin gespannt ☺

Sara [14:00]

Super, dann 20.30 Uhr.

10

LUCA

Sara hat die Hände in den Taschen ihrer Jeans vergraben und stößt sich von der Wand ab, sobald sie mich auf das Restaurant zulaufen sieht.

Als ich vor ihr stehen bleibe, grinst sie mich an. »Na, bist du fit?«

»Aber sicher. Ich bin bereit, und du?«

»So was von. Lass uns reingehen, Nonna ist in der Küche.«

Ich folge Sara durch den Gastraum, winke Mauro, der hinter der Bar am Telefon hängt, in die Küche, wo einer der Köche Teller anrichtet und ihre Großmutter schon auf uns wartet.

»*Ciao, buonasera, come stai?*« Sie lächelt freundlich, als ich näher komme und ihr die Hand reiche. Sie hat einen festen Händedruck, und ihr Blick ruht forschend auf mir.

»Nonna, das ist Luca.« Sara zeigt mit dem Finger zwischen uns hin und her. »Luca, meine Nonna Francesca.«

Francescas Gesicht ist voller kleiner Falten, sie trägt eine goldumrahmte Brille und hat die weißen Haare mit einem dunkelblauen Tuch zurückgebunden.

»*Buonasera.* Freut mich, ich habe schon viel von Ihnen gehört«, sage ich, was sie kritisch die ebenfalls weißen Augenbrauen zusammenziehen lässt.

»Bitte, sag Francesca«, antwortet sie an mich gewandt, dann wirft sie ihrer Enkelin einen messerscharfen Blick zu. »Sara, was hast du dem Jungen wieder über mich erzählt?« Sie dreht sich zurück zu mir. »Glaub ihr kein Wort und zieh die Hälfte ab, dann hast du es.« Sie macht eine schwungvolle Handbewegung, um ihren Satz zu unterstreichen.

Ich unterdrücke ein Lachen und werfe Sara einen kurzen Blick zu. »Keine Sorge, Sara hat nur gut von Ihnen ... ich meine, von dir gesprochen.«

»So ist es.« Sara hat uns beiden zwei große Schürzen mit Mauros Logo organisiert und reicht mir eine davon.

»Danke.« Während ich mir die Schürze umbinde, inspiziert Francesca die Lebensmittel, die auf einem freien Teil der Arbeitsfläche vorbereitet wurden. Während Sara uns einen Überblick gibt, breitet sie sich immer mehr auf den begrenzten Oberflächen aus, sodass Mauro einen halben Nervenzusammenbruch erleidet, als er nach einer Weile zu uns stößt.

»*Madonna mia*, Sara, ich habe gesagt, bleib auf dieser Seite der Theke, wir haben draußen noch einen Tisch, für den wir gleich Pasta anrichten müssen.« Mit ausladenden Gesten bedeutet er ihr, die Lebensmittel wieder zur Seite zu räumen.

»Danilo hat genug Platz da drüben, was meckerst du so?«, fährt Sara ihn an, aber Mauros Miene bleibt unnachgiebig, als er die Arme verschränkt.

»*Pulcina*, das ist meine Küche, also bestimme ich, ob und wo du hier Chaos hinterlassen darfst.«

»Habt ihr es dann mal?«, geht Francesca dazwischen, während ich schon Fenchel, Tomaten und Pasta zur Seite räume. »Eine alte Frau kann sich nicht ewig die Füße in den Bauch stehen.«

Sara wirbelt herum und funkelt ihre Nonna an. »Hör bloß auf, zu Hause stehst du den ganzen Tag in der Küche. Jetzt tu nicht so, als wäre heute irgendwas Besonderes.«

Ich beiße mir auf die Unterlippe, um nicht zu schmunzeln, während die beiden Frauen sich belauern wie zwei Katzen kurz vor dem Angriff.

»Hat dir schon mal jemand gesagt, dass du Augen wie eine Katze hast?«, spreche ich meine Gedanken laut aus, und bevor ich mir innerlich gegen die Stirn schlagen kann, fährt Sara zu mir herum und gibt die angespannte Haltung auf.

»Nur ungefähr jeder, seit ich fünf bin.« Sie verdreht die Augen. Immerhin bin ich mit meiner Beobachtung nicht allein – und die Ablenkung hat funktioniert, sie streiten nicht mehr.

»Das liegt an den langen Wimpern und der Mandelform«, plappere ich in die Stille.

Mauro tritt neben mich und rempelt mich an. »Nein, das liegt an ihrem giftigen Blick«, raunt er mir laut genug zu, dass alle es hören, dann lacht er hemmungslos. »Ich schwöre, Nonna hatte so eine Katze in Bagnoli, die sah genauso aus wie Sara.«

Empört wirft Sara ihrer Großmutter einen Blick zu, doch die zuckt nur die Schultern. »Was soll ich sagen, sie sah dir schon ein bisschen ähnlich.«

Saras Protest geht unter dem Gelächter ihres Cousins unter, während ich erstaunt dem Schlagabtausch folge. So viel zum Thema Streiten.

»Luca, hilf mir mal!«, fordert sie mich auf.

Ich ziehe den Kopf ein. »Das ging gerade schon nach hinten los. Bei Familienstreitigkeiten halte ich mich besser raus.« Ich lerne aus meinen Fehlern.

»Dann wirst du hier nicht zu Wort kommen, *ragazzo.*« Francesca schmunzelt.

Sara tritt neben mich und beginnt, das Gemüse umzusortieren, dann reicht sie ihrer Nonna Zwiebel und Knoblauch.

»Was hast du mit dem Fenchel vor?« Mauro sieht skeptisch über ihre Schulter.

»Fenchel erhöht die sexuelle Lust der Frau und die Ausdauer des Mannes«, doziert sie unbeirrt, während sie vor sich Schneidebrett und Messer bereitlegt.

Francesca zieht eine buschige Augenbraue hoch, während sie mit geübten Handgriffen die Zwiebel schneidet.

»Schön und gut, aber er schmeckt nach Hustensaft.«

»So ein Quatsch, hast du ihn überhaupt schon mal anders als im Tee probiert?«

»Meine Mutter hat ihn früher gegrillt«, werfe ich ein. »Schmeckt tatsächlich gar nicht mal so schlecht.«

Mauro sieht nicht überzeugt aus, aber er zuckt die Schultern. »Wenn ihr meint.«

Aus ihrer Tasche zieht Sara ein schwarzes Tuch, mit dem sie sich geschickt die Haare hochbindet, was den Fokus auf ihre dunkel geschminkten Augen noch verstärkt. Sie erwischt mich beim Starren, kommentiert es aber nicht, sondern reicht mir stattdessen ein Sieb mit Tomaten.

Während wir einträchtig schnippeln und nebendran Danilo die letzte Pasta anrichtet, ist die Stimmung trotz der Sticheleien entspannt. Francesca und Sara streiten fast bei jedem Handgriff und lachen sich kaputt, wenn ich doch versuche, vermittelnd dazwischenzugehen. Also gebe ich es auf und beschränke mich darauf, die beiden mit Handlangertätigkeiten zu unterstützen, bis Sara vorschlägt, dass ich ein Pizzabrot als Vorspeise backen könnte.

»Wenn es hier eine Sache gibt, an der es nicht mangelt,

dann ist es ja wohl Pizzabrot, oder nicht?«, hake ich nach, aber Mauro winkt ab.

»Einfach nicht hinterfragen«, murmelt er, bevor er sich zurück hinter seine Theke verzieht.

Sara stemmt die Hände in die Taille. »Ja, es gibt normales Pizzabrot. Aber ich würde gerne ein bisschen experimentieren. Hast du eine Idee?«

Sofort fällt mir ein Rezept ein, das ich schon lange in meinen Handynotizen gespeichert, aber noch nie ausprobiert habe. »Wie wäre es mit Focaccia?«

Saras Augen leuchten. »Das ist mal was Neues, bravo!«

Francesca lacht, während sie großzügig Oregano in die Tomatensoße gibt. »Weißt du, wie lang ich Mauro schon damit in den Ohren liege? Aber er wollte sich immer auf seinen Pizzateig konzentrieren.«

Sara zuckt die Achseln. »Das Lovebirds-Menü ist schließlich was Besonderes. Wenn du Lust hast, kannst du ja heute ein bisschen experimentieren, und beim nächsten Mal zählt es.« Sie zwinkert mir zu.

»Okay.« Wahrscheinlich sollte es mir zu denken geben, dass ich keine Sekunde zögere, für dieses Menü weitere Abende mit Sara zu verbringen. Aber wenn ich ehrlich bin, hatte ich lange nicht mehr so viel Spaß wie in den letzten Stunden mit ihr.

Während ich den Hefeteig ansetze, gesellt sich Francesca zu mir. »Sara hat erzählt, dass du Ahnung von der italienischen Küche hast. Von wem hast du Kochen gelernt, *ragazzo*?«

Ich werfe ihr einen kurzen Blick zu, bevor ich mich wieder auf das Kneten konzentriere. Die Küchenmaschine, auf die Sara mich hingewiesen hat, habe ich links liegen gelassen. Beinahe habe ich Mammas vorwurfsvolle Stimme im Ohr, wie sie mir vorhält, dass man nur mit seinen eigenen Händen die Liebe übertragen kann, die für die Zubereitung eines Gebäcks nun mal nötig ist.

»Hauptsächlich von Nonna. Sie ... Wenn ich ein Lovebirds-Menü planen müsste, hätte ich auch meine Großmutter um Unterstützung gebeten.« Über die Theke hinweg tausche ich einen stillen Blick mit Sara. Sie lächelt mitfühlend, deshalb wende ich mich schnell wieder Francesca zu. »Sie ist im Januar gestorben.«

»Das tut mir leid.« Francesca legt ihre runzelige Hand einen Moment auf meine Faust, mit der ich den Teig bearbeite.

»Danke.«

»Wie hieß sie, deine Nonna?«

»Carmela Marino.«

»*Dio*, Carmela! Ich kannte sie. Sie hat manchmal ihre Tochter in die Kirche begleitet. Dann war Fiona deine Mutter?«

An ihrem Blick erkenne ich, dass sie weiß, was passiert ist, und nicke.

»Ich gehe schon lang nicht mehr ... mit dem neuen Pfarrer bin ich nie warm geworden. Carmela habe ich nur hin und wieder gesehen, aber Fiona war früher ... sie war immer da.«

Wieder nicke ich und drücke die Hände fest in den Teig. »Sie war sehr gläubig. Das war etwas, was sie für sich gemacht hat ...« Ich lasse weg, dass wir ganz früher gemeinsam gegangen sind. Erst als Mamma krank wurde, konnte ich es nicht mehr und habe die Zeit, die sie in der Kirche war, meist mit Zocken verbracht. »Am Ende hat es ihr nichts gebracht«, füge ich hinzu und zucke leicht mit der Schulter.

Francesca schüttelt vehement den Kopf. »O doch, *tesoruccio*, ich bin sicher, das hat es. Wir vermögen es nicht zu sehen, aber der Glaube an Gott ist nie verkehrt. Wenn er ihr Trost gespendet hat, war es genau richtig.« Sie lächelt, und wieder sehe ich zu Sara, deren Blick auf ihrer Nonna ruht.

»Ja, wahrscheinlich war es das. Danke.«

11

SARA

Luca spricht von meinen Augen, dabei schafft er es mit einem einzigen Blick, dass einem ganz warm wird und man gleichzeitig das Gefühl hat, er schaue einem bis in die Seele. Mir geht es jedenfalls so, wenn der Blick aus seinen Schokoladenaugen auf mir liegt. Ich habe nie verstanden, warum die Leute braune Augen langweilig finden.

»Sara?« Nonna reißt mich aus meiner Gedankenwelt, und ich habe keine Ahnung, was ich verpasst habe.

»Mh?«

»Schon immer eine Träumerin, wie dein Vater.«

Ich verdrehe die Augen und wedle mit der Hand, um sie zum Weiterreden zu animieren.

»Soll ich jetzt etwas *peperoncino* in die Soße machen, oder nicht?«

»*Sì*, mach das! Ein bisschen Feuer hat noch nie geschadet.«

Luca grinst, während er nach wie vor den Teig knetet.

»Wenn das kein fantastischer Teig wird, weiß ich auch nicht, so lang, wie du den bearbeitest. Ich hätte ja die Maschine genommen.«

»Dilettantin«, murmelt er kopfschüttelnd und bringt mich damit zum Lachen. Er formt eine Kugel und gibt sie in eine Schüssel, die er mit einem sauberen Küchentuch abdeckt.

»Das geht jetzt für dreißig Minuten, in der Zeit können wir deine Antipasti probieren. Ich hab Hunger«, erklärt er.

»Macht das, *bambini*, ich gehe ins Bett. Brauchst du noch etwas von mir?« Nonna wendet sich an mich, aber ich schüttle den Kopf.

»Danke für deine Hilfe. Ich werde dir morgen berichten, was uns überzeugt hat und was nicht.«

Sie lächelt, löst die Knoten der Schürze und nimmt das Kopftuch ab, dann drückt sie mich einen Moment. »*Buona notte, pulcina.*« Nachdem sie sich von Luca verabschiedet hat, lässt sie uns zu zweit in der Küche zurück.

Ich richte die gebratenen Paprika und Zucchini mit frischem Basilikum an und stelle sie gemeinsam mit der Caponata auf dem kleinen Tisch für das Küchenpersonal ab. »*Prego*«, sage ich an Luca gewandt und setze mich selbst. »Gut, dass wir nicht mehr daten, mit dem ständigen Essen hätte ich sicherlich jeden längst verschreckt.«

Luca zieht einen Mundwinkel hoch. »Ich weiß ja nicht, wie es dir geht, aber ich kann ohne essen nicht leben.«

Mit dieser Reaktion habe ich nicht gerechnet, und wahrscheinlich verliebe ich mich gerade ein bisschen in ihn. Erschrocken von meinen eigenen Gedanken, lache ich extra laut auf. Natürlich verliebe ich mich nicht, das war nur so dahin ... gedacht.

»Wow.« Luca hat einen ersten Bissen genommen und schließt genießerisch die Augen. »Das Walnussöl kommt richtig gut.«

Ich spieße ebenfalls eine Paprika auf meine Gabel und probiere. Eingelegtes Gemüse ist sowieso eine meiner liebsten Vorspeisen, und Luca hat recht; es ist richtig gut geworden.

»Das kommt schon mal auf die Liste.«

Zwei Stunden später haben wir die Pasta probiert und entschieden, dass Fenchel definitiv nichts in der Soße zu suchen hat.

»Ich schmecke immer noch Hustensaft auf meiner Zunge«, jammert Mauro, als Luca gerade die Focaccia aus dem Ofen holt. Während wir darauf warten, seine Kreation zu probieren, machen wir es uns an der Bar mit einem Drink gemütlich.

»Ist ja schon gut, ich hab doch gesagt, dass ich es streiche«, murre ich und spüle unauffällig mit meinem Drink nach. Es lag am Fenchelöl, da bin ich mir fast sicher.

»*Allora, eccola.*« *Hier ist sie*, die Focaccia, die Luca uns auf einem Pizzateller präsentiert. Das Brot ist nur wenige Zentimeter dick, glänzt an der Oberfläche beinahe bernsteinfarben, und als Mauro es mit einem Pizzaschneider in schmale Streifen schneidet, knuspert die Oberfläche verheißungsvoll. Luca hat zwei Varianten zubereitet, eine klassisch mit Olivenöl, die andere mit Zwiebeln, und mir läuft schon beim Anblick das Wasser im Mund zusammen.

»Eigentlich war ich schon satt«, sage ich, aber beiße trotzdem, ohne zu zögern, in das fluffige Brot. Genießerisch schließe ich die Augen. »*Dio!*« Es schmeckt köstlich.

Mauro nickt zustimmend, während Luca uns aufmerksam mustert und erst dann ebenfalls ein Stück probiert.

»Das ist richtig gut, wo hast du das gelernt? Ich glaube, so eine Focaccia habe ich bisher nur in Genua bekommen.« Mauro schneidet auch die zweite in Streifen und schnappt sich ein Stück.

»Es war das Lieblingsgericht meiner Mamma. Sie hat in Genua studiert und war Übersetzerin.«

»Sara hat erzählt, dass du darüber nachdenkst, eine

Ausbildung als Bäcker zu machen?«, hakt Mauro nach und mustert Luca mit neu entfachtem Interesse.

Luca schiebt mit dem Finger ein paar Krümel auf der Theke zusammen, bevor er nickt. »Ich hab schon in Köln nebenher beim Bäcker gearbeitet, ein Familienunternehmen mit Filialen in Düsseldorf und Köln.«

»Wie du«, sage ich an Mauro gewandt, und er hebt vielsagend die Brauen.

»Jedenfalls sind sie supernett, der Job hat mir von Anfang an Spaß gemacht. Aber ehrlich gesagt ... die Ausbildungsvergütung ist unterdurchschnittlich, und ich muss nicht nur eine Wohnung finanzieren, sondern voraussichtlich auch das BAföG für Jura zurückzahlen.« Er zuckt die Achseln. »Das ist einfach nicht realistisch.« Seine Stimme ist leiser geworden, und am liebsten würde ich Mauro meinen Ellenbogen in die Seite stoßen. Ich meine, hallo? Wenn diese Focaccia vor uns nicht *Talent!* schreit, dann weiß ich auch nicht.

»Ich mache dir ein Angebot«, sagt Mauro da schon, und ich atme auf. »Wir bieten deine Focaccia beim Festival an, und wenn sie gut ankommt, hast du einen Ausbildungsplatz in meiner Backstube.«

Luca schluckt. »Meinst du das ernst?«

»Bei so was mache ich keine Witze. Ich wollte dieses Jahr eigentlich nicht ausbilden, weil ich dachte, so kurzfristig niemanden zu finden. Aber unter diesen Umständen ... *Sei d'accordo?*«

Wie so oft an diesem Abend flackert Lucas Blick zu mir. Mein breites Grinsen scheint ihn anzustecken, denn er lächelt, als er Mauro die Hand hinstreckt.

»*Sì, grazie mille.*«

»Darauf stoßen wir an.« Ich hebe mein Glas, und die anderen beiden tun es mir nach.

»Auf das Lovebirds-Menü«, sagt Luca.

»Auf den besten Focaccia-Bäcker in Düsseldorf«, antworte ich und zwinkere ihm zu.

»Darauf, dass ihr beiden bald fertig seid mit eurem Menü und mir nicht jede Woche die Küche in einen Schweinestall verwandelt.« Mauro grinst und stößt mit uns an.

Es ist nach Mitternacht, als ich Luca vor dem Restaurant umarme und dann die Treppe ins Obergeschoss hochgehe.

***

Als ich am nächsten Morgen verschlafen aus meinem Zimmer trete, ist Vittoria mit den Zwillingen schon längst aus dem Haus. Nonna höre ich in der Küche hantieren, also schaue ich nach einem Abstecher ins Badezimmer bei ihr rein.

»*Caffè*?«, fragt sie, hält mir aber bereits ein gefülltes Tässchen hin, das ich dankbar entgegennehme. »Vittoria hat gestern *cornetti* vom Bäcker mitgebracht. Willst du etwas frühstücken?«

Eigentlich starte ich meinen Tag meistens ohne Frühstück, einfach weil ich so früh am Morgen noch nichts in den Magen kriege. Aber bei der Erwähnung eines *cornetto* läuft mir das Wasser im Mund zusammen.

»Mit Pistazien?«

»Auf dem Tisch liegt die Tüte, schau selbst nach.« Nonna wendet sich wieder ihrem Topf zu.

Während ich das Croissant mit Pistazienfüllung aus der Tüte ziehe und genüsslich hineinbeiße, beobachte ich, wie sie eine Bitterorange nach der anderen aufschneidet.

»Was machst du da eigentlich schon wieder?«, frage ich kauend.

»Nach was sieht's denn aus? Mauros Schwiegereltern haben bei ihrem letzten Besuch eine riesige Kiste Bitterorangen mitgebracht, die koche ich ein.«

»Klingt gut. Du kannst Luca ein Glas zur Seite stellen, ich wette, er mag das.«

»Ist ein guter Junge, mh?« Nonna sieht mich über den Rand ihrer Brille wissend an.

»Guck nicht so, er ist nur ein Freund.« Ich konzentriere mich wieder auf mein Hörnchen, sehe ihr Achselzucken aber dennoch.

»Tja, dann. Schade. Der Junge hat Talent, er ist höflich und aufmerksam. Nicht so ein Schwätzer wie Vincenzo.«

»Dann sei froh, dass ich ihn los bin.«

»Mir brauchst du das nicht sagen, *pulcina*, ich habe deinem Vater gleich geraten, sich nicht einzumischen. Bei den jungen Leuten läuft das heute anders.«

Ich lache trocken auf. Sich-nicht-Einmischen ist für Papà ein Fremdwort. In dieser Sache kommt Carlo ganz nach ihm.

»Und Luca, woher kennt ihr euch?«, hakt Nonna nach, während sie munter Zucker in ihren Topf gibt.

»Wer sagt, dass ich ihn schon vorher kannte?«, frage ich verblüfft, doch sie schüttelt nur den Kopf.

»Dafür seid ihr zu vertraut.«

Genüsslich lecke ich das letzte bisschen Pistaziencreme von meinem Finger. »Ich hab mit ihm geschlafen«, gebe ich zu und spare mir die Erklärung, dass der eigentliche Sex dank Vini gar nicht stattgefunden hat.

Nonna hebt die Brauen. »So ist das also. Und weiter?«

»Was weiter?« Ich werfe ihr einen misstrauischen Blick zu, aber sie winkt ab.

»Nichts, schon gut. Mach du mal. Hast du heute Pläne?«

»Ja.« Gott sei Dank, sonst hätte sie mich sicher sofort zum Marmeladekochen verdonnert. »Ich gehe mit Ana in den Brautmodenladen. Die Schneiderin ist fertig, heute ist die letzte Anprobe.«

Nonna lächelt. »Richte ihr viele Küsse aus.«

»Es heißt Grüße.«

»Du hast mich schon richtig verstanden«, widerspricht sie schmunzelnd. Ich verdrehe die Augen, aber verspreche, daran zu denken. Nonna liebt Ana – vielleicht sogar ein bisschen mehr als Carlo, aber wer bin ich, sie zu verurteilen. Ich liebe Ana definitiv mehr als meinen nervigen Bruder, den sie aus einem mir unerfindlichen Grund als die Liebe ihres Lebens auserkoren hat, auch wenn sie mich für diesen Gedanken verurteilen würde.

Zurück in meinem vorübergehenden Schlafzimmer schlüpfe ich in meine neue Cordjacke, obwohl es draußen nach Regen aussieht. Dann stopfe ich Geldbeutel, Handy und Schlüssel in meine übervolle Handtasche, nehme mir fest vor, sie demnächst mal wieder auszuräumen, und mache mich auf den Weg.

Eine halbe Stunde später laufe ich auf das Brautmodengeschäft zu, vor dem Ana bereits wartet und von einem auf das andere Bein tänzelt. Als wir das letzte Mal gemeinsam mit Nelly und Anas Mutter hier waren, strahlte sie mit der Sonne um die Wette, aber ich kenne sie lange genug, um zu wissen, dass ihr fehlendes Lachen heute nichts mit dem Wetter zu tun hat.

»Was ziehst du so ein Gesicht?«, frage ich schon von Weitem und nehme sie, bei ihr angekommen, in den Arm.

»Ach, es ist nichts«, murmelt sie mit dieser Stimme, die sagt, dass sehr wohl was ist. »Ich bin nur aufgeregt. Und heute Morgen hab ich mich mit Carlo gestritten, dabei gab es überhaupt keinen Grund dazu.«

Ich lächle. »Ich zoffe mich ständig ohne Grund mit Carlo, dafür lohnt sich das Trübsalblasen wirklich nicht.« Obwohl ich dieses Mal definitiv einen Grund habe, aber jetzt geht es nicht um mich.

»Das ist was anderes, ihr seid Geschwister«, murrt sie. »Du hast es leicht, dich liebt er sowieso.«

Jetzt kann ich das Lachen nicht länger zurückhalten. »Ana, wenn er jemanden liebt, dann liebt er dich, und zwar mehr als jeden anderen Menschen.« Das weiß ich besser als jede andere. »Mich würde er jederzeit eintauschen, wenn es darauf ankäme.«

»Das würde er nicht«, widerspricht sie und schüttelt vehement den Kopf.

»Das Los, wenn man sich mit dem Bruder der besten Freundin einlässt: Sie kennt den Typen ein bisschen zu gut.«

Ana schneidet eine Grimasse, sieht aber schon deutlich milder gestimmt aus. »Du wirst für alle Ewigkeit darauf herumreiten.« Sie seufzt und hakt sich bei mir ein. »Lass uns reingehen.«

Wie beim letzten Mal ist der Eingangsbereich hell beleuchtet, und zwei Spots sind auf die beiden Aufsteller gerichtet, die prächtige Brautkleider präsentieren. Dahinter finden sich zahllose Kleider an Stangen, durch die wir uns vor einigen Wochen gewühlt haben, um das perfekte Kleid für Ana zu finden. Den Sekt, den wir angeboten bekommen, lehne ich dieses Mal dankend ab. Stattdessen mache ich es mir auf der Couch bequem und warte darauf, dass Ana aus der Umkleidekabine tritt.

Als sie es endlich tut, verziehe ich die Mundwinkel unwillkürlich zu einem breiten Lächeln. Carlo werden definitiv die Augen aus dem Kopf fallen, da bin ich sicher. Das enge Kleid betont Anas Hüften, und ihr Dekolleté ist einfach eine Wucht. Glitzernde Perlen zieren das ganze Kleid, ihre schulterlangen hellbraunen Haare hat sie mit einer Klammer halb zurückgesteckt. Sie sieht wunderschön aus, und wenn ich sie so sehe, kann ich es Carlo keine Sekunde verdenken, dass er sich für sie entschieden hat. Er stand schon immer auf schöne Frauen, aber Ana ist nicht nur das, sie ist auch intelligent, witzig und liebevoll. Wäre ich der Typ dazu, kämen mir jetzt sicherlich die Tränen, aber Gott sei Dank bin ich nicht so sentimental.

»Was sagst du?« Anas Stimme ist dagegen dünn.

Ich lächle sie an. »Das Gleiche wie letztes Mal, du siehst einfach Wahnsinn aus.«

»Es ist nicht zu viel auf der Hüfte, oder?« Sie streicht ganz vorsichtig über den eng anliegenden Stoff.

»Auf keinen Fall«, antworten die Verkäuferin und ich wie aus einem Mund, was Ana endlich ein Lächeln ins Gesicht zaubert. Und als sie erneut in den Spiegel blickt, leuchten ihre Augen so wie beim ersten Mal, als sie das Kleid angezogen hat.

Während die Verkäuferin noch einmal alles prüft und das Kleid in einem riesigen Kleidersack verstaut, schiebt Ana den Vorhang der Umkleidekabine zur Seite und sieht mich prüfend an.

»Hast du noch mal mit Carlo gesprochen?« Sie zieht sich das Shirt wieder über den trägerlosen BH und steigt anschließend in den gemusterten Rock.

»Hat Carlo dir das nicht gesagt?« Mir war klar, dass ich heute nicht um dieses Thema herumkommen würde, trotzdem habe ich keine Lust darauf.

Sie verdreht die Augen. »Du und dein Bruder, ihr seid genau gleich. Und normalerweise mische ich mich auch nicht in eure Streitigkeiten ein, das weißt du.« Sie sieht mich streng an, bevor sie auf einem Bein balanciert, um in ihren Overknee zu schlüpfen. »Aber dieses Mal geht es immerhin um meine Hochzeit.«

Als sie mit beiden Schuhen an den Füßen aus der Kabine tritt, stehe ich auf. »Darüber musst du dir keine Sorgen machen. Vini und ich bekommen das hin.«

»Und du erzählst mir was darüber, sich nicht mit dem Bruder der besten Freundin einzulassen. Mit dem besten Freund des Bruders ist natürlich viel besser.« Sie zieht vielsagend die Brauen hoch, doch ich verdrehe nur die Augen.

»Das ist was anderes, das weißt du ganz genau. Carlo und ich kennen Vini und seine Familie schon ewig. So oder so war es eine Schnapsidee, zu denken, das mit uns könnte langfristig funktionieren.«

Ana rümpft die Nase. »Ich weiß das, Schatz. Ich hoffe, Vini kann sich genauso zusammenreißen wie du.«

Ich nicke. »Das wird er. Es wird alles gut.« Lächelnd strecke ich ihr die Hand entgegen, und sie drückt sie, bevor wir gemeinsam an die Verkaufstheke gehen und das Kleid in Empfang nehmen.

12

LUCA

Sara [13:43]

Nonna hat Bitterorangen-Marmelade gemacht. Willst du ein Glas?

Eine Sache, die ich in Deutschland wirklich vermisse: In den meisten Supermärkten findet man keine Bitterorangen-Marmelade, und nie schmeckt sie so gut wie in Italien. Das Angebot kann ich also unmöglich ausschlagen.

Luca [13:44]

Klar, gerne!

Sara [13:45]

Super ☺

Sara [13:45]

Ich kann mich einfach nicht entscheiden, was ich wegen der Pastasoße machen soll.

Luca [13:47]

Ist das wirklich so wichtig? So oder so wird es den Leuten schmecken, so viel Herzblut wie du in die Sache steckst.

Sara [13:48]

Es ist wichtig!! Wenn wir das gut machen, können wir den Verlauf eines Dates positiv beeinflussen, und wer weiß, vielleicht wird dann dank unseres Menüs aus einem einfachen Date mehr …

Luca [13:50]

Du wirst es nicht erfahren, oder?

Sara [13:52]

Was ist los mit dir? Hast du schlecht geschlafen?

Lachend lege ich das Handy zur Seite. Saras Begeisterung für dieses Projekt ist bewundernswert, und ich wünschte, ich hätte etwas, für das ich mich so voller Überzeugung engagieren könnte. Aber ich frage mich, ob sie die Auswirkungen von Essen auf das menschliche Zusammenleben nicht doch etwas überschätzt.

Ein Blick auf die Uhr verrät mir, dass Adrian demnächst am Hauptbahnhof eintrifft, also sollte ich mich ebenfalls auf den Weg machen, wenn ich rechtzeitig zu unserer Verabredung am Südpark ankommen will. Simon habe ich schon geschrieben, dass ich es heute vermutlich nicht zu unserer Game-Night schaffe. Seit ich aus Köln weggezogen bin, habe ich Adrian nicht mehr gesehen, aber ebenso wie die meisten meiner Kontakte aus der Studienzeit ist auch er inzwischen in einer ernst zu nehmenden Beziehung und hat wenig Zeit.

Unterwegs schreibe ich Sara zurück.

Luca [14:01]

Ist ja schon gut. Du könntest was ganz anderes probieren … Walnusssoße?

Sara [14:03]

Es gibt eine spanische Studie, die herausfand, dass Nüsse die Orgasmusqualität steigern …

Bei Saras Nachricht muss ich laut lachen und ernte einen verwunderten Blick von einem entgegenkommenden Mann. Schnell fokussiere ich wieder das Handy.

Luca [14:04]

Wäre einen Versuch wert 😉

Sara [14:05]

Ich frage nachher mal Nonna, ob sie ein Rezept kennt 😁

Luca [14:05]

Gut, viel Erfolg!

Als ich eintreffe, wartet Adrian schon an der Haltestelle Provinzialplatz und umarmt mich zur Begrüßung. Gemeinsam machen wir uns auf den Weg in den Südpark.

»Tut mir echt leid, dass es so lang gedauert hat, bis ich mal hier aufschlage.« Adrian wirft mir einen entschuldigenden Blick zu. »Es war einfach zu viel los, und Aaron war super unflexibel, sodass ich meine Freizeit die letzten Wochen nach ihm ausrichten musste.«

Ich winke großzügig ab. »Mach dir keinen Kopf, ich musste hier sowieso erst mal ankommen.« Keine Ahnung, ob mir das inzwischen gelungen ist, aber ich schätze, so was in der Art.

»Du gehst nicht zurück nach Köln, oder?« Adrian sieht mich von der Seite an, und ich weiß, dass er die Antwort längst kennt.

»Nein, werde ich nicht«, gebe ich zu, was sich für mich selbst noch ein bisschen komisch anfühlt.

»Und was hast du dann vor?«

Ich vergrabe die Hände in den Hosentaschen und halte den Blick auf den Deichsee gerichtet, der vor uns in Sicht kommt. »Das ist noch nicht hundertprozentig sicher.«

»Lass dir doch nicht alles aus der Nase ziehen«, sagt er belustigt.

»Eventuell bekomme ich einen Ausbildungsplatz in Mauros Pizzeria ...«

»Was, ernsthaft? Das ist ja endcool!« Adrian sieht begeistert aus, und ich muss über seinen Überschwang schmunzeln, aber so war er schon immer.

»Es ist noch nicht sicher. Ich muss Mauro erst noch überzeugen.« Kurz fasse ich zusammen, wie ich dem Testessen zugestimmt habe und was es mit dem Lovebirds-Menü auf sich hat.

»Du triffst dich wieder mit Sara? Sara aus Köln, deren Typ dich halb nackt aus ihrer Wohnung gejagt hat?«

Am liebsten würde ich mir bei der Erinnerung die Hand vor den Kopf schlagen. Gerade hatte ich es geschafft, im Zusammenhang mit ihr nicht ständig daran zu denken. »Ja, die Sara.«

»Alter, bist du lebensmüde, oder so?« Adrian lacht auf, nicht wirklich fassungslos, eher beeindruckt. »Also stehst du echt auf sie?«

»Nein, nein, da läuft nichts«, sage ich schnell und hoffe, ich klinge nicht wehmütig. »Wir haben das Thema begraben, wir machen nur dieses Menü.«

»Ein Lovebirds-Menü?« Sein Grinsen spricht Bände. Ich hätte mir denken können, dass er das nicht so einfach hinnimmt.

»Ich mache das nur ...«, setze ich an, doch dann ändere ich meine Strategie. Ich brauche Adrian nichts vormachen, ich kann ihm einfach die Wahrheit sagen. »Ganz ehrlich? Sara ist der Hammer. Als ich sie das erste Mal getroffen habe, hat sie mich echt umgehauen.«

Adrian nickt wissend, er weiß ganz genau, wie unser verpatztes Tinder-Date ablief.

»Aber ich hab nicht vergessen, dass sie mich in eine Wohnung mitgenommen hat, in der offensichtlich noch ihr Freund oder Ex, was weiß ich, wohnte. Und inzwischen weiß ich auch, dass wir überhaupt nicht zusammenpassen.« Als Freunde schon, aber mehr ...

»Wieso nicht?«, hakt Adrian stirnrunzelnd nach. »Wegen der Sache mit ihrem Typen?«

»Nein, das nicht, obwohl das definitiv ein Punkt ist. Aber Sara ist ...« Ich suche nach Worten, um sie zu beschreiben, um ein Bild zu erschaffen, das ihr gerecht wird. »Sie ist laut, sie ist mutig, sie ist dickköpfig.«

»Und du bist leise, vorsichtig und kompromissbereit?«

Ich nicke, weil er damit vermutlich den Nagel auf den Kopf trifft, auch wenn er dabei aussieht, als sähe er darin überhaupt kein Problem.

»Ist doch super, dann ergänzt ihr euch«, sagt er da auch schon, aber ich zucke nur die Achseln.

»Wir haben uns auf eine platonische Freundschaft geeinigt.«

»Und das funktioniert?«

»Viel besser, als ich erwartet hätte«, antworte ich und hoffe, dass das Thema damit abgehakt ist.

»Na gut, wenn du meinst.« Adrian nickt, und dann fängt er tatsächlich an, von seinem Masterstudiengang Gender und Queer Studies zu erzählen, für den er sich relativ kurzfristig entschieden hat.

Nachdem wir gemeinsam in einem Sushi-Laden zu Abend gegessen haben, den Adrian unbedingt testen wollte, begleite ich ihn noch zum Hauptbahnhof und laufe dann zurück zu Nonnas Wohnung. Meiner Wohnung. Wie auch immer.

Bestimmt könnte ich noch für ein Game dazustoßen, doch ich entscheide mich gegen Computer und PlayStation und ziehe stattdessen eine der Schubladen des Wohnzimmerschranks auf. Dann beginne ich, nach und nach alles herauszuziehen. Schon nach wenigen Minuten bin ich umringt von einem kleinen Haufen Müll, angefangen von nicht mehr funktionsfähigen Kugelschreibern über vergilbte Klarsichthüllen und einer Kiste mit poröser Weihnachtsdekoration. Auf meiner anderen Seite habe ich eine Dose mit Kerzen platziert, die ich um Teelichter ergänze, die ich ebenfalls in der Schublade finde. Wofür braucht man so viele Kerzen? Als Nächstes ziehe ich einen kleinen Schuhkarton heraus, von dem ich keine Ahnung habe, was sich darin verbirgt. Bevor ich nachsehen kann, klingelt mein Handy.

Es ist ein eingehender Videoanruf von Sara. Beinahe bin ich überrascht, dass sie nicht einfach wieder unangemeldet vor der Tür steht.

»Na, was treibst du?«, fragt sie und kneift die Augen zusammen, als könne sie so besser erkennen, was sich hinter meinem Rücken verbirgt. Ich richte die Kamera einen Moment in den Raum, bevor ich sie mir wieder vors Gesicht halte.

»Ich hab angefangen, den Wohnzimmerschrank auszuräumen, und bereue es schon«, sage ich mit einem verzweifelten Blick auf das Chaos.

»Oh, wie spannend. Vielleicht findest du ein paar Schätze.« Lächelnd zupft sie an ihren Haarspitzen, die über ihre Schulter nach vorn fallen.

»Also ich weiß ja nicht ...« Ich setze mich wieder in das Chaos und dehne meinen Nacken. »Ich fürchte, eher viel Krimskrams oder Zeug, das allenfalls sentimentalen Wert hat.«

»Mh, das ist am schlimmsten. Man kann es nicht wegwerfen, aber Aufheben macht irgendwie auch keinen Sinn.« Schwungvoll wirft sie die Haare zurück und richtet sich mit dem Handy in der Hand etwas auf. »Lust, dass ich mit einer Flasche Wein vorbeikomme und dir helfe?«

Ein Blick auf die kleine Anzeige verrät mir, dass es kurz nach neun ist. »Du willst mir helfen, den Krempel meiner Nonna durchzusehen?«

»Klar, wieso nicht?« Sie legt den Kopf schief, und ihre Katzenaugen funkeln. »Zu zweit macht so was mehr Spaß! Gib mir fünfzehn Minuten.«

Ich lache. »Sag bloß, du findest dich inzwischen so gut

hier zurecht, dass du in einer Viertelstunde bei mir sein kannst.«

»Wette gilt«, schießt sie zurück und beendet das Gespräch.

Schmunzelnd lege ich das Handy zur Seite, öffne den Karton und schnappe nach Luft. Mit dem Deckel in der Hand verharre ich wie eingefroren auf die Aufnahme meiner Mutter blickend, die ganz oben auf einem Berg von Fotos liegt. Wie in Zeitlupe ziehe ich das Porträt heraus. Ich kenne das Bild, es stand früher auf der Kommode im Wohnzimmer meiner Eltern. Mamma hat darauf schulterlange hellbraune Haare, die ihr Gesicht in sanften Wellen einrahmen. Sie lächelt mit geschlossenem Mund, was sie auf Fotos meistens getan hat, da sie ihren schiefen Eckzahn nicht mochte. In meiner Erinnerung trug Mamma die Haare nie offen. Sie hatte eine Spange, die mit Perlen und Glitzer besetzt und eigentlich viel zu kitschig für sie war, mit der sie ihr Haar immer zusammengefasst hat. Keine Ahnung, was damit geschehen ist, ich vermute, sie wurde gemeinsam mit ihr beerdigt.

Ich ziehe ein weiteres Foto heraus, das Nonna und Nonno zusammen mit Papà zeigt, dann noch eines, von Nonna im Olivenhain ihrer Familie. Als es an der Tür klingelt, ist das Fach vor mir zwar leer, der Boden aber übervoll und ich irgendwie nicht weitergekommen.

»*Buonasera*!« Sara strahlt über das ganze Gesicht, schwenkt in der einen Hand einen Motorradhelm und in der anderen einen Chianti.

»Du warst schnell.«

»Mauro hat mir den Roller geliehen.« Sie grinst frech.

»Wie praktisch. Komm rein.«

»Ah, bevor ich's vergesse!« Sie zieht ein Glas Marmelade aus ihrer Jackentasche und reicht es mir.

»Sag Francesca vielen Dank von mir.«

Sara schlüpft aus ihren Schuhen und folgt mir auf Socken in die Wohnung. Ich stelle die Marmelade in der Küche ab und hole uns zwei Gläser, während sie schon ins Wohnzimmer vorgeht.

»Oh, wow!«, höre ich sie von nebenan.

»Ja, es ist …«, setze ich zu einer Erklärung an und trete in den Türrahmen. Unschlüssig streiche ich mir die Haare aus der Stirn.

Sie dreht sich zu mir um. »Ein bisschen eskaliert?« Sie lächelt. »Kein Problem, das kriegen wir hin. Korkenzieher?«

Ich deute auf eine kleine Schublade am Wohnzimmertisch, die sie öffnet, bevor sie die Flasche entkorkt. Während sie uns einschenkt, schnappe ich mir eine Plastiktüte und stopfe schon mal alles hinein, was für den Restmüll bestimmt ist, damit wenigstens ein bisschen Platz entsteht.

»Hier.« Sara reicht mir das Glas und setzt sich neben mich auf die frei gewordene Fläche des Teppichs. »*Cin cin.*«

»Danke für den Wein.«

»Danke für die Ablenkung.« Sie lächelt und nippt an ihrem Glas, dann stellt sie es neben sich ab.

Ich öffne einen weiteren Schrank, in dem mir als Erstes einige Vasen inklusive trauriger Exemplare von Plastikblumen ins Auge stechen. »Ablenkung von was?«

»Ach, nur die ewige Familientragödie.« Sie winkt ab und nimmt mir einen Strauß eingestaubter Fake-Blumen ab.

»In die Tüte da«, sage ich, als sie auf einmal das Gesicht verzieht.

»*Dio*, entschuldige. Ich jammere über meine Familie,

dabei wärst du wahrscheinlich froh, du könntest noch mit deiner streiten.«

Lächelnd ziehe ich eine Vase nach der anderen aus dem Schrank und deute dann auf die Kiste mit den Fotos. Ein Bild von Papa, seiner neuen Frau und meiner Halbschwester liegt jetzt obendrauf. »Mein Vater und seine Familie. Wenn ich streiten will, muss ich ihn nur anrufen.« Ich ziehe eine Grimasse.

»Oje, klingt wie bei mir. Darf ich?«, fragt sie und streckt, als ich nicke, die Hand nach dem Bild aus. Mit nachdenklicher Miene betrachtet sie das Foto und sieht mich dann an. »Sie hat deine Augen.«

Ich zucke die Achseln, nicke aber erneut. »Ja, schätze schon. Ihr Name ist Angelina.«

»Vermisst du sie?«

»Ich kenne sie kaum.« Während ich mich zu ihr umdrehe, zieht sie ein weiteres Foto aus der Kiste.

»Wie süüüüß, bist das du?« Sie wendet die Aufnahme, sodass ich das Bild von mir in einem Waschzuber erkennen kann. Ich bin etwa zwei, meine nassen Haare sind shampooniert, während ich mit breitem Lachen eine Quietscheente in die Kamera halte. »Leugnen ist zwecklos, du hattest schon damals diese riesigen braunen Augen.«

»Ich wusste gar nicht, dass sie hier diese Sammlung hat. Vermutlich sollte ich die Bilder sortieren ...«

Sara nickt, während sie sich weiter durch die Fotos wühlt. »Auf jeden Fall. Da sind ein paar schöne Aufnahmen dabei.«

Ich wende mich wieder dem Schrank zu, ziehe eine Tüte heraus, die hinter den Vasen zum Vorschein kam, und werfe einen schnellen Blick hinein.

»*Madonna mia*, was macht man mit so vielen Grablichtern?«, murmle ich vor mich hin und ziehe damit Saras

Aufmerksamkeit auf meinen Fund. Sie wirft ebenfalls einen Blick in die Tüte und zieht ein Exemplar mit einem Pater-Pio-Aufdruck hervor.

»Manche verwenden sie für Halloween. Aber ich schätze mal, deine Nonna hatte sie wohl eher für den Friedhof?« Fragend sieht sie mich an.

»Schon klar ...« Wenn ich jetzt sage, dass ich seit ihrer Beerdigung erst ein einziges Mal dort war, stehe ich da wie der letzte Arsch. Nonna war fast jede Woche an Mammas Grab, und ich habe es in sechs Monaten gerade ein Mal an ihres geschafft.

»Wir könnten hingehen und die Kerzen für sie anzünden«, schlägt Sara vor. »Wäre doch schade drum.«

»Was, du meinst jetzt?« Inzwischen ist es kurz vor zehn und dunkel draußen.

»Tagsüber haben Kerzen echt wenig Charme, vor allem im Sommer.« Sie steht auf und streckt mir die Hand hin. Statt mir von ihr auf die Beine helfen zu lassen, reiche ich ihr die Tüte und stehe auf.

»Also gut«, gebe ich mich mit einem mulmigen Gefühl im Bauch geschlagen.

13

SARA

Luca ist schweigsam, seit wir uns mit der Plastiktüte voller Kerzen auf den Weg gemacht haben. Der Bus zum Südfriedhof ist beinahe leer. Luca sitzt am Fenster und sieht hinaus, obwohl man dank der Spiegelung kaum etwas erkennen kann. Je stiller er ist, desto schwerer fällt es mir, ruhig zu bleiben. Die Tüte auf meinem Schoß raschelt, als ich mit den Beinen hin und her rutsche.

»Wir müssen das nicht machen, Luca«, sage ich, viel zu laut und deshalb viel weniger einfühlsam, als ich geplant hatte. »Ich wollte nicht, dass du dich verpflichtet fühlst.« Vorsichtig berühre ich seine Hand, die auf seinem Oberschenkel ruht.

Sein Blick zuckt erst zu mir und dann auf unsere Hände. Er verschränkt seine Finger mit meinen, drückt leicht und lässt mich dann wieder los.

»Du hast nichts falsch gemacht.« Seine Stimme klingt im Gegensatz zu meiner weich und liebevoll. »Ich frage mich nur, warum ich so lang gebraucht habe, um hinzugehen.«

»Also fühlt es sich jetzt richtig an, es zu tun?« Erneut knistert die Tüte.

»Ja«, antwortet er und lächelt endlich. »Es fühlt sich genau richtig an mit dir.«

Von der Haltestelle laufen wir über den Parkplatz des Südfriedhofs, wo für die Uhrzeit überraschend viele Autos stehen. Als wir durch das unscheinbare Tor des Haupteingangs gehen und dem Weg folgen, höre ich leise Musik, die von der Friedhofskapelle zu kommen scheint.

»Finden da drin Konzerte statt?«, frage ich an Luca gewandt.

»In einer Friedhofskapelle? Eher ungewöhnlich, aber keine Ahnung.«

Ich folge ihm über die spärlich beleuchteten Wege. Hier und da erhellt eine flackernde Kerze eines der Gräber rechts und links von uns, doch ungeachtet der vielen Autos ist außer uns keine Menschenseele unterwegs.

»Hier ist es.« Luca zeigt auf eine Reihe vor uns auf der linken Seite. Ich lasse ihm den Vortritt und folge ihm, bis er vor einem Grab mit einem hellen Stein stehen bleibt.

Fiona Amalia Ceretti, geboren am 25.12.1976, gestorben am 10.06.2013, steht da, und darunter:

Carmela Marino, geboren am 02.03.1946, gestorben am 10.01.2025.

Ich schlucke. »Sie liegen im selben Grab?« Obwohl ich die Stimme gesenkt habe, zerschneidet sie die Ruhe des Friedhofs.

»Es ist ein Familiengrab, aber nachdem mein Vater nach Italien zog …« Luca lässt den Satz offen. »Nonna hat entschieden, dass sie einmal bei meiner Mutter begraben werden wolle, sie hat es sogar in ihrem Testament festgehalten.«

»Was sagt dein Vater dazu?«

Luca hebt die Schultern. »Er weiß genau, dass Mamma für seine Mutter wie eine Tochter war.« Er sieht mich von der Seite an. »Sie hat sich lange geweigert, Papàs neue Frau kennenzulernen, hat erst nachgegeben, als die Kleine kam.«

Ich lächle. »Wie schön, dass die beiden hier einen gemeinsamen Ort haben«, sage ich und gehe mit der Tüte in die Knie. »Wollen wir?«

Luca kniet sich neben mich, um die Kerze in Empfang zu nehmen, die ich ihm hinhalte, dann lässt er das Feuerzeug aufflammen. Wir zünden ein Grablicht nach dem anderen an, stellen sie auf jedes freie Stück Erde, das wir finden können. Als alle brennen, ist das Grab hell erleuchtet. Die Namen der beiden Frauen flackern im Kerzenlicht, und als ich zu Luca rübersehe, blinzelt er Tränen aus seinen Augen.

Vorsichtig taste ich nach seiner Hand, und er lässt es zu. So stehen wir, Hand in Hand, schauen ins Licht und erinnern uns an die Frauen, die Luca geprägt und ihn viel zu früh verlassen haben. Obwohl mich das Gefühl etwas überfordert, nichts tun zu können, außer Lucas Trauer Raum zu geben, empfinde ich gleichzeitig eine tiefe Ruhe.

Als wir einige Minuten später dem schmalen Pfad zurück auf den Hauptweg folgen, zücke ich mein Handy, drehe mich noch mal um und mache ein Foto. Ich bin mir zwar sicher, dass ich diesen Moment, mitten in der Nacht, mit Luca auf dem Friedhof, niemals vergessen werde – aber ich gehe lieber auf Nummer sicher.

»Danke, dass wir das gemacht haben.« Luca lächelt und sieht erleichtert aus. »Das war ziemlich verrückt, aber ich bin sicher, Nonna hätte es geliebt.«

Vor uns taucht die Kapelle auf, und wieder hören wir leisen Gesang, der aus dem mächtigen Gebäude dringt. »Warte mal.« Ich ziehe Luca am Arm mit. »Ich bin einfach zu neugierig, was das für Menschen sind, die nachts in einer Friedhofskapelle singen.«

Wir steigen die fünf Stufen zum Haupteingang hinauf, und Luca deutet auf einen Aufsteller, der ein Plakat zeigt.

Die Jugendkirche* Leuchtfeuer *feiert unter dem Motto »Wir sind noch hier« einen Taizé-Lichtergottesdienst.

»Was ist denn das?«, frage ich mit gesenkter Stimme. Hier oben dringt der Gesang lauter zu uns, und ich bekomme unwillkürlich eine Gänsehaut.

»Taizé ist ein Kloster in Frankreich. Die Lieder, die dort gesungen werden, sind sehr bekannt. Meistens sind sie sehr kurz und wiederholen sich immer wieder …«, antwortet Luca, woraufhin ich ihm einen erstaunten Blick zuwerfe.

»Woher weißt du das?«

Er lächelt und nickt in Richtung Tür. »Lass uns reingehen.«

Ich folge ihm in die Kapelle und staune nicht schlecht, denn sie ist erhellt von unzähligen Kerzen. Sofort muss ich wieder an das hell erleuchtete Grab denken, das wir soeben hinter uns gelassen haben. Auf den ersten Blick sehe ich überraschend viele junge Menschen, doch bei genauerem Hinsehen erkenne ich, dass Jung und Alt in der Kapelle vertreten sind. Die Gäste haben weiße Liederbücher in der Hand und singen mehrstimmig.

»Warum singen die auf Italienisch? Sagtest du nicht, das Kloster ist in Frankreich?«

Bevor Luca mir antworten kann, kommt ein junges Mädchen zu uns und reicht uns zwei Liederhefte, gleichzeitig legt es den Finger auf die Lippen und bedeutet uns, Platz zu nehmen.

Ich folge Luca in eine Bank ganz hinten und beobachte, wie er das Buch aufschlägt. Statt es ihm nachzutun, lege ich meines neben mir ab und lasse die Atmosphäre auf mich wirken. Ich war noch nie in einem solchen Gottesdienst, genau genommen, habe ich seit der Taufe der Zwillinge keinen mehr erlebt.

Lucas tiefe Stimme mischt sich unter den Gesang der Anwesenden und lässt mich die Augen schließen. Der Gesang wiederholt sich wie ein Mantra, wird lauter und dann wieder leiser, beginnt wieder von Neuem. Als nach mehreren Minuten der Gesang abklingt und ein Mädchen nach vorn tritt und zu sprechen beginnt, beugt Luca sich dicht an mein Ohr.

»Sie singen nicht nur auf Italienisch, viele Lieder haben Strophen in verschiedenen Sprachen. In Taizé sind alle willkommen.«

»Mir gefällt das mit den Kerzen«, wispere ich zurück, und er nickt.

Es wird ein neues Lied angestimmt, dieses Mal auf Deutsch, und während Luca erneut mitsingt, lausche ich den Stimmen und lasse mich tragen von der mitreißenden Atmosphäre.

Nachdem er drei Wiederholungen gesungen hat, beugt Luca sich erneut zu mir. »Willst du noch bleiben?«

»Können wir denn einfach wieder gehen?«, frage ich leise zurück, woraufhin er nickt und mir bedeutet, die Bank zu verlassen. Bevor er sich umwendet, macht er das Kreuzzeichen und folgt mir. Langsam gehen wir zurück zum Eingang, wo uns das Mädchen die beiden Hefte wieder abnimmt und uns freundlich zunickt. Dann schließt sie die Tür in unserem Rücken.

»Wahnsinn!«

»Hat es dir gefallen?« Luca lächelt.

»Das klingt total bescheuert, aber ich fand es erhebend.«

»Erhebend?« Während wir die Stufen runtergehen, unterdrückt er mit seiner Hand ein Lachen. »Ich glaube nicht, dass ich das Wort schon mal ernsthaft verwendet habe.«

»Aber es passt, oder nicht?« Ich grinse. »Woher kennst du dich überhaupt so aus?«

»Mit Taizé? Ich war vor vielen Jahren mal mit einer Jugendgruppe dort, eine besondere Erfahrung. Meine Mutter war sehr gläubig, so bin ich zu den Ministranten gekommen und war einige Jahre sehr regelmäßig in den Gottesdiensten.« Seine Miene ist wieder ernster geworden.

»Was ist dann passiert?«, hake ich nach.

Er zuckt die Achseln. »Sie wurde krank, und ich bin nicht mehr hingegangen.«

»Aber warum?« Ich nehme an, eine kirchliche Gruppe könnte einem jungen Menschen in einer solchen Situation ein guter Trost sein.

»Ich schätze, ich war einfach wütend, erst recht, als sie dann gestorben ist.« Er wirft mir einen Seitenblick zu. »Ich wollte nichts mehr von der Kirche wissen und von Gott schon gar nicht. Zu einem Gott beten, der mir meine Mutter genommen hatte ...« Er schluckt. »... das hat für mich einfach keinen Sinn gemacht.«

Ich nicke. »Das kann ich mir vorstellen. Ich hatte ehrlich gesagt nie einen wirklichen Zugang dazu, aber ich kenne Menschen, denen der Glaube viel Trost gespendet hat.«

»Ja, natürlich, Mamma hat unfassbar viel Kraft aus ihrem Glauben geschöpft. Aber das ist was sehr, sehr Persönliches.«

Ich bleibe stehen und warte, bis Luca sich zu mir umdreht. »Danke, dass du mich heute mitgenommen hast«, sage ich ernsthaft, doch er winkt ab.

»Du weißt ganz genau, dass ich ohne dich gar nicht hergekommen wäre, also muss ich dir danken.«

Er macht einen Schritt auf mich zu, und für eine winzige Sekunde halte ich den Atem an in Erwartung dessen, was jetzt kommt, doch dann legt er sachte die Arme um mich und zieht mich an sich. Als ich dicht an seinem Pullover Luft hole, füllt sein unverkennbarer Duft meine Nase, und sobald ich meinen Kopf einen Moment an seiner Brust ablege, höre ich seinen Herzschlag – fest und gleichmäßig. Viel zu schnell lösen wir uns voneinander und stehen ein wenig verlegen da, bis Luca das Wort ergreift.

»Hast du heute eigentlich aus einem bestimmten Grund angerufen? Oder nur wegen der Ablenkung?« Er hat den Kopf ein wenig schief gelegt und sieht mich fragend an.

Einen Moment muss ich überlegen, bevor mir einfällt, dass ich tatsächlich mit einem Vorschlag angerufen habe. »Ich wollte über das Secondo sprechen. Du erklärst mich vielleicht für verrückt, aber ich hab die Pasta verworfen.« Hätte Luca mich nicht daran erinnert, hätte ich nach dem ereignisreichen Abend gar nicht mehr daran gedacht.

»Keine Pasta? Was ist aus den Nüssen geworden?« Wie erwartet sieht er mich skeptisch an.

»Wir probieren Risotto. Ein paar Walnüsse dürfen mit rein. Ich glaube, das könnte funktionieren.«

»Aha, Reis also. Okay, wieso nicht?« Luca nickt. »Wann sollen wir uns treffen?«

»Kannst du wieder am Donnerstag?«

»Geht klar.«

»Perfekt.« Ich liebe es, wie unkompliziert alles mit ihm ist.

Er schenkt mir ein Lächeln. »Dann lass uns jetzt zurückgehen. Ich sollte dringend ins Bett, wenn ich wenigstens noch ein paar Stunden Schlaf abkriegen will.«

14

SARA

Es zischt, als ich den Risottoreis, den ich zuvor mit Steinpilzen, Zwiebeln und Knoblauch glasig gebraten habe, mit dem Weißwein ablösche und die Temperatur des Herdes einstelle. Dann ziehe ich mein Handy, das schon wieder vibriert, aus der hinteren Hosentasche meiner Jeans. Carlo ruft bereits zum dritten Mal an, aber *santo cielo*, ich habe jetzt keinen Nerv für ihn.

»Luca kommt auch?« Mauro sieht mich von der anderen Seite der Kochinsel mit einem Blick an, den ich nicht einordnen kann.

»Klar kommt er«, antworte ich und sehe ihm herausfordernd in die Augen. »Willst du irgendwas loswerden?«

Er grinst. »So offensichtlich? Du magst den Jungen, oder?«

»*O Dio*, rede bitte nicht so, als wärst du ein väterlicher Freund.«

»Ich bin dein fünfzehn Jahre älterer Cousin. Kritisch nach deinen Männerbekanntschaften zu fragen, ist genau das, worauf ich gewartet habe.« Er lacht laut auf, während ich die Augen zusammenkneife.

»Nur um das festzuhalten. Luca war zuerst dein Freund.«

»Genau genommen, ist er mein Stammgast«, wirft er

ein. »Aber du magst ihn trotzdem.« Sein Lächeln ist eine Mischung aus überheblich und wissend, was mich die Arme vor der Brust verschränken lässt.

»Natürlich mag ich ihn«, erwidere ich angriffslustig. Wie könnte man Luca nicht mögen? Obwohl ich bei unserer ersten Begegnung nicht auf Small Talk aus war, hat mich seine sensible Art von der ersten Minute an für sich eingenommen. »Mehr als dich«, schiebe ich hinterher, bevor Mauro weiter auf dem Thema herumreiten kann. »Aber die Messlatte lag nicht sehr hoch.«

»Du kannst erzählen, was du willst, *pulcina*, ich habe ja Augen im Kopf.« Er grinst, und bevor ich noch etwas entgegnen kann, tritt Luca hinter ihm durch die Küchentür.

»Hallo zusammen.«

Mauro dreht sich schwungvoll um und haut Luca kumpelhaft auf die Schulter. »*Salve*, Luca. Da ist ja der Mann der Stunde.«

Luca stellt einen großen Korb auf der Theke ab und geht nach nebenan, um seine Jacke abzulegen. Weil ich nicht vergessen habe, zu welchen Bedingungen Luca unserem Deal zugestimmt hat, werfe ich Mauro einen warnenden Blick zu. Ich will auf jeden Fall vermeiden, dass Luca den Eindruck bekommt, Mauro könnte etwas von unserem One-Night-Stand ahnen, denn ich habe wie versprochen niemandem davon erzählt. Gut, Nonna mal ausgenommen, aber sie würde es Mauro niemals stecken.

Als Luca zurückkommt, bleibt mein Blick an seinem eng anliegenden Longsleeve hängen, der seine Brust und die breiten Oberarme vorteilhaft betont. In meiner Erinnerung flackert der Moment auf, als wir uns vor dem Friedhof umarmt haben. Luca fühlt sich ganz anders an als Vini, was wohl der Hauptgrund war, warum ich ihn ausgewählt habe, als ich das Gefühlschaos nach der Trennung mit einem Tinder-Date verdrängen wollte. Vini ist riesig, er ist sportlich, aber schmal, während Luca sicher einen Kopf kleiner ist. Doch alles an ihm ist stimmig.

Seine dunklen Haare fallen ihm in die Stirn, als er über einen Scherz von Mauro lacht, der sich zum Glück wieder seinem Pizzateig gewidmet hat. Ja, ich habe Luca ausgewählt, weil er auf den ersten Blick das absolute Gegenteil von Vini ist, nur habe ich nicht einkalkuliert, dass ich ihn so attraktiv finden könnte. Er ist zurückhaltend, aber freundlich, er ist ernsthaft, aber in den richtigen Momenten lacht er. Und dann leuchten seine Augen auf diese Art, die es mir unmöglich macht, den Blick abzuwenden. So wie jetzt, als er zu mir an die Theke tritt und einen Blick in den Topf mit dem köchelnden Risotto wirft. Dann kommt er noch einen Schritt näher und zieht mich in eine leichte Umarmung.

»Hallo, Lieblingsköchin.« Sein Lächeln zaubert das Grübchen in seiner Wange hervor.

»Sara?!« Mauros empörte Stimme lässt uns zu ihm herumfahren. »Du Banause stehst in meiner Küche«, schimpft er und hebt drohend die Hand, sodass er einen Moment von einer Mehlwolke eingehüllt wird.

Lachend zwinkert Luca ihm zu. »Da die Köchinnen meiner Familie leider bereits verstorben sind, kann ich Sara den Titel großzügig zugestehen. Und wenn es dich glücklich macht: Du bist mein Lieblingskoch.«

Ich haue ihm scherzhaft auf den Arm, während Mauro übertrieben jubiliert.

»Er wird noch größenwahnsinnig«, brumme ich, kann mir ein Lächeln aber nicht verkneifen, weil es mich freut, wie entspannt Luca inzwischen unter uns ist.

Mauro macht sich mit dem vorbereiteten Teig auf den Weg nach draußen, während Luca zu seinem Korb geht, sich aber noch mal zu mir umdreht. »Ich habe einen Focaccia-Teig mitgebracht, um noch eine andere Art auszuprobieren.«

Ich nicke. »Dafür sind wir hier. Leg los, in einer halben Stunde ist das Risotto so weit.«

Während Luca an der Theke gegenüber beginnt, den Teig durchzukneten, erwische ich mich mehrfach dabei, wie ich abgelenkt auf seine Finger starre. Ich hatte schon immer eine Schwäche für schöne Hände. Vinis Klavierspielerhände waren definitiv ein Grund, warum ich mich damals auf dieses verhängnisvolle erste Date eingelassen habe. Lucas Hände sind groß und kräftig, wie für das Bäckerhandwerk gemacht. Wäre Vini nicht zum genau falschen Zeitpunkt in unser Zusammentreffen geplatzt, hätte ich herausgefunden, zu was seine Hände ...

»Sara, *madonna mia*!« Ich zucke zusammen, als Mauros Stimme von der Tür mich aus meiner Tagträumerei reißt.

»*Che c'è*?«, rufe ich genauso aufgebracht zurück, um meine gedankliche Abwesenheit zu überspielen.

»Dein Bruder ist am Telefon.«

»Ich kann jetzt nicht, er soll es später versuchen.« Im Traum würde mir nicht einfallen, über Mauros Telefon Carlos Verhalten zu diskutieren.

Mauro verdreht zwar die Augen, zieht aber wieder ab. Ich konzentriere mich auf den Topf vor mir und gebe mit einer Schöpfkelle weitere Gemüsebrühe zum Risotto.

»*Buonasera*!« Nonna kommt in die Küche, in den Händen trägt sie einen großen Bräter.

»*Ciao*, Francesca. Das duftet ja köstlich.« Luca schnuppert und versucht, einen Blick auf das Fleisch zu erhaschen.

»Hier, nimm mir das mal ab.« Sie reicht ihm das schwere Gefäß, und er stellt es auf der anderen Seite der Küche auf der Arbeitsfläche ab. »Ich hoffe, es ist so, wie du es dir vorgestellt hast«, sagt sie dann an mich gewandt.

»*Grazie*, Nonna.« Ich gehe zu ihr und küsse sie auf die Wange.

»Rinderfilet, acht Stunden eingelegt in einer Marinade aus Olivenöl, Mönchspfeffer, Knoblauch, Zitrone und Petersilie.«

»*Perfetto*, das klingt großartig«, sage ich, schnappe mir den Topf mit dem Sellerie-Maronen-Püree, das ich heute Nachmittag vorbereitet habe, und stelle ihn neben den Bräter. Wenn wir das Fleisch nachher anbraten, muss ich das Püree nur noch mal aufwärmen, dann steht auch der zweite Gang.

Der Timer, den ich auf dem Handy gestellt habe, springt mit lautstarkem Piepen an. »Okay, der Reis ist gleich fertig«, erkläre ich und gehe zurück an den Herd, um ihn auszuschalten. Während ich das Risotto ruhen lasse, bereite ich die Gewürze vor, mit denen ich das Gericht noch abschmecken will.

»Luca, wie weit bist du?« Ich werfe ihm einen Blick zu, doch er hat gerade den Teig mit einem Pizzaschieber aufgenommen.

»Bin gleich da«, sagt er. »Ich übergebe die Focaccia noch schnell an den Pizzabäcker.«

»*Va bene*.« Ich richte die vorgewärmten Teller her und fülle den Reis ein, dann dekoriere ich das Ganze mit Petersilie und Walnusskernen und reibe etwas Parmesan darüber.

Nonna nimmt mir zwei Teller ab und folgt mir in den Gastraum. Im hinteren Teil ist es bereits ruhig, die letzten Gäste nutzen die laue Abendluft und haben sich auf die Terrasse gesetzt.

Luca gesellt sich zu uns, während Mauro sich auf dem

Weg von der Terrasse zurück an die Bar einen Löffel Reis von meinem Teller klaut.

»Bravo, Sara«, ruft er mir vom Zapfhahn aus zu und reckt anerkennend den Daumen in die Höhe.

Ich nicke zum Dank und nehme selbst einen Bissen, um das Endergebnis auf mich wirken zu lassen. Es ist wirklich gut geworden, keines der Gewürze drängt sich in den Vordergrund, die Steinpilze kommen gut raus, und die Konsistenz ist perfekt.

»Hervorragend«, sagt Luca und sieht mich lächelnd an.

Nonna nickt ebenfalls und nimmt einen weiteren Löffel zu sich. »Es ist gut geworden. Risotto wird von den meisten Leuten unterschätzt«, erklärt sie.

Ich hebe die Schultern. »Die Leute lieben eben Pasta, und das ist okay. Aber irgendwie hab ich gespürt, dass es für das Lovebirds-Menü etwas Besonderes braucht.«

Luca nickt. »Ich kann mir gut vorstellen, dass das passen könnte.«

»Die Focaccia würde ich zu den Antipasti reichen. Man schneidet sie in schmale Streifen und kann sie zum eingelegten Gemüse, zu Oliven und so weiter essen.«

»Vorausgesetzt, sie wird gut.«

Ich verdrehe die Augen, doch bevor ich etwas erwidern kann, wendet Nonna sich ihm zu. »Was macht der Nebenjob in der Bäckerei?«

»Es ist wirklich toll, ich fühle mich wohl dort. Allerdings ist die Filiale hier so klein, dass sie nur eine Auszubildende annehmen können.« Er zuckt die Achseln. »Aber das ist okay, es ist ein guter Nebenjob. Meine Chefin ist genauso stur wie du.« Er grinst mich an.

»Hey, was soll das denn heißen?«, gebe ich empört zurück und sehe im Augenwinkel genau, dass Nonna ein Schmunzeln hinter ihrer Serviette verbirgt.

»Sie weigert sich zum Beispiel, die Rosinenbrötchen von unserem Bäckermeister backen zu lassen, weil sie überzeugt ist, dass niemand sie so gut hinbekommt wie sie.« Luca lacht.

»Klingt unterhaltsam.«

»Ist es, wenn auch nicht ganz so turbulent wie mit dir und Mauro in der Küche.«

»Jaja, Familie ist immer etwas Besonderes.« Nonna hebt vielsagend die Brauen, dann schiebt sie ihren Stuhl zurück und steht auf. »Ich habe Vittoria versprochen, ihr mit den Zwillingen zu helfen, ich muss wieder hoch.«

»Was? Und das Fleisch?«

»Mauro bringt mir etwas hoch. Ich kann dir morgen sagen, was ich darüber denke.« Sie streicht mir über die Wange und winkt Luca kurz zu, der ihre Geste erwidert.

»Na gut. Oh, übrigens. Ich habe Zettel vorbereitet, auf denen wir die Gänge eintragen können, unsere Bewertung und was wir noch ändern möchten.« Ich springe auf und durchquere den Raum, um meine Handtasche hinter der Bar hervorzuholen. Zurück am Tisch hat Luca bereits unsere Teller zusammengestellt und nimmt neugierig einen der Zettel entgegen.

»Was ich dich schon die ganze Zeit fragen will ... Wenn wir hier in einer Tour so hochpotente Speisen essen ...« Er zögert und sieht vorwurfsvoll auf die leeren Teller und zwischen uns hin und her.

Ich pruste los. »Was ist los mit dir, hast du Angst, dass dein Blut nicht mehr im Gehirn ankommt?« Bestimmt bilde ich es mir ein, aber ich könnte wetten, seine Ohren sind gerade ein bisschen rot geworden. Doch anstatt verlegen herumzustammeln, zieht er einen Mundwinkel hoch und grinst verwegen.

»Man kann nicht vorsichtig genug sein.«

Schnell hebe ich die Hand zum Schwur. »Ich hab unseren Deal nicht vergessen, aber wenn es dir schwerfällt, ihn einzuhalten, rede dir nur ein, dass es von meiner Lebensmittelauswahl kommt.« Ich ziehe vielsagend die Brauen hoch, und er verschränkt grinsend die Arme.

15

LUCA

Sara kann nicht wissen, wie sehr sie mit ihrer Aussage ins Schwarze trifft und wie gern ich ihrem Vorschlag folgen und mir einreden würde, die Anziehung zu ihr wäre allein auf die sorgfältige Auswahl der Lebensmittel zurückzuführen. Aber ich war noch nie der Typ, der sich in die eigene Tasche gelogen hat, und deshalb muss ich meine Idee, unseren One-Night-Stand zu begraben und rein platonischen Kontakt zu haben, leider als naiv abhaken. Was nicht bedeutet, dass ich vorhabe, unsere Absprache zu sprengen, denn auch weiterhin bin ich absolut nicht scharf drauf, dass Mauro erfährt, wie wir uns wirklich kennengelernt haben.

»Focaccia?« Giuseppe ist an unseren Tisch getreten, in der Hand ein Pizzabrett mit dem golden glänzenden Brot.

»Aber sicher. *Grazie.*« Sara nimmt es ihm ab und stellt es zwischen uns auf den Tisch.

Ich richte mich auf und begutachte den Teig, dann hebe ich ein Stück an und sehe mir den Boden an. »Perfekt.«

Giuseppe nickt und geht zurück zu seinem Pizzaofen.

»Ich bin gespannt.« Sara zieht ihren Zettel zu sich heran. »Optisch können wir da auf jeden Fall was daraus machen.«

Ich nehme ein Stück vom Teller. Der Rand knuspert

verheißungsvoll, als ich abbeiße und sich der Geschmack von Olivenöl, Knoblauch und Tomate in meinem Mund ausbreitet. Weil ich Saras unvoreingenommene Meinung hören möchte, warte ich, bis sie ebenfalls probiert hat, erkenne aber schon an ihren leuchtenden Augen, dass sie überzeugt ist.

»Mauro?« Sie dreht sich zu ihrem Cousin um, der den Kopf hinter dem Zapfhahn hervorstreckt. »Das musst du probieren.«

»*Un momento.*« Es rauscht, als die Kaffeemühle die Bohnen zerkleinert. Einen Augenblick später trägt er zwei Espressi auf die Terrasse und macht auf dem Rückweg einen Stopp an unserem Tisch. Er nimmt ein Stück von Sara entgegen und probiert.

»Wenn er einen Konkurrenzladen aufmacht, bekommst du Probleme, *cugino.*« Sara grinst.

Mauro verdreht die Augen, hebt aber drohend einen Finger in meine Richtung. »Wolltest du nicht gerade noch eine Ausbildung machen?«

Ich lache. »Hör nicht auf sie, das mit der Ausbildung ist aktuell.«

»Gut, gut«, murmelt er und läuft zurück hinter die Theke.

Sara streckt mir die Zunge raus, dann stützt sie die Hände auf die Tischplatte. »*Secondo*?«

»Auf geht's.« Ich stehe auf und nehme unsere Teller mit zurück in die Küche, um sie in der Spülküche abzustellen.

Während wir das Fleisch zubereiten, erzählt Sara von dem Modul Ernährungskommunikation, das sie heute Vormittag belegt hat, und ich bin regelrecht schockiert davon, wie theoretisch man sich einem so praktischen Thema annähern kann.

»Du denkst, du kaufst dir einfach ein paar Dinge im

Supermarkt und gut ist. Nein!« Sie schwingt ihren Zeigefinger vor meinem Gesicht. »Es werden zum Beispiel Lebensstiltypologien als Planungsinstrumente eingesetzt. Du hast vielleicht schon mal etwas von den Sinus-Milieus gehört.«

Ich zucke leicht mit den Achseln. Leise klingelt irgendetwas, aber so wirklich folgen kann ich ihr nicht.

»Ist nicht so wichtig, jedenfalls werden damit Gruppen gleichgesinnter Menschen bestimmt, die wiederum als Grundlage für Kampagnen genutzt werden können. Man kann Menschen dann zum Beispiel konkret zu ihrem Essbeziehungsweise Einkaufsverhalten ansprechen.«

»Aber warum sollte man das tun wollen?« Verblüfft sehe ich sie an.

Sie lacht und sieht zu mir herüber. »Es gibt viele Gründe, warum man das Kauf- und Essverhalten von Menschen verstehen und beeinflussen möchte. Im besten Fall ist es Gesundheitsprävention.«

Okay, das leuchtet ein. »Ich glaube, ich hatte einfach keine Vorstellung davon, was Ernährungspsychologie eigentlich zum Ziel hat«, gestehe ich. Das Thema klingt spannender, als ich im ersten Moment vermutet hätte.

Sie seufzt schwer. »Ja, das geht vielen so. Frag mal meine Familie.« Unter lautem Zischen wendet Sara das Fleisch in der Pfanne.

»Francesca und Mauro wirken nicht so, als hätten sie ein Problem mit deiner Wahl«, werfe ich ein, während ich in dem Püree rühre, das wir bei niedriger Temperatur langsam aufwärmen.

»Mauro ist mein Cousin, selbst wenn er eine negative Meinung dazu hätte, wäre es nicht allzu tragisch.« Sie streut großzügig Rosmarin über das brutzelnde Fleisch, bevor sie sich mir wieder zuwendet. »Abgesehen davon, dass ich momentan bei ihm wohne.« Sie schneidet eine

Grimasse. »Nonna … ganz ehrlich, die moderne Bildung ist ihr eher fremd, sie wäre auch glücklich, wenn ich für Mauro kellnern würde. Sie liebt mich und sie akzeptiert meine Entscheidungen, auch wenn sie sie nicht versteht.« Jetzt hebt sie vielsagend die dunklen Brauen.

»Etwas, was deine Eltern nicht tun«, schließe ich aus ihrem Blick.

»So ist es. Also … ehrlich gesagt, meine Mamma ist sehr zurückhaltend ihre Meinung betreffend, dafür übernimmt mein Vater das dann für zwei.«

»Das ist schade.«

Sie hebt eine Schulter, obwohl ich mir sicher bin, dass es ihr nicht so gleichgültig ist, wie sie tut.

»Was macht das Püree?«, fragt sie und beendet das Thema damit.

Ich rühre noch einmal im Topf. »Dürfte heiß sein.«

»Super, dann geht es los.«

Zuerst richten wir den Teller für Francesca, den ich, während Sara unsere Portionen vorbereitet, zu Mauro an die Bar bringe. Gerade als er ihn mir abnimmt, beginnt das Telefon zu klingeln. Mit dem Teller in der Hand hebt er ab. »Pizzeria da Mauro, *aspetta.*« Er wendet sich wieder mir zu. »Sei so gut und bring den Teller kurz hoch. Gleich hier vorn die Treppe«, er deutet auf eine Tür direkt neben dem Eingang, »die Tür oben ist offen.«

Etwas überrumpelt nehme ich den Teller wieder entgegen, dann setze ich mich in Bewegung, bevor das Essen kalt wird. Langsam steige ich die knarzenden Stufen empor und klopfe, oben angekommen, leicht gegen das Holz, bevor ich die Klinke herunterdrücke.

Francesca schaut aus einem der Zimmer heraus und legt einen Zeigefinger auf die Lippen, dann bedeutet sie mir, den Teller auf dem Esstisch abzustellen. Einen Augenblick später folgt ihr eine Frau mit einem zerzausten Haarknoten auf dem Kopf. Sie schließt vorsichtig die Tür hinter sich und schlägt ihre Strickjacke vor der Brust übereinander. Ihr Lächeln ist ein wenig erschöpft, als sie auf mich zugeht und mir die Hand reicht. »Ich bin Vittoria, hi, du musst Luca sein.«

»Ja, richtig, freut mich«, sage ich, während ich etwas unbeholfen im Raum stehe.

»Vitto, iss, ich hatte schon Risotto, du brauchst es dringender.« Francesca lächelt Mauros Frau zu, die sich mit dankbarem Gesichtsausdruck auf den Stuhl fallen lässt.

Ich ergreife die Gelegenheit, mich wieder zu verabschieden. »Guten Appetit.«

»Danke fürs Bringen, Luca. *E buona notte*«, sagt Francesca.

»*Buona notte.*« Ich winke und schlüpfe durch die Tür. Kurz bevor ich am Fuß der schmalen Treppe angekommen bin, höre ich eine lautstarke Diskussion, die mich einen Moment innehalten lässt.

»... mein Restaurant nicht der Ort für euren Streit«, höre ich Mauros aufgebrachte Stimme.

»Dann solltest du vielleicht einfach keinen anzetteln ...« Saras wütende Stimme wird leiser, als würde sie sich durch den Raum bewegen.

Ich war keine fünf Minuten weg! Wie konnten die beiden sich so schnell in die Haare kriegen?

Eilig nehme ich die letzten Stufen, stoße die Tür auf und sehe gerade noch, wie Mauro durch die Schwingtür in die Küche läuft. Ich folge ihm und entdecke Sara, die sich auf der anderen Seite hinter der Theke aufgebaut hat, doch Mauro ergreift das Wort.

»Ich hab dir lediglich gesagt, dass Carlo jetzt zum zweiten Mal angerufen hat und es anscheinend auch schon den ganzen Tag bei dir versucht. Es reicht mir mit euren Kindereien, *santo cielo*, wie alt seid ihr?«

»Warum kannst du mich nicht einfach in Frieden lassen?! Ihr alle!«, faucht Sara, und ihre Katzenaugen sprühen Funken.

»Wenn du deine Probleme mit in mein Haus bringst, vor meiner Kundschaft eine Szene machst, dann werde ich alles tun, aber dich nicht in Ruhe lassen.« Mauros Stimme hat eine Autorität angenommen, die ich an ihm noch nie wahrgenommen habe. Die beiden funkeln sich über die Theke hinweg an.

Ich stehe derweil wie festgewachsen in der Tür und weiß nicht, ob ich eingreifen soll oder nicht.

»Weißt du was? Du hast recht, ich gehe!« Wutentbrannt rupft Sara sich die Schürze vom Körper und pfeffert sie auf die Arbeitsfläche.

»*Madonna santa*!« Mauro wirft die Arme in die Luft, während Saras Blick an mir hängen bleibt.

»Das Testessen ist beendet.«

Ich zucke wegen ihrer plötzlichen Ansage zusammen, mache dann aber einen Schritt in die Küche. »Bist du sicher? Ich …«, setze ich an, aber sie ist bereits auf dem Weg nach nebenan und kehrt kurz darauf mit ihrer geschulterten Tasche zurück.

Ich kenne Sara vielleicht noch nicht lange, aber ein Blick in ihre entschlossene Miene macht klar, dass sie nicht mehr diskutieren wird.

»*Arrivederci.*« Sie hebt im Vorbeigehen die Hand und rauscht an uns vorbei, während Mauro die Hände vors Gesicht schlägt.

Er hebt den Kopf und dreht sich zu mir. »Tut mir leid. Sara und ihr Bruder sind einfach eine Katastrophe.«

Ich winke ab. »Wo will sie denn jetzt hin?«

Er stöhnt auf. »Ich habe keine Ahnung. Aber meine Terrasse ist voll, ich werde ihr nicht nachrennen und es herausfinden.«

»Schon gut, ich geh ihr nach. Danke für den Abend.« Schnell hole ich meine Jacke von nebenan. Beim Rauslaufen höre ich Mauro noch etwas über den Saustall in der Küche murren, aber ich habe keine Zeit mehr dafür. Ich stürme aus dem Restaurant und bremse abrupt ab, als ich Sara am Zigarettenautomaten an der gegenüberliegenden Hauswand stehen sehe. Sie zieht in aller Ruhe eine Packung Marlboro Light aus dem Fach.

»Was wird das denn?«, frage ich und gehe langsamen Schrittes zu ihr hinüber.

Sie wirft mir über die Schulter einen Blick zu, während sie einen jungen Mann an einem der Stehtische der benachbarten Kneipe anspricht und sich Feuer geben lässt. Dann kommt sie zurück und bleibt mit etwas Abstand vor mir stehen.

»Nach was sieht's denn aus?« Sie bläst den Rauch in den Raum zwischen uns, und ich bin hin- und hergerissen, ob ich das attraktiv finden soll – oder nicht.

»Steht dir nicht«, behaupte ich, obwohl es mich aus einem verrückten Grund anmacht, wie sie die Zigarette an ihre Lippen ansetzt und einen weiteren Zug nimmt. Dann schnipst sie lässig etwas Asche auf die Straße und macht einen weiteren Schritt auf mich zu. Ihre Wut scheint abgeklungen zu sein.

»Das ist mir so was von egal, Luca«, haucht sie, und obwohl ich den Geruch von Zigarettenrauch eigentlich nicht abkann, flattert es in meinem Bauch, als er sich mit ihrem eigenen Duft vermischt. Ich sehe zur Seite, um ihren intensiven Blick nicht erwidern zu müssen, und versuche, mich zu sammeln.

»Du solltest reingehen und das Fleisch probieren. Hat wirklich toll geschmeckt«, sagt sie und bringt mich erneut aus dem Konzept. Das Fleisch könnte mich gerade nicht weniger interessieren.

»Hör auf, abzulenken.«

Sara verschränkt einen Arm vor der Brust, mit dem anderen hebt sie die Zigarette so, dass die Asche nicht auf ihre Kleidung fällt. »Was willst du von mir hören?«

»Zum Beispiel, wo du vorhast zu schlafen.« Es ist nicht leicht, sich von ihrer abweisenden Art nicht beirren zu lassen, aber ich will trotzdem sicherstellen, dass sie okay ist.

»Ich gehe zu einer Freundin.«

»Ach ja?«

»Was soll das? Soll ich sie anrufen, damit sie dir –«, setzt sie an, lässt sich jedoch unterbrechen.

»Schon gut. Ich will nur nicht, dass du auf einer Parkbank übernachtest.«

Sie hebt die Brauen und nimmt einen erneuten Zug, dann schnippt sie die Zigarette auf den Boden und tritt darauf.

»Was? Du bist stur genug, dass ich dir so eine Aktion zutraue.«

Auf einmal lächelt sie mich an und überbrückt den Abstand zwischen uns mit wenigen Schritten. »Du bist einer von den Guten, Luca«, flüstert sie, während sie mich umarmt.

»Ich weiß«, antworte ich und erwidere die Geste.

»Dann kann ich jetzt gehen?«, fragt sie, ein Schmunzeln auf den Lippen, als wir uns voneinander lösen.

Lächelnd schüttle ich den Kopf und nicke dann als Antwort.

»Das Fleisch war wirklich gut. Ich möchte es aufnehmen, dann steht das Menü größtenteils. Es fehlt nur noch eine Komponente.«

»Und zwar?«, hake ich nach.

»Die Getränkeauswahl. Mauro hat einen wirklich guten Weinlieferanten, er hat ein Lokal in Friedrichstadt. Wie wäre es mit einer Weinprobe, nächste Woche?«

Bisher habe ich nicht darüber nachgedacht, dass wir nach dem Testessen erst mal keinen Grund mehr haben werden, uns regelmäßig zu treffen, doch als Sara das Menü anspricht, wird mir klar, dass mir der Gedanke, sie nicht mehr dauernd zu sehen, überhaupt nicht gefällt. Selten habe ich so wenig über meine unsichere Zukunft oder das abgebrochene Studium gegrübelt, wie wenn ich mit ihr zusammen war. Wenn sie also einen Wein finden möchte, bin ich dabei. Und ich werde einen Teufel tun und ihr sagen, dass ich von Wein in etwa so viel Ahnung habe wie von Ernährungspsychologie.

»Ich könnte wieder am Donnerstag.«

»Super, dann reserviere ich uns einen Tisch.«

»Soll ich dich noch irgendwo hinbringen?«, frage ich, denn ich fühle mich nicht wohl bei dem Gedanken, sie allein durch die Dunkelheit gehen zu lassen.

Sara zückt ihr Handy und wirft einen Blick darauf. »Danke, das passt schon. Nelly holt mich am Burgplatz ab.« Sie lächelt mir zu. »Wir sehen uns dann am Donnerstag.«

Ich winke ihr zu, während sie in Richtung Marktplatz davongeht. Als sie außer Sichtweite ist, hebe ich ihre ausgetretene Zigarette vom Boden auf und werfe sie in den nächsten Mülleimer, dann laufe ich ebenfalls los. Und den ganzen verdammten Weg heim frage ich mich, wo ich falsch abgebogen bin, dass ich mir wünsche, sie wäre mitgekommen.

16

SARA

Ich sollte nicht rangehen. Ich sollte ihn ignorieren, aber das ist mir bei ihm noch nie gelungen. Trotzdem, oder gerade deshalb, klingt meine Stimme angepisst, als ich Vinis Anruf entgegennehme. »Was willst du?«

»Dir auch einen wunderschönen Abend.«

Ich antworte nichts, was ihn nicht zu überraschen scheint, denn er wartet nicht auf eine Aufforderung, bevor er weiterspricht.

»Hör zu, es ist ganz einfach. Carlo und ich sind befreundet, seit du sieben Jahre alt bist.«

Ich verdrehe die Augen. Natürlich ruft er an, weil ich mich, auch nachdem ich bei Nelly geschlafen habe, nicht bei Carlo zurückgemeldet habe. War klar, dass er nun auf die Tour ankommt. »Und jetzt?«

»Du weißt genau, dass er mich niemals als Trauzeuge absägen wird. Und du wirst die beiden ebenfalls nicht hängen lassen.«

»Das hab ich auch nie verlangt«, sage ich empört, obwohl ich im ersten Moment der übersprudelnden Emotionen genau das zu Carlo gesagt habe. »Warum meint eigentlich jeder, sich in Carlos und meine Angelegenheiten einmischen zu können?«, schleudere ich ihm wütend entgegen.

»*Calmati*, Sara«, sagt er und bewirkt damit alles, aber nicht, dass ich mich beruhige. »Es tut mir leid, okay?«, fährt er fort, und damit nimmt er meiner Wut doch mit einem Schlag etwas Aufwind. »Ich habe Carlo versprochen, dass wir das hinbekommen.«

Ich drehe gleich durch. »Vini, ich werde dich weder heiraten noch wieder einziehen, nur weil du Carlo –«

»Stopp! Das andere hinkriegen ... die Hochzeit nicht sprengen, nur weil wir ... getrennt sind.« Ich höre, wie er schluckt, bevor er ausspricht, was ihm in den letzten Wochen so schwergefallen ist. Als wäre es für mich leicht gewesen, aber scheiße, ich will ihn einfach nie wiedersehen. Oder zurück zu dem Zeitpunkt, als ... Nein. Ich will ... Frustriert stöhne ich auf. Keine Ahnung, was ich will.

»Okay«, sage ich einfach nur, weil ich keine Kraft mehr für Streit habe.

»Dann kann ich Carlo ausrichten, dass wir uns darauf verständigt haben?«

»Tu das.«

»Danke, Sara. Wir sehen uns, okay?«

Ja, leider. Seine Stimme klingt jetzt weich und erinnert mich an Momente, an die ich nicht mehr erinnert werden will. »Okay.« Ich lege auf.

Als ich den Blick hebe, fällt er auf mein eigenes Spiegelbild in der Fensterscheibe. Nach dem Duschen habe ich noch nicht entschieden, was ich für die Weinprobe mit Luca anziehen möchte. Nur meine Locken fallen mir offen über die Schultern, und auf einmal habe ich Lust, mich ein bisschen aufzubrezeln.

Aus dem Schrank, in den ich inzwischen die meisten meiner Klamotten einsortiert habe, ziehe ich ein schwarzes Kleid mit V-Ausschnitt, das ich mit einer ebenfalls schwarzen Feinstrumpfhose kombiniere. Dazu wähle ich meine liebsten Heels, dann sende ich Luca eine kurze Warnung, damit er nicht im Hoodie aufkreuzt. Er schickt ein lachendes Emoji zurück.

Eine halbe Stunde später bin ich auf dem Weg zur Straßenbahn. Ich muss nur kurz warten und ergattere in der Bahn einen freien Doppelsitz. Sobald ich am Fenster Platz genommen habe, schreibe ich Luca, dass ich auf dem Weg bin. An der nächsten Haltestelle steigen drei junge Männer ein. Unsere Blicke treffen sich nur kurz, doch sofort setzt der vorderste der Typen sich in Bewegung und kommt auf mich zu. Ich schaue demonstrativ weg, aber nur einen Moment später, lässt er sich neben mich auf die Sitzbank fallen.

»Hi«, sagt er, und ich versteife mich unwillkürlich. »Wie geht's?«

Ich hebe den Kopf und begegne seinem Blick aus blaugrauen Augen. Er grinst mich herausfordernd an, seine beiden Freunde haben sich schräg vor uns an die Haltestangen gelehnt.

Ich nicke knapp. »Danke, gut.«

»Oha. Hast du etwa keine Lust zu reden?«

Ich zögere, überlege fieberhaft, welche Reaktion mich am schnellsten aus der Situation bringt. Schließlich entscheide ich mich für die ehrliche und klarste Antwort, ein Nein, aber das scheint ihn wenig zu beeindrucken.

Er grinst seine Freunde an. »Das ist schade. Du siehst nämlich echt heiß aus, oder Jungs?« Ein erneutes schmieriges Grinsen in Richtung der beiden anderen, während ich mich unbehaglich umsehe. In der Bahn sitzen ein älteres Paar, ein Mann mit Kopfhörern, eine Frau mit Hijab und weiter vorn eine Gruppe, die bereits in Feierstimmung zu sein scheint und sich lautstark unterhält. Doch niemand nimmt von uns Notiz.

»Wo kommst du her? Du siehst nicht so aus, als wärst du von hier.«

O Dio, jetzt auch noch die Leier. Wäre ich nicht eingequetscht zwischen Straßenbahn und einem aufdringlichen Arschloch, hätte ich mehr als einen Konter parat. Doch so sage ich nichts, sondern taste nur nach meinem Handy, das ich oben in meiner Handtasche liegen habe. Wenn ich ihn ignoriere, verliert er vielleicht den Spaß – die Hoffnung stirbt zuletzt.

»Hey. Ich rede mit dir«, sagt er, während ich auf meinen Schoß starre.

»Er redet mit dir«, kommt es von dem Typen, der schräg vor uns steht.

»Ich wollte schon immer mal wissen, wie ...«, beginnt er, und auf einmal erscheint seine Hand in meinem Blickfeld, denn er ist kurz davor, sie auf mein Knie zu legen. Doch bevor er seinen Satz beenden oder ich seine widerlichen Finger auf mir spüren kann, passieren zwei Dinge gleichzeitig. Ich springe, wie von der Tarantel gestochen, auf, während gleichzeitig die Stimme einer Frau zu uns herüberschallt.

»Wenn du sie anfasst, bereust du es!« Sie hat ein Deospray gezückt, das sie drohend vor dem Gesicht des Typen und seinen Kumpels schwenkt, während sie mich gleichzeitig am Oberarm packt und zu sich auf den Gang zieht.

Dem Typ ist das Lachen vergangen, stattdessen sieht er grimmig zwischen uns hin und her. »Hast wohl dein Kopftuch vergessen, was? Typisch! In unserem Land leben wollt ihr, aber für echte deutsche Männer seid ihr euch zu schade.«

Die anderen beiden murmeln zustimmend, während meine Retterin mit ihrer freien Hand an ihrem Hijab zupft, der einzige Hinweis, dass auch sie sich unwohl fühlt.

»Los, wir gehen da rüber«, sagt sie an mich gewandt und deutet nach vorn, ohne den Männern auch nur einen weiteren Blick zu schenken. Wir gehen bis ans Ende des Abteils, wo sie mich loslässt.

»Danke«, sage ich und stoße die angehaltene Luft aus. Erst jetzt merke ich, dass ich am ganzen Leib zittere. »Danke, dass du eingegriffen hast.«

Sie schüttelt den Kopf. »Wir Frauen müssen zusammenhalten. Wo musst du hin?«

»Ich steige die Nächste aus«, sage ich.

»Okay, perfekt. Pass auf, dass du denen nicht mehr über den Weg läufst«, sagt sie, und ich nicke. Zum Glück habe ich mit Luca ausgemacht, dass er an der Haltestelle wartet.

***

»Ist alles in Ordnung?«, fragt Luca, kaum dass ich ausgestiegen bin.

Ich schüttle den Kopf, aber ziehe ihn direkt weiter, für den Fall, dass die Typen hier ebenfalls aussteigen. Luca hakt nicht weiter nach, sondern wartet, bis wir das Weinlokal erreicht haben.

Im Eingang nimmt er mir die Jacke ab, und sein Blick fällt auf das Kleid. Nach der Begegnung gerade eben könnte seine Musterung unangenehm sein, aber das Gegenteil ist der Fall, als er mich anlächelt. »Du siehst umwerfend aus.« Sein warmer Blick vertreibt die Kälte, die sich in mir breit gemacht hat, wenigstens ansatzweise.

»Danke«, antworte ich, wenn auch weniger enthusiastisch, als ich es mir zu Hause vor dem Spiegel ausgemalt habe. Luca hat ein schwarzes Hemd zu einer Jeans kombiniert und macht ebenfalls eine tolle Figur.

Ein Kellner führt uns an einen Tisch vor einer Wand voller Weinflaschen und händigt uns die Karten aus, damit wir die Weine für unsere Probe auswählen können. Doch anstatt die Karte aufzuschlagen, beugt Luca sich zu mir nach vorn und sieht mich fragend an. »Erzählst du es mir?«

Ich atme tief durch und dann fließen die Worte nur so aus mir heraus, während ich die Begegnung mit den Männern zusammenfasse, sodass wir noch nicht mal einen Blick in die Karte geworfen haben, als der Kellner erneut zu uns tritt. Meine Finger, die ich auf dem Tisch verschränke, zittern immer noch, auch wenn sich meine Hilflosigkeit inzwischen in Wut gewandelt hat. Weil ich keinen Nerv habe, mich jetzt mit der Weinauswahl zu beschäftigen, schickt Luca den Kellner mit der Bitte weg, uns drei Empfehlungen des Hauses anzubieten.

»Warum nehmen Männer sich immer wieder so ein Verhalten heraus?«

Luca schüttelt langsam den Kopf. »Ich weiß es nicht«, sagt er dann leise. »Aber ich mache in dieser Hinsicht schon lange eine Beobachtung. Im Grunde kann jede Frau, der ich jemals begegnet bin, von einer oder mehrerer solcher Erfahrungen berichten. Aber kein Mann kennt einen anderen, der sich so verhalten würde, oder ist gar selbst so ein Arschloch.« Er macht einen zweifelnden Gesichtsausdruck. »Schon seltsam, oder?«

Ich hebe die Schultern. »Ich bin wirklich niemand, der alle Männer unter Generalverdacht stellt. Aber noch nie hat ein anderer Mann eingegriffen, wenn ich oder eine Freundin sexistisch oder rassistisch angegangen wurden. Kannst du dir das vorstellen?«

»Es tut mir leid«, sagt er, doch ich winke sofort ab.

»Du bist der allerletzte Mann, der sich dafür entschuldigen muss.«

Wir schweigen einen Moment.

»Wie ätzend es manchmal ist, nicht nur eine Frau, sondern eine Frau mit Migrationshintergrund zu sein.«

Luca nickt, und in seinen Augen liegt nichts als Verständnis, deshalb spreche ich weiter. »Ich hasse es so sehr, auf dieses Thema reduziert zu werden.« Langsam habe ich meine Emotionen wieder einigermaßen unter Kontrolle. »Schon als kleines Mädchen wurde ich immer nur gefragt, wo ich *wirklich* herkomme. Und dann frage ich mich, ob ich irgendwas übersehe. Etwas total Offensichtliches.« Ich stütze das Kinn in die Hand, als mir plötzlich ein Gedanke kommt. »Denkst du zum Beispiel, ich fühle mich dir mehr verbunden, weil du auch nicht deutsch bist?«

Luca zögert. »Fühlst du dich denn nicht deutsch?«

»Ich weiß es nicht. Ich hab mal gelesen, dass Kinder mit Migrationshintergrund in zweiter Generation oft Schwierigkeiten haben, sich zugehörig zu fühlen.« Ich knete meine Hände und fange dann Lucas Blick auf. »Ich glaube, genau so geht es mir manchmal. Unsere Eltern fühlen sich ihrem Land zugehörig, weil sie dort aufgewachsen sind, die Sprache sprechen und so was.«

Luca schiebt die Ärmel seines Hemdes hoch, und einen Moment bleibt mein Blick an den feinen dunklen Härchen hängen, bevor ich ihm wieder in die Augen schaue.

»Unsere Kinder werden sich zugehörig fühlen, weil sie hier aufwachsen, die Sprache lernen und vielleicht nur noch wenige Berührungspunkte zu ihrer anderen Herkunft haben. Aber wir, wir stehen dazwischen.«

Bevor Luca etwas sagen kann, tritt der Kellner wieder

zu uns, im Gepäck einen altmodischen Holzrollwagen, auf dem er drei kleine Karaffen mit Weißwein und dazugehörige Gläser transportiert.

»Darf ich Ihnen den Vorschlag des Hauses präsentieren?« Er nimmt eine der Karaffen zur Hand. »Als Erstes haben wir hier eine Cuvée aus den Rebsorten Vernaccia und Trebbiano. Sie erkennen bereits beim Einschenken seine markante strohgelbe Farbe.« Mit geübter Hand füllt der Kellner die beiden Gläser.

»Als zweiten Weißwein den Gewürztraminer mit sortentypischen Noten von Rosenblüten und Muskat.« Es gluckert leicht, als er die nächsten Gläser schwungvoll füllt. »Und zuletzt einer unserer beliebtesten Weißweine, der Pinot grigio mit frischen Noten von Pfirsich, Apfel und Walnuss.« Er stellt die beiden letzten Gläser vor uns ab und tritt einen Schritt zurück.

»Vielen Dank.« Ich nicke ihm zu.

»Wenn Sie bereit sind für die nächste Runde, geben Sie einfach Bescheid.« Er lächelt freundlich und lässt uns mit dem Wein allein.

»Bevor wir uns dem Wein widmen: Ich weiß, was du meinst«, nimmt Luca unser Gespräch wieder auf. »Aber wir müssen uns nicht zerrissen fühlen, nur weil andere das von uns erwarten. Wir dürfen uns deutsch fühlen, und wir dürfen uns italienisch fühlen. Wir dürfen wir sein. Und wenn wir nicht wissen, wer das sein soll, dann dürfen wir es herausfinden.«

Seine Stimme ist ein bisschen rau geworden, und als ich ihn mit offenem Mund anschaue, räuspert er sich verlegen.

»Ich schätze, damit hast du meine Frage gerade beantwortet.«

Fragend legt er den Kopf schief.

»Es liegt nicht daran, woher du kommst oder ob wir dieselbe Herkunft haben. Es liegt daran, dass du Luca bist.« Ich grinse, als er zu lächeln beginnt und seine Wangen sich ein wenig röten.

»Früher hatte ich immer das Gefühl, ich dürfe nicht mitreden, wenn es um Rassismus geht. Wir sind doch schließlich die guten Ausländer, die akzeptierten.« Ich verdrehe die Augen. »Die, die das beliebte italienische Restaurant führen, die sich im Handwerk selbstständig gemacht haben und Bäder fliesen.«

Luca lacht, doch dann wird er wieder ernst und schüttelt den Kopf. »Wir sollten das nicht miteinander aufwiegen. Es gibt keinen akzeptablen Rassismus.«

Ich nicke. »Danke. Danke, dass du zugehört hast und dass du genau das Richtige gesagt hast.«

»Dann lass uns jetzt endlich diesen Wein probieren«, sagt er und schiebt eines der Gläser näher zu mir. Das andere nimmt er selbst auf. Ich hebe mein Glas in die Höhe, und er stößt mit seinem dagegen.

»Ich will, dass du keinen einzigen Gedanken mehr an irgendjemanden außer mir verschwendest. Ich meine … uns, dem Wein …« Er bricht ab und gestikuliert mit den Händen und diese Mischung aus Unsicherheit und Bestimmtheit, die er immer wieder an den Tag legt, macht, dass ich genau das will. An ihn denken, mit ihm lachen, ihm mein Herz ausschütten. Und vielleicht ist das ein bisschen viel, aber gerade fühlt es sich genau richtig an.

17

LUCA

»Ich habe die Exmatrikulation abgeschickt«, platze ich mit meinen Neuigkeiten heraus, um zu überspielen, dass meine Wangen immer noch glühen.

Sara reißt die Augen auf. »Wirklich?« Ihr Blick huscht über mein Gesicht, als suche sie nach etwas. »Wir freuen uns? Oder?«, hakt sie nach.

Ich muss lächeln, und das Strahlen, das ich vermisst habe, seit sie aus der Bahn gestiegen ist, ist zurück.

»Wir freuen uns!«, wiederholt sie.

»Ja«, gebe ich zu. »Ich fühle mich erleichtert.«

»Das ist gut. Darauf stoßen wir an.«

Ich nehme einen Schluck, suche jedoch vergeblich nach Pfirsich und Walnuss. »Sei ehrlich«, sage ich mit gesenkter Stimme. »Schmeckst du den Pfirsich da raus?«

Sie wirft mir einen empörten Blick zu. »Aber natürlich, Luca, das ist ja wohl …« Als ich zusammenzucke, beginnt sie zu lachen, dann verdreht sie die Augen. »Keine Ahnung, was diese Weinkenner für besondere Gaumen haben. Ich finde den super.« Sie schwenkt die weiße Flüssigkeit in ihrem Glas. »Schmeckt toll, kann ich mir sehr gut zum Risotto vorstellen. Mit der Walnussnote.« Sie zwinkert mir zu. »Aber nein, ich glaube, mir fehlen dafür ein paar Geschmacksknospen.«

Ich lache erleichtert auf. »Und ich dachte schon, mir fehlt einfach die Fantasie.«

Eine Stunde später haben wir den Weißwein für das Risotto gewählt und einen Rotwein für das Secondo festgelegt, und obwohl wir von jedem Wein nur probiert haben, spüre ich den Alkohol im Blut. Vielleicht liegt es daran, dass meine Gedanken in der letzten halben Stunde immer wieder zu unserem ersten Treffen abgedriftet sind. Vielleicht aber auch daran, dass Sara in diesem Kleid umwerfend aussieht und ihr zurückgekehrtes Lachen mich jedes einzelne Mal ansteckt.

Der einzige Wermutstropfen ist die Erinnerung an das unrühmliche Ende unserer ersten Begegnung, das ich einfach nicht vergessen kann. Ich hatte gehofft, das Drama mit diesem Typen würde vollständig in den Hintergrund rücken, doch das ist nicht der Fall. Stattdessen erwische ich mich dabei, über die Situation nachzugrübeln und darüber, wer der Typ eigentlich war ...

»Ich frage mich schon die ganze Zeit, wie diese beiden zusammengehören ...« Saras Blick geht jetzt an mir vorbei.

Dankbar für die Ablenkung drehe ich mich samt meinem Stuhl etwas zur Seite, damit ich nicht mehr mit dem Rücken zum Raum sitze. Vermutlich tut es mir gut, nicht die ganze Zeit nur sie anzuschauen.

»Der Mann mit dem weißen Bart und der Hornbrille und ...«

»Die junge Frau mit der Lederleggings.« Die braunen Haare hat sie um den Kopf geflochten, und sie trägt einen schlichten hellbraunen Pullover.

»Genau! Ist sie seine junge Geliebte? Dagegen spricht, dass ich noch keinen einzigen Körperkontakt beobachten konnte ...«

»Tochter?«, mutmaße ich.

»Ich finde nicht, dass sie aussehen wie Familienangehörige.« Sie lässt den Blick schweifen, vermutlich, um nicht ganz so offensiv zu starren.

Der Mann hat eine ernsthafte Mimik, er nippt an seinem Weinglas, während er interessiert zuhört. Seiner Aufmerksamkeit sicher, zieht die Frau jetzt ein Notizbuch aus ihrer Tasche, die über der Stuhllehne hängt.

»Ich hab's«, sage ich und wende mich wieder Sara zu. »Sie ist Doktorandin und er ihr Doktorvater. Nach einer späten Besprechung hat er sie auf einen After-Work-Wein eingeladen.«

Sara grinst. »Aber weil sie sich absolut professionell verhalten, sprechen sie auch jetzt von nichts anderem als der Doktorarbeit.« Sie nickt zufrieden. »Hast du auch eine Theorie zu ihm?« Mit dem Kinn macht sie eine unauffällige Bewegung zu einem Mann, der allein an der langen Theke direkt an der Fensterfront sitzt und einen langen schwarzen Mantel trägt. Vor ihm auf der Theke steht ein Glas Weißwein.

»Er hat noch keinen einzigen Schluck genommen, dabei sitzt er schon mindestens zehn Minuten vor seinem Getränk.«

Seine Haare sind mit Gel zurückgekämmt, seine Hände hat er vor sich auf der Theke verschränkt. Schweigend beobachten wir ihn ein paar Augenblicke, während im Hintergrund die Jazzmusik klimpert und sich mit den Stimmen der anwesenden Gäste vermischt.

»Kann ich Ihnen noch etwas bringen?« Der Kellner ist zurück an unserem Tisch und räumt die leeren Weingläser auf sein Tablett.

»Wie wäre es mit einem Amaro?« Sara wirft mir einen

fragenden Blick zu, und ich bleibe einen Moment zu lang an ihren dunklen Iriden hängen.

»Wir hätten einen Vecchio Amaro del Capo, eisgekühlt auf minus 20 Grad, damit sich die Aromen von Minze, Lakritz und Anis perfekt entfalten können.«

»Überredet«, sage ich, und Sara hebt zwei Finger.

»Zwei, bitte.«

»Kommt sofort.« Der Kellner geht zurück hinter die Theke, um unseren Digestif zu richten, während mein Blick erneut an dem Mann mit dem schwarzen Mantel hängen bleibt. Er spielt jetzt mit einem goldenen Ring, den er über die Theke kreiseln lässt, bis er zur Seite kippt und liegen bleibt. Endlich nimmt er das Weinglas in die Hand und nippt daran.

»Er hatte heute Nachmittag einen letzten Termin beim Familiengericht«, beginne ich, »und ist nun seit wenigen Stunden ein geschiedener Mann. Eigentlich dachte er, dass er diesen Anlass feiern möchte, aber in den Stunden bis zur Öffnung des Weinlokals ist ihm bewusst geworden ...« Ich werfe noch einen weiteren Blick in seine Richtung, nehme seine nach vorn gebeugte Haltung und den leicht melancholischen Blick wahr. »... dass er auch etwas verloren hat.«

Sara macht einen Schmollmund. »Wie traurig.«

Ich hebe die Schulter. »Du wolltest es ja unbedingt wissen.«

Ihre Lippen verziehen sich zu einem Lächeln, das mich erneut gefangen nimmt. In diesem Moment kommt der Kellner zurück und bringt uns den Amaro, der aus den tiefgekühlten Schnapsgläsern dampft.

»*Cin cin.*« Sara hebt das kleine Glas an ihre sanft geschwungenen Lippen, und ich tue es ihr nach. Der Amaro ist so kalt, dass er zähflüssig in meinen Mund rinnt und dort seinen süß-würzigen Geschmack entfaltet. Sara lässt ihren Blick wieder durch das gut gefüllte Lokal wandern. »Was die anderen wohl in uns sehen?« Sie spielt gedankenverloren mit dem beschlagenen Glas, auf dem ihre warmen Finger feuchte Spuren hinterlassen.

»Ganz sicher kämen sie der Wahrheit nicht einmal nahe«, behaupte ich leise und meine es ernst. Es fällt mir ja selbst schwer zu definieren, was das zwischen uns sein könnte. Aber schon bei unserem ersten spontanen Treffen habe ich mich zu ihr hingezogen gefühlt, und daran hat sich bis jetzt nichts geändert. Im Gegenteil.

»Ach nein?« Sara sieht skeptisch aus. »Bruder und Schwester, die sich in Vorbereitung auf eine Hochzeit treffen?«

»Geschwister?« Empört blase ich die Backen auf.

»Die Leute sind unaufmerksam«, widerspricht sie. »Schwarze Haare, dunkle Augen, das reicht doch, um als –«

»Verwirf das«, unterbreche ich sie kopfschüttelnd.

»Na gut. Wie wär's dann mit zwei Arbeitskollegen, die sich auf ein After-Work treffen?« Sie versteckt ihr Grinsen im Weinglas und nimmt einen Schluck.

»Wie langweilig.«

Sie stellt das Glas ab und lässt die Hand locker auf dem Tisch zwischen uns liegen. »Es gab keine Anzeichen, dass es sich um mehr als einen platonischen Kontakt handelt.«

»Ist das so?«

Ihr Blick spricht eine andere Sprache, also entweder fordert sie mich heraus, oder ich habe gut verborgen, dass ich die letzte halbe Stunde gedanklich bei unserer Nacht in Köln hängen geblieben bin. Nicht bei dem Teil mit ihrem Typen, eher bei dem mit ihren Brüsten.

Mein Blick flackert zu dem tiefen Ausschnitt, der ihr

schönes Dekolleté freilegt. Ich lege meine Hand ebenfalls auf den Tisch, und mein kleiner Finger streift ihre Handfläche, als ich das Kinn in die andere Hand stütze und ihr in die Augen sehe.

»Du hast recht, die Leute sind unaufmerksam«, sage ich.

»Sag du mir, was es ist.« Ihre Stimme ist eine Nuance dunkler geworden, wie in Köln, als sie vorgeschlagen hat, von der Kneipe aus zu ihr zu gehen und ...

Ich hole tief Luft und lasse sie langsam entweichen, bevor ich entscheide, dass es Zeit ist, es herauszufinden. »Sie haben sich über eine Dating-Plattform kennengelernt. Das erste spontane Treffen lief super, bis zu dem Zeitpunkt, an dem ihre Zweisamkeit und damit ihre Begegnung ein jähes Ende fanden. Zufällig wiederbegegnet, treffen sie sich mit dem guten Vorsatz, den perfekten Wein für ein besonderes Menü zu finden, doch stattdessen kann er plötzlich nur noch daran denken, wie der Wein wohl von ihren Lippen schmecken würde. Was ist mit ihr?« Atemlos warte ich auf ihre Reaktion.

»Luca ...«, sagt sie, und in ihren Augen steht Überraschung. Aber keine Ablehnung.

»Du wolltest hören, wie es wirklich ist, oder?«, antworte ich leise und streife mit dem Daumen ihr Handgelenk, bevor ich mich etwas aufrichte und nach meinem Schnapsglas greife, aus dem ich den letzten Schluck nehme.

»Aber du wolltest ...«, setzt sie an, und ich weiß sofort, dass jetzt der unrühmliche Teil folgt, deshalb komme ich ihr zuvor.

»Ich wollte das nie, nie, nie wiederholen. Fortsetzen. Was auch immer.« Langsam drehe ich das Glas in der Hand, bevor ich es achselzuckend zur Seite stelle. Trotzdem muss ich das jetzt wissen. »Ich bin noch immer unentschieden. Was ist das mit diesem Typen und dir?« Die Stunde der Wahrheit. Dass auch Sara einer Wiederholung zugeneigt ist, da bin ich mir sicher, aber ich bin nicht bereit, noch mal meine Würde zu verlieren.

Sara stöhnt auf. »Schon als du das erste Mal davon angefangen hast, wollte ich das richtigstellen, aber du wolltest nichts davon hören!« Leicht vorwurfsvoll sieht sie mich an.

»Ich weiß, ich weiß«, sage ich ungeduldig. »Aber jetzt will ich's hören.«

»Vini und ich waren ein Paar, genau genommen waren wir verlobt. Er ist mit meinem Bruder befreundet, ich kenne ihn, seit ich klein bin. Wir haben zusammengewohnt, in der Wohnung in Köln«, rattert sie herunter.

»Also doch.« Ich spüre die Enttäuschung durch meine Venen pulsieren, doch Sara bringt mich mit einem Blick zum Schweigen.

»Es gab viel Streit … Egal, jedenfalls habe ich ihn rausgeschmissen. Aus seiner Wohnung.« Sie zieht eine Grimasse. »Wir hatten eigentlich geplant, Karneval zusammen zu verbringen, mit meinem Bruder und seiner Verlobten, aber ich hab mich dann kurzfristig Nelly und Lars angeschlossen. War aber nicht so prickelnd allein mit einem Pärchen, deshalb hab ich dir spontan geschrieben, für ein bisschen Spaß, Ablenkung, was auch immer. Den Rest kennst du.«

Ich nicke. Eins zumindest war von Anfang an klar: Ich wusste, dass sie nicht auf der Suche nach etwas Ernstem war. Und auch wenn das normalerweise nicht mein Ding ist, hat Sara mich gereizt.

»Es war reiner Zufall, dass Vini an dem Abend vorbeikam, um noch ein paar Sachen zu holen«, stellt sie klar.

»Du hast ihm den Schlüssel nicht abgenommen?«

»Ich hätte nicht gedacht, dass er unangemeldet aufkreuzen würde. Jedenfalls ...«, sie seufzt, »für mich allein wäre die Wohnung sowieso zu teuer gewesen, und mit Vini gemeinsam wollte ich keinen Tag länger dortbleiben. Deshalb bin ich kurz darauf nach Düsseldorf zu Mauro gezogen. Vini war mit der Trennung nicht gerade einverstanden.«

»Hat man gar nicht gemerkt«, sage ich ironisch, und sie zieht eine Grimasse.

»Das mit uns war ... keine Ahnung. Wie gesagt, wir kannten uns lange, es war schon immer ein Auf und Ab mit ihm. Ich habe daran festgehalten, auch noch, als ich es nicht mehr hätte tun sollen. Es tut mir leid, dass der Abend damals so chaotisch geendet hat.«

Mich durchströmt Erleichterung, und erst jetzt realisiere ich, wie wichtig es für mich war, das von ihr zu hören. Wenn ich eines nicht ausstehen kann, dann sind es Lügen und Betrug – und ich bin froh darüber, dass es eine nachvollziehbare Erklärung für das Auftauchen dieses Typen in der Wohnung gab.

»Okay.«

Sie schluckt und sieht mich direkt an. »Ich sollte das vermutlich klarstellen: Ich bin nach wie vor nicht auf der Suche nach etwas Festem.«

Ich zögere. Nach den letzten Dating-Erfahrungen hält sich mein Interesse an weiteren in Grenzen – nicht aber an mehr Zeit mit Sara.

Ihr Blick huscht über mein Gesicht, als vermisse sie eine Reaktion auf ihr Geständnis.

»Es ist, was es ist«, bestätige ich deshalb.

Ein verheißungsvolles Lächeln stiehlt sich auf ihre Lippen. »Dann lass uns abhauen.«

Wir holen Saras Jacke von der Garderobe und gehen

den kurzen Weg zu mir zu Fuß. Es kommt mir fast so vor, als flirre die Luft zwischen uns, und jede unbeabsichtigte Berührung bringt meine Nerven dazu, aufgeregt zu flattern. Je näher wir dem Gebäude kommen, desto deutlicher nehme ich die gespannte Atmosphäre wahr, doch keiner von uns hat das Bedürfnis, sie mit Worten zu durchbrechen, die ohnehin überflüssig wären.

Kaum ist die Wohnungstür hinter uns ins Schloss gefallen, liegt ihr Mund auf meinem, und sofort ist alles wieder da. Wie natürlich sich alles mit ihr angefühlt hat und wie selbstverständlich wir uns finden. Küssend taumeln wir durch den dunklen Flur, streifen im Gehen unsere Schuhe ab, und ich lotse sie rückwärts ins Wohnzimmer, zu der Schlafcouch mit meiner zerwühlten Bettwäsche.

18

SARA

Ich weiß nicht, was ich dachte, wie Luca sich verhalten würde. Vermutlich genauso vorsichtig und zurückhaltend wie sonst. Doch als ich die Hände in seinen Nacken lege und mich noch enger an ihn dränge, wird mir klar, dass ich ihn falsch eingeschätzt habe. Er fasst mit den Händen unter meinen Po und hebt mich hoch, als wäre nichts leichter als das. Ich schlinge die Arme um seinen Hals, küsse ihn, während er uns umdreht und mich gegen die Wand neben der Schlafcouch drückt.

»Luca«, keuche ich überrascht auf, aber er reagiert nicht, außer dass er seine Lippen von meinem Mund über meinen Kiefer bis zu meinem Hals wandern lässt. Ein Kribbeln breitet sich von dort, wo seine Zunge meine empfindliche Haut liebkost, in meinem ganzen Körper aus. Er hält mich so fest, dass sich seine Erektion hart gegen mein Becken presst, aber es ist nicht genug. Das scheint auch Luca zu spüren, denn er dreht uns in Richtung des Bettes, setzt sich und zieht mich noch enger auf seinen Schoß. Ein Keuchen kommt ihm über die Lippen, als ich mich ganz auf ihn herabsenke und gleichzeitig einen nach dem anderen Knopf seines schwarzen Hemdes öffne. Während er aus den Ärmeln schlüpft, entledige ich mich hektisch meiner Strumpfhose. Luca zieht sich in einem Ruck das Shirt über den Kopf, das er unter dem Hemd getragen hat, und sitzt jetzt oberkörperfrei auf der Bettkante vor mir. Mit der rechten Hand umfasst er meinen Oberschenkel und zieht mich zurück auf seinen Schoß. Seine Hände schieben das bereits hochgerutschte Kleid vollständig über meinen Po, und erneut pocht es verheißungsvoll in meiner Mitte.

»Bist du bereit?« Lucas Stimme ist dicht an meinem Ohr. »Wenn wir dieses Mal anfangen, werden wir nicht unterbrochen.«

»Das will ich hoffen«, antworte ich atemlos.

Er zögert keinen weiteren Augenblick, sondern fasst an den Saum meines Kleides. »Dieses Kleid steht dir unfassbar gut, aber jetzt muss es weg.« Er hilft mir, es über den Kopf zu ziehen, bis ich nur noch den schwarzen String und einen trägerlosen Spitzen-BH trage.

Dann senkt er seine Lippen auf meine, und ich gebe mich seinem Kuss hin. Seine Lippen sind weich und voll, er bewegt sich fordernd und gleichzeitig zärtlich. Erneut legt er eine Hand an meinem Po, die andere in meinen Rücken und dreht mich so, dass ich unter ihm auf der Couch lande.

»Okay?«, fragt er, doch statt einer Antwort ziehe ich ihn sofort dichter zu mir und genieße es, seine warme weiche Haut an meiner zu spüren. Die Hand in meinem Rücken lässt er an meinen BH-Verschluss wandern, bevor er mir erneut einen fragenden Blick zuwirft.

Ich nicke und suche wieder seine Lippen. Doch er gibt mir nur kurz, was ich will, denn sobald er den BH gelöst hat, wendet er sich meinen Brüsten zu. Meine Brustwarzen ziehen sich fest zusammen, als er sanft mit dem Daumen über die Spitzen streicht, wieder und wieder, und damit elektrische Stöße durch meinen Körper sendet. Dann senkt er den Kopf und nimmt sie vorsichtig zwischen seine Zähne, reizt mich mit seiner Zunge, bis ich vor Lust aufstöhne. Ich will mehr.

»Himmel, wenn ich gewusst hätte, was ich verpasst habe«, flüstert er, und sein heißer Atem auf meiner feuchten Haut verursacht mir eine Gänsehaut. Er streicht mit den Fingern über meine Flanke bis hinab zu dem schmalen Streifen Stoff, der mich noch bedeckt.

Ich wölbe mich ihm entgegen, was ihm ein Schmunzeln entlockt, und während er nun die andere Brustwarze zwischen seine Lippen nimmt, streicht er mit einem Finger über den hauchdünnen Stoff, der meine Vulva bedeckt.

»Oh«, hauche ich, und als er erneut darüberfährt, dieses Mal mit etwas mehr Druck, lauter. »*Ohh.*«

»Darf ich?«, versichert er sich wieder, und ich nicke ungeduldig, bin begierig auf seine Berührungen, die sich so gut anfühlen und mich nach mehr verlangen lassen.

Er rückt ein Stück auf der Liegefläche nach unten und zieht den String langsam an meinen Beinen herunter, dabei streifen seine Finger die Innenseiten meiner Schenkel und lassen mich erschauern. Als ich völlig entblößt vor ihm liege, rutscht Luca vom Sofa, doch anstatt seine eigene Hose auszuziehen, geht er davor in die Knie und legt seine Hände in meine Kniekehlen. Dann zieht er mich langsam bis an die Kante. In mir zieht sich vor Aufregung alles zusammen. Sein aufmerksamer Blick ruht einen Wimpernschlag lang auf meinem Gesicht, und ich weiß, dass er sich damit versichert, dass alles in Ordnung ist. Aber in mir ist nichts als Verlangen und der Wunsch, ihn zu spüren.

Endlich schiebt Luca meine Knie auseinander und beugt sich nach vorn, bis seine Zunge durch meine Nässe gleitet. Augenblicklich entweicht mir ein Stöhnen, das ich dämpfe, indem ich mir einen Arm über den Mund lege. Ich kralle die andere Hand in das Laken unter mir, während er mich leckt und an meiner empfindlichsten Stelle saugt, bis ich vor Erregung fast den Verstand verliere. Als er den Kopf etwas hebt und heiße Küsse auf den Innenseiten meiner Schenkel verteilt, schnappe ich nach Luft. Mit der Zunge malt er langsam Kreise auf meiner erhitzten Haut, was mich vor Ungeduld wimmern lässt. Entschlossen kippe ich ihm mein Becken entgegen, will mehr, will ihn spüren und dieses intensive Gefühl genießen.

Sobald er mit den Fingern durch meine Nässe gleitet und dann quälend langsam meinen empfindsamsten Punkt umkreist, kommt mir ein erleichtertes Seufzen über die Lippen.

»Oh, bitte«, flehe ich und öffne die Augen, nur um Luca grinsen zu sehen. Er legt die andere Hand auf meine Brust, während er mich weiter reizt, meinen Kitzler mit hauchzarten Berührungen stimuliert, nur um mich dann wieder zappeln zu lassen. Stöhnend lege ich den Kopf zurück, als er mit leichtem Druck über meine Brustwarze reibt, während er sich gleichzeitig nach vorn beugt und mich leckt. Seine Zunge gleitet schneller über meine Haut, ich dränge mich ihm entgegen, will, dass er mir die ersehnte Erlösung schenkt. Alles in mir ist zum Zerreißen gespannt, und ich spüre, wie sich der Druck in meinem Unterleib aufbaut, während seine Zunge wieder und wieder sanft, aber bestimmt durch meine Nässe gleitet. Mein Atem geht stoßweise, und an Lucas unterdrücktem Stöhnen kann ich ausmachen, dass ihn das Ganze genauso sehr anmacht wie mich. Schließlich nimmt er die Hand von meiner Brust und umfasst stattdessen meine Hüfte, zieht mich noch ein Stück näher und beginnt zu saugen.

Ein lautes Stöhnen kommt über meine Lippen, und ich bin kurz davor, jeden Moment werde ich …

Abrupt löst er sich von mir und rückt ein Stück von mir ab. Entsetzt stemme ich mich auf die Unterarme hoch. »Warum hörst du auf?«

»Du willst doch nicht, dass es schon vorbei ist, oder?« Er grinst so schamlos, dass ich mich aufsetze und ihn spielerisch gegen die Brust boxe.

»Ich dachte, du wärst einer von den Guten. Aber du bist ein Mistkerl!«

»Leg dich wieder hin«, sagt er bestimmend, doch ich denke gar nicht daran, sondern setze mich noch ein Stück weiter auf.

»Zieh erst deine Hose aus!«

»Warum?«, fragt er, richtet sich aber auf und schlüpft aus der Jeans. Ich schnappe seinen Unterarm und ziehe ihn ruckartig zu mir auf die Couch. Weil er offenbar nicht damit gerechnet hat, fällt er beinahe auf mich.

Ich kichere, dann drücke ich einen Kuss auf seinen Hals und lege meine Lippen an sein Ohr. »Schlaf mit mir.«

Ihm kommt ein Keuchen über die Lippen, das direkt zwischen meinen Beinen einschlägt. Ich ziehe ihn enger auf mich, sodass ich seinen Schwanz pulsieren spüre, als ich ihn küsse und mit der Zunge seine umspiele. Gerade kann ich mir nichts Besseres vorstellen als seinen Geschmack, der sich mit meinem vermischt.

»Schlaf mit mir«, flüstere ich erneut.

Luca löst sich aus meiner Umklammerung und beugt sich zu dem Nachttisch, auf dem nichts weiter als eine kleine Lampe mit altmodischem Schirm steht. Aus der obersten Schublade fördert er ein Kondom zutage, bevor er sich seiner Boxershorts entledigt. Ich zupfe ihm das Gummi aus der Hand und ziehe ihn wieder auf mich, bevor ich es ihm vorsichtig überrolle. Unsere Lippen finden sich automatisch, während ich die Beine um seine Hüften schlinge.

Mit einer Hand an seinem Schwanz verteilt Luca meine Nässe. Ungeduldig küsse ich seinen Hals, kippe ihm das Becken entgegen, und er versteht sofort, verlagert sein Gewicht und dringt in mich ein. Er nimmt sich Zeit, geht sanft vor, bis ich ihn mit meinen Beinen enger an mich ziehe. Als er mich endlich, endlich vollständig ausfüllt, entweicht uns beiden ein Stöhnen.

»Sara.« Mein Name kommt ihm als erregtes Seufzen über die Lippen, und als er beginnt, sich auf mir zu bewegen, komme ich ihm entgegen, nehme seinen Rhythmus auf und spüre sofort, dass er genau den richtigen Winkel gefunden hat.

»Alles gut?« Luca küsst mich und sucht meinen Blick.

»Perfekt«, hauche ich, kaum fähig, Worte zu finden, und trotzdem bin ich dankbar für die Versicherung. »Für dich?« Erneut komme ich ihm mit dem Becken entgegen, was ihm ein Stöhnen entlockt, das uns beide zum Schmunzeln bringt.

»Klingt so«, keuche ich, woraufhin er sich zu meinen Brüsten beugt und eine Knospe zwischen seine Lippen nimmt.

Sofort baut sich der Druck in meinem Unterleib von Neuem auf. Ich ziehe die Unterlippe zwischen die Zähne, kralle die Hände in Lucas breite Schultern, spüre, dass er in mir noch härter wird. Und als er das Tempo etwas anzieht, bin ich bereits kurz davor. Während er in mich eindringt und sich wieder zurückzieht, geht sein Atem nur noch stoßweise. Mit einer Hand stützt er sich neben meinem Kopf ab, die andere schiebt er unter meinen Po, hebt mich ein Stück an, und das gibt mir den Rest. Unter lautem Stöhnen komme ich, spüre, wie sich mein rhythmisches Zucken auf ihn überträgt und ihm den Kick gibt.

Ein Zittern wandert durch seinen Körper, als er kommt und dabei meinen Namen seufzt. Er dringt noch ein paarmal in mich ein, bis die Anspannung meinen Körper ganz verlassen hat, dann lässt er den Kopf nach vorn fallen und presst seine Lippen an meinen Hals. Unsere Atmung geht im selben Takt.

»Wow«, sagt er schließlich und zieht sich langsam aus mir zurück. »Das hätten wir schon früher tun sollen.«

Grinsend richte ich mich ein Stück auf. »Das kannst du laut sagen.«

***

Ich sollte gehen. Und obwohl ich das weiß, liege ich seit mehr als zehn Minuten mit dem Kopf auf Lucas Schulter und male mit dem Finger Kreise auf die weiche Haut über seinem Hüftknochen. Nachdem er sich des Kondoms entledigt hatte, kam er zurück unter die Decke, und jetzt, da die Erregung gewichen ist, spüre ich die Müdigkeit, die mich einlullt. Lucas Lippen liegen an meiner Schläfe, und sein gleichmäßiger Atem hebt und senkt seinen Brustkorb. Ich höre seinen Herzschlag dicht an meinem Ohr, ein gleichmäßiger Rhythmus, der dazu führt, dass ich mich noch mehr entspanne. Ich sollte wirklich gehen.

»Wenn du willst, kannst du bleiben.« Lucas schläfrige Stimme durchbricht die Stille und meine Gedanken, als hätte er sie gehört.

»Nein, nein. Ich nehme ein Taxi.«

»Okay.« Er nickt, und als ich mich etwas aufrichte, löst er die Umarmung, reibt sich die müden Augen und lächelt mich an. Und verdammt, sein Okay sorgt dafür, dass ich noch ein bisschen mehr bleiben will.

***

Sara [04:41]

Ich hab mit ihm geschlafen.

Nachdem ich Ana die Nachricht geschickt habe, bin ich todmüde ins Bett gefallen und erst um kurz nach neun aufgewacht. Aus der Küche höre ich Geschirrklappern, während ich den Flugmodus meines Handys deaktiviere und mir gleichzeitig den dröhnenden Kopf halte. Das war wohl zu viel Wein auf einmal ...

Das Handy in meiner Hand vibriert mehrmals und kündigt Nachrichten von Ana an.

Ana [06:41]

Was?! Mit wem?

Ana [06:42]

Du meinst mit Vini???

Ana [07:15]

Ich hab mir jetzt einen Kaffee gemacht ... es ist okay, oder?

Ana [07:16]

Ich meine, wenn du denkst, es ist das Richtige?

Ana [07:32]

Diese Nachricht wurde gelöscht.

Ana [07:40]

Verdammt, Süße. Ich war mir so sicher, dass es dieses Mal keinen Rückfall gibt.

Ana [07:41]

Ist das wirklich eine gute Idee???

Ana [08:01]

Bitte sei nicht sauer, ich liebe dich. Ich mag Vini ja auch, aber mehr als Carlos Kumpel, nicht so richtig an deiner Seite, Süße

Sara [09:05]

Porca, da schläft man einmal für 2 Stunden

Sara [09:06]

Ich habe NICHT MIT VINI GESCHLAFEN!!

Ana: [09:06]

Oh! Gut

Ana: [09:08]

Kein Grund, mich so anzuschreien

Ana: [09:09]

Aber mit wem dann???

Ich drücke den Button, der den Videocall aktiviert, und erschrecke mich ein wenig vor meinem Spiegelbild. Ich habe dunkle Augenringe, und die schwarzen Ränder unter meinen Lidern zeugen davon, dass ich mich heute früh nur halbherzig abgeschminkt habe. Von den zerzausten Locken will ich gar nicht erst anfangen.

»Ach, du liebe Zeit, wo bist du denn ausgebrochen?« Ana grinst mich frech an.

Ich strecke ihr zur Begrüßung die Zunge raus.

»Also, jetzt sag schon! Mit wem?«

Ich schnaube. »Mit Luca natürlich! Ich wusste nicht, dass so viele andere infrage kommen könnten.«

Ana verdreht die Augen. »Keine Ahnung, man kann ja nie wissen. Tut mir leid, dass ich an deiner Standhaftigkeit gezweifelt habe.« Sie macht ein zerknirschtes Gesicht.

»Schon gut«, murre ich, denn leider weiß ich, dass ihre Annahme auf Erfahrungswerten beruht.

»Aber wenn du mit Luca geschlafen hast, dann ist es dieses Mal wohl wirklich ernst?«

»Nein, nein, das war nur … keine Ahnung, das war wohl noch offen zwischen uns.«

Ana runzelt die Stirn. »Ich meinte eigentlich die Trennung von Vincenzo.«

»Ach so, das. Ja, klar!« Dieses Mal ist es endgültig.

»Und wie war es mit Luca?« Jetzt teilt ein breites Grinsen ihre Lippen, das ich erwidere, bevor ich einen Finger auf meine Lippen lege.

»Also war es gut.« Ihre Augen funkeln wissend.

Ich nicke und kann ein Seufzen nicht unterdrücken. »Ja, das war es.«

»Und siehst du ihn wieder?«

Lachend zucke ich die Achseln. »Klar sehe ich ihn wieder. Die Sache mit dem Menü ist noch nicht zu Ende.«

»Jaja, das Menü. Und sonst?« Sie hebt die Brauen. »Magst du ihn?«

»*Dio*, du klingst wie meine Nonna.«

»Das ist keine Beleidigung für mich.« Ana lacht. Klar, die beiden lieben sich. »Also, sag schon!«

»Ich weiß nicht, ich mag ihn, ja. Er ist ... ganz anders als Vini.«

»Du meinst weniger toxisch männlich.«

Ich schnaube. »Luca ist das Gegenteil von toxischer Männlichkeit, er ist eine absolute Green Flag.«

»Aaaber?«

»Ich ...« Ja, was eigentlich? »So weit bin ich noch nicht. Wir haben uns darauf geeinigt, dass wir es unverbindlich halten.«

Ana nickt. »Ah ja. Wenn das für euch beide passt, dann ist doch super.«

»Jetzt schau nicht so enttäuscht. Darf ich dich daran erinnern, dass du zuerst dachtest, ich würde wieder mit Vini schlafen?«

Und schon ist ihr Strahlen zurück. »Du hast recht. Luca ist eine Steigerung um hundert Prozent, egal, was daraus wird.«

»Danke sehr«, sage ich und streiche mir die Locken aus dem Gesicht. »Jetzt muss ich dringend unter die Dusche.«

»Tu das ... und falls sich was Neues ergibt, halt mich auf dem Laufenden!«

»Mach ich.« Ich schmatze einen Kuss in die Kamera, dann beende ich das Gespräch.

Mit frischer Wäsche gehe ich auf direktem Weg ins Badezimmer, in der Hoffnung, dass eine heiße Dusche die Kopfschmerzen lindert. Doch als ich eine halbe Stunde später die Treppe nach unten ins Restaurant nehme, dröhnt mein Schädel nach wie vor.

»*Ciao*«, sage ich und beuge mich über die Theke, wo Mauro gerade dabei ist, etwas in die Reservierungsliste einzutragen.

»*Ciao, pulcina.* Du kannst mir gleich helfen, die Einkäufe zu verstauen.«

Ich stöhne auf. »Ich hab Kopfschmerzen.«

»Ach ja, die Weinprobe.« Er schmunzelt. »Wart ihr erfolgreich?«

»Allerdings«, antworte ich und hoffe, Mauro merkt mir nicht an, dass ich mit meinen Gedanken nicht beim Wein bin. »Also gut, ich helfe dir mit den Einkäufen, aber vorher brauche ich einen *caffè*.«

»Lässt sich einrichten.« Er macht sich am Siebträger zu schaffen und wirft mir über die Schulter einen Blick zu. »Du weißt, was deine Nonna sagen würde. Trink ihn mit Zitrone statt Zucker, das hilft.«

Angewidert verziehe ich das Gesicht. »Das halte ich für ein Gerücht. Garantiert hat sie sich das ausgedacht, um uns für unseren Kater abzustrafen.«

Mauro lacht laut, dann stellt er schwungvoll einen Espresso vor mir ab und legt demonstrativ ein Tütchen Zucker daneben. »Ich hab auch nie daran geglaubt.«

Nachdem ich den Espresso getrunken habe, verräumen wir gemeinsam das frische Gemüse, danach macht Mauro sich daran, den Pizzateig vorzubereiten.

»Was macht das Menü?«, erkundigt er sich, während er frische Hefe in eine Schüssel bröselt.

»Ich denke, es steht. Was hältst du davon, wenn wir

einen Probedurchlauf machen? Wir bereiten gemeinsam mit Danilo alles vor, ich lade Luca ein, und wir essen das komplette Menü von vorn bis hinten.«

»Ein Testlauf ist gut, das Team muss sich schließlich auch erst darauf einspielen. Schick mir die Rezepte, dann spreche ich mit Danilo.«

19

LUCA

»Und, was machst du noch mit dem angefangenen Tag?« Chiara drückt die Zigarette im Aschenbecher neben der Tür zur Backstube aus und schultert ihre Tasche.

»Erst mal eine Runde schlafen. Heute Abend unterstütze ich eine Freundin, die *Pizzeria da Mauro* plant ein besonderes Menü für das *Food Lovers Festival*.«

»Oh, wie cool. Das Festival ist nice, ich war letztes Jahr zum ersten Mal dort.«

»Ich kenne es noch nicht, aber die Vorbereitung ist mehr Arbeit, als ich angenommen hatte.«

»Bin gespannt, was du nächste Woche zu erzählen hast.« Chiara steckt sich grinsend ihre AirPods ins Ohr, dann winkt sie mir noch einmal zu und läuft in Richtung der Bahnhaltestelle.

Zu Hause angekommen, mache ich mir ein Sandwich und lege mich kurz hin.

Vierzig Minuten später, reißt das klingelnde Festnetztelefon mich aus dem Schlaf, doch ich brauche einen Moment, bis ich richtig wach bin. Nach ein paarmal Klingeln springt der Anrufbeantworter an, doch bevor das Signal ertönt, bin ich im Flur angekommen und nehme das Gespräch entgegen.

»Ja, hallo?«

»*Ciao*, Luca. Wie geht's?« Ah, es ist Papà.

»Ja, alles gut. Und selbst?«

»*Bene, bene.* Ich wollte mit dir ausmachen, wann ich wegen der Wohnung nach Deutschland komme. Wir müssen alles räumen. Hast du schon Entrümpler recherchiert?«

»Nein, ich bin noch nicht dazu gekommen.«

»Und hast du endlich entschieden, wie es weitergeht? *Figlio mio*, du hast doch niemanden mehr.«

Die Wut erfasst mich so plötzlich, dass ich einen Moment brauche. Warum bildet er sich ein, über mein Leben Bescheid zu wissen? »Ich hab alles, was ich brauche«, presse ich zwischen zusammengebissenen Zähnen hervor.

»Dein Studium hast du abgebrochen, wie willst du bitte dein Leben finanzieren? Vergiss nicht, dass die Wohnung nur noch bis Jahresende bezahlt ist.«

Ich schnaube. Als müsste er mich daran erinnern. »Mach dir um mich keine Sorgen«, sage ich mit erstaunlich ruhiger Stimme. »Ich hab einen Ausbildungsplatz und bin mit Menschen zusammen, die ich mag und denen wirklich etwas an mir liegt.« Ein bisschen geblufft, aber ich ertrage sein pseudobesorgtes Getue nicht, wo er sich in Wahrheit doch nie darum geschert hat, wie ich klarkomme.

»Ach, einen Ausbildungsplatz. Und in welcher Branche?« Jetzt klingt er skeptisch, aber ich hatte ohnehin nicht vor, ihm mehr zu erzählen.

»Ich muss jetzt Schluss machen, ich bin noch verabredet.«

»Luca, du kannst mich nicht jedes Mal abwürgen, wenn –«

Doch, kann ich und werde ich. »*Ci sentiamo, papà*«, sage ich und lege auf. *Wir hören uns.* Einen Vorteil muss es ja haben, dass wir uns in unterschiedlichen Ländern befinden.

***

»Über die Playlist sprechen wir noch«, ruft Mauro gerade nach hinten in den Gastraum, als ich das Restaurant betrete. »Ah, da ist ja der Auserwählte!« Er kommt auf mich zu und nimmt mir die Jacke ab.

»Ähm, hallo. Neuer Service?«

Augenverdrehend hängt er die Jacke an die Garderobe. »Alles klar?«

»Ja, und selbst?«

»*Sì, sì*, meine Cousine geht mir seit Stunden ... wie sagt man? Auf den Wecker ... ansonsten alles bestens!«

»Bin ich zu spät?«, hake ich verwirrt nach. Ich bin mir sicher, dass in Saras Nachricht 21 Uhr stand, früher ist im Restaurant noch zu viel Betrieb.

»*Certo che no.*« Mit einem breiten Lächeln auf den Lippen deutet er nach vorn in den Gastraum, und da entdecke ich Sara am hintersten Tisch, der in einer kleinen Nische steht. Er ist voll eingedeckt, darauf brennt eine langstielige Kerze, und erst jetzt fällt mir auf, dass die Musik nicht wie üblich eine Mischung aus verschiedenen Italo-Popsongs ist. Stattdessen läuft ein Lovesong von Ultimo, der, soweit ich weiß, noch recht neu ist.

Sara erwidert meinen Blick und hält ihn fest, bis wir direkt vor ihr stehen. Ich muss schlucken, bevor ich zur Begrüßung ansetze. Ihre langen Locken fallen glänzend über das eng anliegende schwarze Oberteil, das ihre Schultern dank eines breiten Rundkragens nur zur Hälfte bedeckt.

»Hi. Hab ich irgendwas verpasst?« Ich drehe mich zu Mauro um. »Hat sie Geburtstag oder so?«

Er lacht und lässt uns kopfschüttelnd allein.

»*Buonasera.* Setz dich.« Sie lächelt. »Wir haben jetzt ein Dinner.«

Zögernd nehme ich ihr gegenüber Platz und starre sie an. Ihre dunkel geschminkten Augen ziehen mich in ihren Bann.

Sara beugt sich etwas über den Tisch. »Du wolltest doch, dass Mauro nichts von unserem One-Night-Stand erfährt.« Sie grinst und sieht in Richtung der Theke, die man von unserem Tisch aus nicht ausmachen kann. »Dann solltest du nicht so offensichtlich starren.«

Perplex lache ich auf und konzentriere mich schnell auf die Serviette, die dekorativ auf dem Teller gefaltet wurde. »Tut mir leid. Ich war auf eine andere Situation eingestellt.« Davon zeugt das langweilige graue Shirt, das ich trage, aber beim letzten Mal hat sie mich schließlich auch vorgewarnt.

Ich hebe den Blick und sehe, wie Sara den Kopf neigt. »Ich weiß, und ich wollte dich überraschen. Ich hoffe, du kannst damit leben?«

»Wir machen ein Lovebirds-Dinner?«, hake ich nach.

»Ich hab das Team ausführlich instruiert und bei der Vorbereitung mitgeholfen. Für die richtige Stimmung gibt es sogar Musik und Kerzen.« Mit ausladender Geste deutet sie in den Raum, in dem nur noch wenige Tische belegt sind.

»Das sehe ich. Und woran messen wir unseren Erfolg?«, frage ich, beuge mich etwas zu ihr vor und senke die Stimme. »Daran, ob wir am Ende des Abends im Bett landen?«

Sie lacht und funkelt mich an. »Natürlich daran, ob es schmeckt. Aber deine Idee ist auch okay«, antwortet sie ebenso leise.

Schmunzelnd lehne ich mich im Stuhl zurück, als Mauro mit zwei Getränken an unseren Tisch kommt.

»*Aperitivo.*« Sobald er die Gläser vor uns abgestellt hat, lässt er uns wieder allein.

Wir stoßen an, und nachdem wir probiert haben, legt Sara die Hände zusammen. »Das Menü ist für bereits verliebte Paare gedacht, die auf der Suche nach einem besonderen kulinarischen Erlebnis sind.«

»Ach, du meinst, dann kann uns ja gar nichts passieren.«

Sie hebt die Hand zum Schwur. »Versprochen, ich hab keine Liebestropfen reingemogelt, und das hier«, sie deutet auf den Drink, »ist kein Liebestrank, nur Bitterorange.«

»Na, da bin ich aber erleichtert«, antworte ich und nehme einen Schluck. Als ich danach wieder ihrem Blick begegne, bin ich nicht sicher, ob ich ihr glauben kann. Sie ist vielleicht überzeugt davon, aber ich bin es keinesfalls. Spätestens zu dem Zeitpunkt, als sie beim Sex meinen Namen in mein Ohr gestöhnt hat, war jeder Liebestrank unnötig. Dank meines früheren Mitbewohners Vale, der sich inzwischen beruflich mit dem Thema Gefühle und Hormone befasst, weiß ich, dass ich dieses aufgeregte Flattern im Bauch nicht überbewerten sollte. Nur war ich schon immer mehr der Gefühlstyp. Gleichzeitig haben Sara und ich von Anfang an festgehalten, dass das zwischen uns unverbindlich ist, und ich werde mich ihr sicher nicht aufdrängen, nur weil ich mir der Unverbindlichkeit plötzlich unsicher bin. Deshalb bin ich erleichtert, als eine der Kellnerinnen uns die Antipasti bringt und wir uns erst einmal auf die verschiedenen Köstlichkeiten konzentrieren müssen.

»Hast du die Musik ausgewählt?«, frage ich, nachdem die Vorspeisenteller abgeräumt wurden.

»Und wenn?« Herausfordernd sieht sie mich an.

»Ich mag Ultimo.«

»Guter Geschmack.« Sie nickt zufrieden.

»Mauro scheint noch nicht so überzeugt zu sein, oder?«

Sie winkt ab. »Beim Festival gelten andere Gesetze. Wenn du junge Leute ansprechen willst, kannst du nicht mit Eros Ramazzotti ankommen.«

»Guter Punkt.«

Nach den Antipasti bekommen wir als Primo das Risotto serviert, das auch heute wieder hervorragend gelungen ist, dann ist das Secondo an der Reihe. Ich spüre Saras Blick auf mir ruhen, als ich den ersten Bissen nehme.

»Und?«, fragt sie, kaum dass ich geschluckt habe.

»Es ist toll.« Ich nicke anerkennend, denn ich weiß, wie viele Gedanken sie sich dazu gemacht hat. Das Fleisch ist zart, es zerfällt schon fast, und das milde Püree harmoniert gut mit der würzigen Marinade. »Eine Schande, dass du mich beim letzten Mal darum gebracht hast.«

Sie lacht herzhaft auf. »Danilo hat sich am nächsten Tag extra bei mir bedankt, er hat sich deine Portion schmecken lassen.«

Als wir fertig gegessen haben und unsere Teller abgeräumt wurden, hat sich der Gastraum merklich geleert. Im Hintergrund läuft jetzt ein Song von Coez, und die Kerzen auf dem Tisch flackern jedes Mal, wenn eine der Kellnerinnen durch die Tür zur Terrasse läuft. Nach den beiden Gängen bin ich eigentlich schon satt, und auch Sara hat die Hand auf den Bauch gelegt und sich in ihrem Stuhl zurückgelehnt.

»Wir müssen mit den Portionsgrößen aufpassen. Wenn unsere Lovebirds zu vollgefressen sind, verpufft deine ganze Ernährungspsychologie.« Ich grinse vielsagend.

»Du meinst, wir sollten im Anschluss testen, ob gewisse Aktivitäten noch drin sind?« Sie hebt die Augenbrauen und zieht die Unterlippe zwischen die Zähne.

Bei dem Gedanken an das letzte Mal schießt mein Blut sofort in die Lendengegend, und ich rutsche unruhig auf meinem Stuhl hin und her. »Das wollte ich auf keinen Fall andeuten«, behaupte ich. »Aber wenn du unbedingt willst ...«

Sie lacht laut und spielt mit einer widerspenstigen Haarsträhne. Sie ist unfassbar hübsch, wenn sie so entspannt und gelöst aussieht wie jetzt. Ich frage mich, ob sich vielleicht auch für sie etwas an unserem Deal geändert hat ...

»*Allora.*« Mauro unterbricht unseren Blickkontakt und beendet damit die aufgeladene Atmosphäre zwischen uns. »Amaro Rucolino, direkt von Ischia importiert. Hat Nonno schon immer geliebt.« Er zwinkert Sara zu, während er aus der vereisten Flasche den zähflüssigen Likör in zwei Schnapsgläser gießt. Dann schenkt er sich ebenfalls einen ein und hebt das Glas.

»Auf dass unser Menü ein Erfolg wird«, sagt Sara.

»Auf die hervorragende Küche.« Ich hebe ebenfalls mein Glas.

Mauro sieht zwischen uns hin und her. »Auf die Liebe.«

Als Nachspeise bringt er uns ein Stück Brombeer-Mandel-Crostata mit Vanilleeis, dazu trinken wir einen *caffè*. Aber obwohl alles toll schmeckt und die verschiedenen Komponenten des Menüs insgesamt miteinander harmonieren, habe ich zunehmend das Gefühl, dass Sara nicht zu hundert Prozent zufrieden ist.

»Da sind sie ja.« Francesca kommt mit einem Teller in der Hand in den Gastraum gelaufen und setzt sich an den Nebentisch. Mit ihrer Gabel teilt sie ein Stück von der

Crostata ab und steckt es sich in den Mund. »*Molto benissimo.*«

»Du hättest sie probieren müssen, als Luca sie spontan zu Hause gebacken hat.« Beinahe vorwurfsvoll deutet Sara mit ihrer Gabel auf das letzte Stück, das auf ihrem Teller liegt.

»Es ist dasselbe Rezept«, sage ich achselzuckend, doch sie schüttelt den Kopf.

»Mag sein, aber deine war besser.« Sie lächelt, und im Augenwinkel sehe ich Francesca schmunzeln.

»Du bist nicht zufrieden mit dem Menü«, stellt sie fest und spricht damit meine Vermutung laut aus.

»Ich …« Sara zögert. »Vielleicht hätte ich noch …«

»Du hast alles mindestens fünfmal durchdacht und verschiedene Variationen getestet.« Ich lege meine Hand auf ihre, und einen Moment scheint sie von der Berührung abgelenkt. Dann sieht sie wieder auf.

»Aber es ist nicht so, wie ich gedacht hatte.«

»Vielleicht liegt es an mir«, sage ich. »Wir sind schließlich auch keine Lovebirds.« Ich werfe Francesca einen kurzen Blick zu und hoffe, dass die alte Dame nicht merkt, dass ich mit dem Daumen hauchzart über Saras Handrücken streiche, bevor ich mich von ihr löse.

Saras Blick brennt auf meiner Haut, doch bevor sie etwas sagen kann, schaltet sich überraschend Francesca ein.

»*Bambini.*« Sie lacht. »Ihr könnt euch nicht in ein Restaurant setzen, ein Menü essen und hoffen, dass die Liebe euch anspringt.«

Sara verdreht die Augen. »Wie du weißt, brauchen Luca und ich dafür auch kein Menü.«

Ich bin mir sicher, meine Wangen laufen bei ihren Worten knallrot an, und das *what the fuck?!* kann sie mir ganz bestimmt von den Augen ablesen. Hat sie mit Francesca über unseren One-Night-Stand gesprochen? Inzwischen ist es wohl eher ein Two-Night-Stand ...

Weder Sara noch ihre Nonna beachten mich, stattdessen nimmt Francesca ein weiteres Stück Kuchen.

»Du sagst doch immer, Liebe geht durch den Magen, nur deshalb kam Mauro überhaupt mit dieser Idee an.«

Als hätte er sie gehört, kommt Mauro mit einem Tablett in der Hand in den Gastraum.

»Das ist auch richtig, aber, *pulcina*, du solltest nicht alles so wörtlich nehmen. Dein Luca ...«, sie deutet auf mich, und ich ziehe unwillkürlich den Kopf ein, obwohl sie ein freundliches Lächeln aufgesetzt hat. »Warum war seine Focaccia so einmalig? Weil er alles in diesen Teig gegeben hat. Weil er nicht nur seine Hände benutzt hat, sondern sein Herz.«

»*Mamma mia*, was ist denn hier los?« Mauro tritt stirnrunzelnd zu uns an den Tisch.

»Du kannst dich nicht in ein Restaurant setzen, dich zurücklehnen und erwarten, dass du dieselbe Magie spürst, wie wenn du ein Gericht zu dir nimmst, das du gemeinsam in liebevoller Zubereitung gezaubert hast.«

»Was willst du damit sagen?«

»Du musst selbst kochen!« Mauro grinst, aber Francesca hebt ungerührt die Schulter.

»Ihr müsst gemeinsam kochen.«

Jetzt bin ich verwirrt. »Moment mal«, hake ich ein. »Sara und ich –«

Doch bevor ich mich um Kopf und Kragen reden kann, fällt mir Sara ins Wort. »Die Paare müssen selbst kochen!«

Mauro macht große Augen, doch dann ändert sich seine Mimik, und ein Strahlen tritt auf sein Gesicht. »Das ist eine grandiose Idee! Bravo!«

»Hä?«, mache ich, und auch Sara sieht ein wenig verdutzt aus.

»Wir machen aus der ganzen Sache einen Workshop!« Er stellt das Tablett auf einem der Tische ab und setzt sich zu Francesca. »Das wird die Jury beeindrucken.«

Sara zieht die Brauen hoch. »Kannst du mal eine Sekunde nicht an diesen blöden Preis denken?«, fährt sie ihn an. »Du willst die Leute in deiner Küche selbst kochen lassen?«

»Natürlich unter Anleitung. Wir bereiten das vor, was Zeit braucht, und lassen sie dort mitmachen, wo es sich anbietet.« Er zeigt auf mich. »Du könntest mit den Leuten deine Focaccia backen, und du«, er nickt in Saras Richtung, »könntest dich des Risottos annehmen.«

Francesca macht ein zufriedenes Gesicht. »Das ist doch mal was.«

»Ich rede mit dem Team, wir machen einen Plan, wer sich um welchen Gang kümmert und wie wir das am besten umsetzen können. Natürlich kann nicht alles hier in der Küche stattfinden.« Mauro ist Feuer und Flamme.

»Äh, hallo?« Sara verschränkt die Arme vor der Brust. »Fragst du uns vielleicht mal, ob wir bei deiner tollen Idee mitmachen wollen?«

Mauro wirft ihr einen kurzen Blick zu, dann sieht er mich an. »Luca will einen Ausbildungsplatz, ich schätze mal, er ist dabei.« Er grinst mich frech an.

»Wo er recht hat.« Ich lache. Tatsächlich klingt die Idee gut, aber nur, wenn Sara auch mitmacht. »Bist du dabei?«, frage ich sie und lächle sie an. »Komm schon.«

»Ich bin dabei«, sagt sie, und dann lacht sie erleichtert und springt auf. Sie drückt ihrer Nonna einen Kuss auf die Wange. »Danke!«

Francesca erhebt sich. »Immer gerne, *pulcina.* Habt

noch einen schönen Abend.« Damit winkt sie uns kurz zu und geht mit ihrem Teller zurück aus dem Gastraum.

»Und was ist mit mir? Im Grunde war das meine Idee.« Mauro steht von seinem Stuhl auf und schnappt sich sein Tablett.

»Haha, träum weiter.« Sie gibt ihm einen Klaps auf die Schulter, und er geht kopfschüttelnd weg.

»Und jetzt?« Sie lehnt sich an die Tischkante neben mir und sieht zu mir herunter. Zögerlich lege ich meine Hand an ihre Hüfte und würde sie am liebsten auf meinen Schoß ziehen.

»Ich weiß nicht ...« Ich erwidere ihren Blick, als sie sich ein Stück zu mir herunterbeugt.

»Gehen wir noch zu dir?«, raunt sie.

Ein Lächeln stiehlt sich auf meine Lippen. Ich lasse die Hand über ihren Po bis zu ihrem Oberschenkel nach unten gleiten. »Nichts wie los.« Ich stehe auf, schnappe ihre Hand und ziehe sie hinter mir aus dem Gastraum.

20

SARA

Sara [18:35]

Mauro sagt, ich kann gegen 20 Uhr abhauen. Was hast du noch vor?

Als ich eine gute halbe Stunde später von meiner letzten Tour zurück bin, die mir immerhin fünfzehn Euro Trinkgeld eingebracht hat, habe ich noch keine Antwort von Luca. Also beschließe ich, einfach auf gut Glück bei ihm vorbeizufahren. Ich schätze, es wird Zeit, dass wir darüber reden, was aus der Sache mit der platonischen Freundschaft geworden ist. Im Mitarbeiterraum schlüpfe ich in meine Cordjacke und schultere die Handtasche, dann rufe ich einen Gruß in die Küche und gehe nach draußen.

»Hast du noch was vor, *pulcina*?« Mauro steht wie immer hinter der Theke, das Haar fällt ihm in die Stirn, und er wischt die feuchten Hände an seiner schwarzen Schürze ab.

»Nichts Besonderes«, sage ich ausweichend und gehe an ihm vorbei. Über die Schulter werfe ich ihm einen Kuss zu. »Bis später!« Doch als ich mich wieder umdrehe, steht vor mir plötzlich jemand, dem ich ungebremst vor die Brust renne. Mir steigt eine Duftmischung aus Lederjacke und Cool

Water in die Nase, und noch bevor ich den Kopf hebe, weiß ich schon, wen ich vor mir habe. »Carlo.«

»Hallo, Schwesterherz.« Er legt die Hände an meine Schultern, und ehe ich michs versehe, küsst er mich links und rechts auf die Wange. Sie sind rau und kratzig, weil er sich jeden Morgen nach dem Aufstehen rasiert, und verdammt, ich hasse es, dass ich ihn liebe, egal wie sehr ich ihn hasse. Er legt eine Hand unter mein Kinn. »Du bist auf dem Sprung.«

Ich nicke, dann zucke ich die Achseln. »Nicht direkt.«

»Wir sollten mal reden, *sorellina.*«

Ich weiß. Aber es tat gut, sich so lange davor zu drücken. »Hier?« Ich werfe einen Blick über die Schulter. Da die meisten Tische belegt sind, ist der Geräuschpegel trotz Lärmdämpfer hoch.

»Du hast dich rargemacht, also musste ich –«

»Ich war wütend auf dich«, falle ich ihm ins Wort, und er legt den Kopf schief.

»Und jetzt bist du es nicht mehr?«

Ich wünschte, ich müsste sein Lächeln nicht erwidern. Aber mit Carlo war es schon immer so. Egal, wie sehr ich mir nach einem Streit vorgenommen habe, ihn dieses Mal nicht so einfach davonkommen zu lassen – mein Bruder hat diese Art an sich, dass man ihm einfach nicht lange böse sein kann. Was der Hauptgrund ist, weshalb ich ihm dieses Mal aus dem Weg gegangen bin und seine Anrufe ignoriert habe.

»Carlo, was für eine Überraschung.« In meinem Rücken kommt Mauro hinter der Theke hervor, und ich muss mich nicht umdrehen, um zu erkennen, dass er ganz genau gewusst hat, dass Carlo auftauchen würde.

»Ciao, *cugino.*« Er löst sich von mir und reicht Mauro die Hand. »Hast du noch einen Platz im Freien?«

Mauro zieht die Brauen zusammen. »Wenn ihr mir hoch und heilig schwört, dass ihr euch wie zivilisierte Menschen verhaltet.« Streng sieht er zwischen uns hin und her.

»Das tun wir natürlich.« Carlo nickt und bestellt uns etwas zu trinken, dann lässt er mich vorausgehen. Auf der Terrasse sind noch wenige Plätze frei. Carlo nimmt auf einem Stuhl mit dem Rücken zur Wand Platz, und ich setze mich ihm gegenüber. Schon einen Augenblick später kommt Mauro mit den Getränken, stellt das Bier vor Carlo und die Cola vor mir ab.

Carlo hebt sein Glas und nimmt einen Schluck, dann lehnt er sich ein wenig im Stuhl zurück und mustert mich neugierig. »Gut siehst du aus, *sorellina.*«

»Danke.« Der Zopf, mit dem ich meine Locken gebändigt habe, fällt mir über die Schulter, und ich zupfe an ein paar losen Strähnen.

Carlo atmet einmal tief durch, bevor ein Ruck durch seinen Körper geht. »Hör zu, es tut mir leid, *pulcina.* Ich will, dass du weißt, dass ich auf deiner Seite bin. Und natürlich will ich, dass du glücklich bist.«

Der Vorwurf, den ich ihm bei unserem Streit um die Ohren gehauen habe, scheint ihn getroffen zu haben.

»Einen Scheiß bist du, Carlo.« Seine Reaktion auf die Trennung und sein Verhalten danach haben mir das Gegenteil gezeigt, da braucht er mir jetzt keine Geschichten zu erzählen.

»Komm schon, Sara. Ich weiß, es war uncool, wie ich mich verhalten habe, aber ich wollte nur helfen. Und du warst auch nicht gerade die Ruhe in Person.«

Ich beuge mich nach vorn und versuche, meine Stimme gelassen zu halten, weil ich keinen Bock habe, dass Mauro mich wegen Carlo rausschmeißt. Weder aus dem Restaurant noch aus seiner Wohnung.

»Ich war in einer emotionalen Ausnahmesituation! Ich hab meine Verlobung aufgelöst und war am Ende, und du? Du laberst mich voll, dass nichts lief mit dieser Tussi, als käme es nur darauf an.« Ich schnaube. »Du hast dich auf seine Seite geschlagen, weil er dein bester Freund ist.«

»Sei nicht unfair, Sara. Ich kenne Vini mein ganzes Leben, er ist wie ein Bruder für mich.« Er seufzt. »Dass ihr euch verliebt, hab ich mir genauso wenig ausgesucht, aber ich hab mich für euch gefreut, und ihr wart toll zusammen.«

»Jetzt aber nicht mehr«, antworte ich resigniert. »Ich will doch einfach nur, dass ihr aufhört, mir reinzureden. Nimm dir ein Beispiel an Ana! Ich bin kein kleines Kind mehr, dem man sagt, was es zu tun oder zu lassen hat.«

»Ich weiß das, *pulcina*. Hey!« Er streckt seine Hände über den Tisch aus, und ich reiche ihm meine widerwillig, woraufhin er unsere Finger miteinander verschränkt und lächelt. »Wirklich, ich bin auf deiner Seite. Vini ist mein bester Freund. Ob ihr zusammen seid oder nicht, spielt keine Rolle, weder für unsere Freundschaft noch dafür, dass ich dich liebe, *sorella*, okay?« Er beugt sich so weit über den Tisch, dass er mir einen Kuss auf die Wange hauchen kann.

Augenverdrehend erwidere ich sein Lächeln. »*Anch'io ti amo.*« *Ich liebe dich auch.* Natürlich tue ich das. »Ich verstehe ja, dass es dir schwerfällt, aber ich hab mir schon so, so oft Hoffnungen gemacht. Ich kann das nicht mehr ...«, sage ich leise.

»Mhm.« Nachdenklich sieht er auf unsere Hände. »Aber wenn da Hoffnung ist, ist das nicht ein Zeichen dafür, dass es noch eine Chance für euch gibt?«

Langsam schüttle ich den Kopf. »Für mich fühlt es sich nicht so an.« Ich löse unsere Hände und fahre mit dem Finger die Spur des Kondenswassers auf dem Tisch nach.

»Man muss auch akzeptieren, wenn etwas keinen Sinn mehr macht, aber das kann ich nicht, wenn ich jedes Mal gegen Vini und meine ganze Familie ankämpfe.«

»Ich weiß, ich weiß.« Er hebt die Hände. »Es fällt mir nur manchmal schwer, mich nicht einzumischen, wenn ich euch beide unglücklich sehe.«

Ich recke das Kinn. »Ich bin aber nicht unglücklich. Im Gegenteil!« Und natürlich denke ich jetzt an Luca.

»Okay, dann nur eine Sache. Vielleicht brauche ich dir das nicht zu sagen, aber Ana ist nervös. Können wir uns darauf verlassen, dass ihr das mit der Torte hinbekommt?« Er wirft mir einen skeptischen Blick zu. »Ana hat schon bestimmt dreimal gesagt, dass sie sich einfach selbst darum kümmert, aber ich will nicht, dass sie sich so viel Stress macht.«

Ich schlucke. Das will ich natürlich auch nicht, und dass Ana bei unserem letzten Treffen so verständnisvoll war, liegt sicher daran, dass sie genau weiß, wie schwierig die Trennung von Vini für mich war. Ist. Was auch immer. Aber Ana und Carlo sind die beiden wichtigsten Menschen in meinem Leben, und in dieser Sache hat Vini recht: Wir werden das gemeinsam hinkriegen.

»Doch, mach dir keine Sorgen. Wir haben erst … vor ein paar Tagen telefoniert. Wir kümmern uns darum«, verspreche ich.

Carlo sieht erleichtert aus. »Ich danke dir.«

Ich nehme einen Schluck von meiner Cola und mustere ihn. »Bist du schon nervös?«

Die Lederjacke hat er angelassen, und wie immer glänzen seine Locken von dem Schaum, mit dem er sie jeden Tag in Form bringt. Als er den Kopf hebt, ist da noch eine Sekunde seine Macho-Maske, doch dann bröckelt sie, und er sieht einen Moment verlegen auf seine Finger, bevor er sich wieder mir zuwendet. »Wie verrückt.«

»Sie liebt dich abgöttisch, das weißt du, oder?«

Er nickt ernsthaft. »Und ich sie. Ich will sie an meiner Seite wissen, will alles mit ihr teilen, will, dass sie die Mutter meiner Kinder wird.« Er seufzt, und ich lächle über diesen seltenen Gefühlsausbruch.

»Es wird alles gut werden.«

»Kannst du mir versprechen, dass du keinen Streit mit Papà vom Zaun brechen wirst?«

Ich ziehe eine Grimasse. »Dann setz mich nicht zu nah zu ihm.«

Carlo verdreht die Augen. »Hör mir auf mit dieser Sitzordnung. Die runden Tische sind eine Katastrophe. Wir haben letztendlich entschieden, Vini und dich gegenüber von uns zu setzen, und rechts und links unsere Eltern platziert. Nur Lina kommt an den Großelterntisch.«

Ich habe die Vermutung, dass Anas kleine Schwester darüber genauso entrüstet sein wird, wie ich es bin. »Du hast nicht wirklich gedacht, dass ich die ganze Hochzeit über neben Vini sitze.« Meine Gedanken rasen. Neben Vini und Papà! Das halte ich auf keinen Fall durch.

»Sara.« Carlo macht ein gequältes Gesicht. »Zu dem Zeitpunkt war ich nicht mal sicher, ob eure Trennung ... dauerhaft ist.«

War ja klar. »Aber ... ich komme nicht allein!«, platze ich heraus, ohne die Sache ganz zu durchdenken.

»Du kommst nicht allein?« Verwirrt sieht er mich an.

»Als Trauzeugin werde ich wohl eine Begleitung mitbringen dürfen?«

»Na ja, du und Vini wart –«

»Wir sind kein Paar mehr!«, falle ich ihm ins Wort. »Ich komme mit jemand anderem, und ich möchte nicht getrennt von ihm sitzen.«

Carlo zieht eine Braue hoch, und mir wird ein bisschen

heiß bei dem Gedanken, dass ich Luca überreden muss, mich zu dieser Hochzeit zu begleiten. »Du kannst Lina meinen Platz geben«, sage ich schnell.

»Hast du das schon mit Ana besprochen?« Schon wieder dieser skeptische Blick.

»Nein«, gebe ich zu. »Aber ich bin mir sicher, sie versteht, dass ich nicht mit Papa und Vini an einem Tisch sitzen kann, Trauzeugin hin oder her.«

»Du machst mir das Leben verdammt schwer, weißt du das, *sorellina*?«

Ich kann ihn förmlich mit den Zähnen knirschen hören, aber ich weiß, dass er mir den Wunsch nicht abschlagen wird, deshalb lächle ich zufrieden.

»Mach dir keine Sorgen, das wird ein toller Tag«, sage ich zuversichtlicher, als ich bin. Denn wenn ich Luca wirklich überzeugen kann, meine Begleitung zu sein, bedeutet das, dass ich einen ganzen Tag und die Nacht mit ihm verbringen werde, vor den Augen meiner Familie und vor denen meines Ex-Verlobten. Fantastisch, was soll da schon schiefgehen?

***

Luca hat mir nicht mehr geantwortet, deshalb liege ich schon im Bett, als mein Handy vibriert.

Ana [23:31]

Wen bringst du mit zur Hochzeit??? Und warum erfahre ich das von Carlo?!

Augenverdrehend öffne ich Anas Nachricht und lasse mich zurück in mein Kopfkissen sinken.

Sara [23:32]

Du sollst schlafen, oder willst du bei deiner Hochzeit etwa Augenringe?

Ana [23:32]

Bis dahin ist noch genug Zeit für Schönheitsschlaf. Jetzt sag schon!

Sara [23:33]

Ich kann nicht den ganzen Tag neben Vini sitzen, das verstehst du doch, oder? Lina wird sich ganz bestimmt über den Platz bei euch am Tisch freuen …

Ana [23:35]

Ich versteh das, Süße, ist alles okay. Ich hab den Plan schon überarbeitet

Sara [23:35]

Du bist die Beste!!

Ana [23:37]

… ?!

Sara [23:37]

Ich wollte Luca fragen … aber ich hatte noch keine Gelegenheit.

Ana [23:38]

Awwww, also seid ihr jetzt zusammen??

Am liebsten würde ich nicht antworten. Es war klar, dass Ana das nicht einfach so hinnehmen würde, aber zugegeben, meine spontane Idee, nicht allein zu gehen, war nicht ganz zu Ende gedacht.

Sara [23:39]

Er kommt einfach als mein Date, okay?

Ana [23:39]

Okay …

Und dann schickt sie mindestens zehn Herzchenaugen-Emojis.

Mit umgedrehtem Display lege ich das Handy auf den Nachttisch und kneife die Augen zusammen. Luca wird mitgehen, oder? Ich frage ihn einfach, es ist keine große Sache. Wir mögen uns, wir … daten irgendwie. Und nur weil wir gemeinsam auf eine Hochzeit gehen, heißt das gar nichts. Aber meinem Standing vor Vini würde es helfen. Und der Rest der Familie würde es nicht wagen, mich den ganzen Tag damit zu nerven, dass ich Vini zurücknehmen soll, weil ich eine arme abhängige Frau ohne festes Einkommen und sichere Berufsaussichten bin. Mit Luca an meiner Seite wäre das Kapitel Vini für alle sichtbar abgeschlossen. Unsere Beziehung ist vorbei, das Leben geht weiter, Punkt.

21

LUCA

Als ich Saras Nachricht sehe, ist es bereits kurz nach acht, weswegen ich spontan entscheide, einen kleinen Umweg über das Restaurant zu gehen, um zu schauen, ob sie noch da ist. Ich überquere den Marktplatz, gehe am Gießer-Jungen vorbei und sehe schon von Weitem, dass die Terrasse des Restaurants noch gut gefüllt ist. Kein Wunder, es war heiß heute in der Stadt, doch jetzt ist der Abend mild, und die gemütliche Beleuchtung sorgt für eine schöne Atmosphäre, während der Himmel langsam dunkler wird.

Ich erkenne Sara sofort, doch wen ich nicht zuordnen kann, ist der junge Mann, der ihr gegenübersitzt und genau in diesem Moment ihre Hände in seine nimmt und sie liebevoll anlächelt.

Wie angewurzelt bleibe ich stehen, und das Herz sackt mir in die Hose, als ich sehe, dass Sara die Geste erwidert. Er beugt sich über den Tisch zu ihr und küsst sie. Auf die Entfernung kann ich nicht ausmachen, ob es sich bei dem Mann um ihren Ex handelt, der mich aus der Wohnung gejagt hat, oder um jemand Fremden, aber was ich sehe, reicht mir, damit mir auf einen Schlag speiübel ist.

Ich drehe mich um und laufe denselben Weg zurück, den ich gekommen bin. Und während ich stur einen Fuß vor den anderen setze, verfluche ich mich dafür, nicht gleich mit ihr gesprochen zu haben. Ich weiß, dass ich kein Recht habe, sauer zu sein, aber verdammt, ich bin richtig angepisst. Ist das ihr Scheißernst? Vor wenigen Stunden hat sie mich noch gefragt, was ich heute Abend vorhabe, und weil ich nicht sofort geantwortet habe, trifft sie sich einfach mit dem nächsten Typen?

Doch dann habe ich eine andere Erkenntnis, die fast noch mehr wehtut. Was, wenn sie die Nachricht nur abgeschickt hat, um abzuchecken, wo ich bin, damit sie sich ungestört mit dem anderen treffen kann? Ja, das zwischen uns ist nichts Ernstes, zumindest haben wir uns darauf verständigt. Aber dass sie sich nicht mal zu Exklusivität durchringen konnte, kotzt mich so richtig an.

Zu Hause angekommen, knalle ich die Tür hinter mir zu und gehe auf direktem Weg ins Bad. Dann öffne ich Spotify, drehe die Lautstärke auf und steige unter die heiße Dusche. Ich versuche, nicht daran zu denken, wie sie mit diesem anderen Typen auf der Terrasse sitzt oder womöglich auf dem Weg mit zu ihm nach Hause ist, doch es gelingt mir nicht.

Als ich wieder angezogen bin, gehe ich ins Wohnzimmer und fahre den PC hoch. Um mich abzulenken, hilft definitiv nur ein intensives Game. Gott sei Dank ist auf Simon Verlass, was das angeht – er ist schon online und wartet nur darauf, dass wir starten können.

Das Spiel startet mit der Championauswahl, und nachdem ich mich für Lux entschieden habe, werden im Ladebildschirm auch die Charaktere der anderen Mitspieler eingeblendet. Inzwischen ist *League of Legends* wieder eins der Spiele, das wir am häufigsten zocken, deshalb sind wir ein eingespieltes Team. Bevor es losgeht, statte ich mich mit ein paar Items aus und gehe auf die *Midlane.*

»Lass erst mal Blue holen«, sagt Simon, weshalb ich von der Mitte des Spielfelds zu ihm in den *Jungle* laufe.

Während wir spielen, erzählt Simon von der Baustelle, auf der er gerade arbeitet und auf der es nicht so richtig rund läuft. Immerhin hilft das ein wenig, meine eigenen Gedanken für eine Weile stummzuschalten.

Das gegnerische Team hat sich mit einem Mal in der Mitte gesammelt, und ich bin damit beschäftigt, sie zurückzudrängen.

»Sag mal, wo bleibst du?«, unterbreche ich Simon. »Die anderen stürmen gerade die Mitte.«

»Ja, Moment, bin schon auf dem Weg. Musste noch schnell Ausrüstung kaufen.«

Nach anderthalb Stunden, in denen wir drei Runden gezockt haben, machen wir Schluss und verabschieden uns. Während wir gespielt haben, ist es mir tatsächlich gelungen, meine rasenden Gedanken zu beruhigen, doch kaum, dass der Bildschirm dunkel ist, ist das miese Gefühl zurück.

Ich habe keine neue Nachricht von Sara, natürlich nicht.

Ich bin hin und her gerissen, weil ich ihr am liebsten schreiben und ihr meine Meinung um die Ohren hauen würde, aber ich will mich auch nicht lächerlich machen. Ich habe mich in diesen verdammten One-Night-Stand reingesteigert, weil ich ihre toughe Art und ihr Lachen mochte. Weil sie spontan ist und mit mir zum Grab von Mamma gegangen ist. Aber wenn ich ihr nicht ausreiche, werde ich ihr sicher nicht hinterherrennen. Damit steht mein Entschluss, mich nicht zu melden.

***

Als ich am nächsten Morgen aufwache, fühle ich mich gerädert, weil ich nach ewigem Hin-und-her-Wälzen viel zu spät eingeschlafen bin. Mein Herz macht einen Satz, als mein Handy eine neue Nachricht von ihr anzeigt.

Sara [08:01]

Hey, alles klar?

Ich schnaube und drücke die Nachricht weg. Lustlos stehe ich auf und ziehe mir ein T-Shirt über, dann gehe ich in die Küche und richte mir ein Müsli mit Banane. Ich quetsche den letzten Tropfen Hafermilch aus der Verpackung und werfe sie in den Sack für die Wertstofftonne. Das bedeutet, ich muss dringend einkaufen, denn auch der Kühlschrank gibt abgesehen von ein paar schrumpeligen Karotten und einer Zucchini nicht mehr viel her.

Also setze ich neben Milch auch Tomaten, Paprika und Gurke auf meine Einkaufsliste. Dazu ein bisschen Feta, und ich kann mir einen erfrischenden Salat zaubern. Die Einkäufe bis nach Hause zu schleppen, ist keine gute Option, also schnappe ich mir Nonnas Trolley, und obwohl ich mich damit fühle, als wäre ich selbst ein Senior, mache ich mich auf den Weg zum Supermarkt.

An der Kühltheke macht mein Herz einen Satz, als plötzlich eine Frau neben mich tritt und sich nach einem Joghurt im oberen Regal streckt. Ihre dunklen Locken erinnern mich einen Moment an Sara, doch als sie sich mir lächelnd zuwendet, hat sie überhaupt keine Ähnlichkeit mit ihr.

»Entschuldigung, könnten Sie mir vielleicht helfen?«

»Sicher.« Ich muss selbst auf die Zehenspitzen gehen,

dann komme ich an das gewünschte Produkt und reiche es ihr.

»Super, vielen Dank.« Sie widmet sich wieder ihrem Zettel, und ich schaue meinerseits auf die Liste in meinem Handy.

Ich brauche nur noch Hackfleisch und eine Tube Tomatenmark, dann habe ich alles zusammen.

Auf dem Rückweg bin ich froh, mich für den Trolley entschieden zu haben, denn ich habe noch eine Flasche Cola eingepackt, und die Sonne scheint kräftig vom Himmel, sodass ich allein vom Gehen ins Schwitzen gerate.

Zu Hause verbinde ich mein Handy mit der Musikbox und beschalle die Küche, während ich die Einkäufe verstaue. Dann wechsle ich das T-Shirt und stopfe es in den Wäschekorb, der schon wieder überquillt. Habe ich nicht erst vor wenigen Tagen gewaschen? Seufzend nehme ich den Sack, um damit in den Gemeinschaftsraum im Keller zu gehen, als die Musik plötzlich abbricht und von meinem Klingelton abgelöst wird, der mich zusammenzucken lässt. Ein Blick auf das Display verrät mir, dass es Mauro ist.

»Hallo?«

»Ah, *ciao*, Luca, super, dass ich dich gleich erreiche.« Im Hintergrund höre ich Geschirr klappern. »Montag um zehn trommle ich mein Küchenpersonal zusammen, das beim Festival dabei sein wird, um die Gäste bei der Zubereitung der Gerichte zu unterstützen.«

Klar, Montag ist Ruhetag in der Pizzeria. Ich habe allerdings Schicht in der Backstube. »Montag um zehn?«, hake ich nach.

»Genau, es wäre super, wenn du dabei sein könntest. Ich weiß, es ist kurzfristig, aber wenn das Restaurant geschlossen ist, bietet es sich an.«

»Ja, gut, ich komme. Ich bin davor in der Bäckerei, aber kann danach kommen.«

»Kein Problem. Ich will, dass du dem Team zeigst, wie du den Focaccia-Teig zubereitest, ich würde sie gerne das gesamte Festival-Wochenende anbieten. Das könnte wirklich ein Erfolg werden.«

Bei seinem Lob breitet sich ein warmes Gefühl in meiner Brust aus. Gleichzeitig bedeutet sein Anruf, dass ich Sara schon übermorgen gegenüberstehen werde. Und momentan fühle ich mich absolut nicht bereit dazu.

»Also, dann sehen wir uns. Hab noch ein schönes Wochenende!«

»Danke, dir ebenso.« Nachdem ich das Gespräch beendet habe, stehe ich etwas unschlüssig da, während aus meinem Handy die Playlist weiterläuft. Ivo Martin singt *heut sind wir broken*, und ich fühle es ein bisschen zu sehr. Wenn ich an Sara und ihr Lächeln denke, fühle ich mich ziemlich *broken – heartbroken.* Aber ich habe Mauro versprochen, ihn bei diesem Festival zu unterstützen, also werde ich mein Wort halten.

Schließlich raffe ich den Wäschesack auf und mache mich auf den Weg in den Keller.

***

Der Sonntag zieht ereignislos an mir vorbei. Sara hat keine weitere Nachricht geschickt und ich nach wie vor nicht geantwortet. Ich wüsste wirklich nicht, was ich ihr schreiben sollte. Morgen sehen wir uns so oder so, und die Nervosität vor dieser Begegnung bringt mich fast um.

Als ich etwas gerädert um vier in der Bäckerei ankomme, erhalte ich eine kritische Musterung, kaum dass ich durch die Tür bin.

»Was ist denn mit dir los?«, kommt es von Anne.

Chiara steht neben ihr und legt den Kopf schief. »Er sieht aus, als hätte er ein hartes Wochenende gehabt.«

»Hattest du ein hartes Wochenende?«, fragt Anne, während wir gemeinsam in die Backstube gehen.

Ich seufze. »Danke, am Montagmorgen kann ich mir keine schönere Begrüßung vorstellen.«

»Morgen!« Als wir näher kommen, hebt Ole die Hand. Er ist schon fleißig dabei, das Roggenbrot zu formen, dessen Teig er sich immer als Erstes widmet. »Oha. Hast du schlecht geschlafen?«

Chiara kichert, und Anne legt einen Arm um mich. »Wir trinken erst mal einen Kaffee. Chiara, fang schon mal mit dem Laugengebäck an, ich bin gleich da.«

Ich folge Anne nach nebenan, wo sie die Kaffeemaschine anschmeißt, während ich vier Tassen aus dem Schrank hole.

»Spaß beiseite, Luca, geht's dir gut?«

Ich winke ab. »Alles okay. Hatte wirklich kein besonders tolles Wochenende.«

Sie nickt verständnisvoll. »So geht's uns allen mal. So wie ich dich kenne, tut es dir gut, deine Hände ein bisschen im Teig zu vergraben.«

»Dafür bin ich hier.« Ich ringe mir ein Lächeln ab und versuche, nicht daran zu denken, dass ich später noch mal Teig kneten werde. Unter Saras Augen und der Erinnerung an Freitag. Klappt prächtig, das Nicht-daran-Denken.

Anne füllt zwei Tassen Kaffee und reicht sie mir. »Hier, bring Ole eine und dann mach dich an das Bauernbrot. Chiara und ich kümmern uns um das Laugengebäck.«

Meine Chefin hat recht, als zwei Stunden später die Brote und Brötchen fertig sind und wir Brezeln und Laugenstangen in den Ofen schieben, fühle ich mich besser.

Nach der Arbeit mache ich einen Abstecher nach Hause, um kurz unter die Dusche zu springen und ein schnelles Frühstück zu essen. Ich bin knapp dran, und kaum dass ich auf dem Weg zum Restaurant bin, fällt mich die Nervosität wieder an.

Als ich mit ein paar Minuten Verspätung eintreffe, haben Mauro und Sara sich bereits vor dem Team aufgestellt und begonnen, über das Menü zu sprechen. Saras Blick zuckt bei meinem Eintreten zu mir, und einen Moment erwidere ich ihn, doch als sie lächelt, versuche ich, das dumpfe Gefühl in meiner Brust zu ignorieren, und konzentriere mich stattdessen auf Mauro, der irgendwas über den Ehrenpreis redet.

Immer wieder erwische ich mich dabei, zu ihr zu sehen. Als unsere Blicke sich ein weiteres Mal begegnen, legt sie den Kopf leicht schief und macht eine fragende Miene, aber hier, in Anwesenheit der vielen Leute, reagiere ich nicht. Ich verstehe ja, dass sie verwundert darüber ist, dass sich seit Freitag etwas zwischen uns geändert hat, das sie offenbar verpasst hat. Aber ich hätte auch nicht gedacht, dass sie sich parallel noch mit jemand anderem trifft. Mit jemandem, der sich nicht scheut, sie auf Mauros Terrasse zu küssen. Die Sache mit ihrem Ex war scheiße, aber es gab eine nachvollziehbare Begründung. Ich kann mir nur wirklich keine Erklärung ausdenken, warum sie mit einem Mann Händchen hält, einen Tag nachdem sie die Nacht mit mir verbracht hat. Der Gedanke, dass sie unsere Nähe so schnell vergessen hat und zum Nächsten übergeht, enttäuscht mich.

Als Mauro fertig mit seiner Rede ist, verteilen sich alle an den verschiedenen Arbeitsplätzen und beginnen mit den Vorbereitungen. Ich warte, bis alle ihre Plätze eingenommen haben, und gehe zu Mauro an die Theke. Sara ist neben ihm stehen geblieben, und ich spüre ihren Blick auf mir.

»*Ciao*, Luca! Super, dass du es einrichten konntest.«

»Hey«, sage ich an die beiden gewandt.

»Alles okay?« Saras Musterung ist intensiv, und ich weiß, dass sie eigentlich fragt: *Was ist los? Warum hast du nicht zurückgeschrieben?*

Aber da Mauro nach wie vor nichts von uns weiß, nicke ich nur und wende mich dann ihm zu. »Was soll ich tun?«

»Der Plan ist, dass wir uns jeweils zu zweit zusammentun und pro Workshop ein Pärchen betreuen, mit dem ein Gang gekocht wird. Mir wäre es am liebsten, alle würden alles können.« Er macht eine allumfassende Geste. »Ich hab dich noch nicht eingeplant, weil du nicht angestellt bist, aber ich hätte dich gerne dabei.« Er faltet die Hände vor der Brust. »Wenn du möchtest, regeln wir die Anstellung für das Festival-Wochenende. So oder so soll der Rest vom Team heute deinen Teig üben, das ist kein Selbstläufer.«

Darüber muss ich keine Sekunde nachdenken. »Natürlich bin ich dabei.«

Mauros Mundwinkel heben sich. »Auf diese Antwort hab ich gesetzt, *amico*. Dann komm mit. Wenn alles vorbereitet ist, fangen wir damit an. Der Teig braucht ja noch seine Zeit, um zu gehen.«

»*Va bene.*«

»Und ich?« Sara hat die Hände in die Hüften gestemmt und sieht zwischen Mauro und mir hin und her.

»Du machst mit, was ist das für eine Frage?« Mauro dreht sich um und zeigt an, dass wir ihm folgen sollen.

In der Küche macht er eine kurze Ansage, bevor er das Rezept verteilt und die Leitung an mich übergibt. Ich habe keine Zeit, Nervosität aufkommen zu lassen, denn Mauro schickt mich sofort ins Getümmel. Immer wieder gebe ich Tipps, korrigiere hier und da die Menge des Wassers oder zeige, wie die Knetbewegung am besten auszuführen ist. Sara blende ich aktiv aus, was mir nicht allzu schwerfällt, da sie einen Arbeitsplatz auf der anderen Seite des Raumes ausgewählt hat. Hin und wieder höre ich Mauros genervte Kommentare, aber inzwischen bin ich es gewohnt, dass die zwei sich keine fünf Minuten in einem Raum aufhalten können, ohne zu streiten.

Als alle so weit versorgt sind, rühre ich meinen eigenen Teig zusammen und knete ihn, bis von der anderen Seite des Raumes Mauros aufgebrachte Stimme meine Aufmerksamkeit erregt.

»*Porca miseria*, wie kann man sich so ungeschickt anstellen? Man könnte gerade meinen, du machst das mit Absicht!« Verärgert wirft Mauro die Hände in die Luft und sieht sich in der Küche um, bis er mich zwischen den anderen ausmacht.

»Luca, kümmere dich um meine Cousine, bevor sie noch die ganze Küche ruiniert.« Dann wendet er sich an sein übriges Team. »Und ihr, wenn ihr mit eurem Teig fertig seid, stellt ihr ihn zum Gehen zu Giuseppe, dann schauen wir uns die zusätzlichen Kochplatten auf der Terrasse an. Die wurden heute früh schon geliefert.«

Ich übergebe meinen eigenen Teig an Mauro und gehe zu Sara hinüber.

»*Madonna mia*«, entfährt es mir, und für einen Moment vergesse ich, dass ich sauer auf sie bin. Ihre Hände sind verklebt vom Teig, und die Theke um sie herum ist ein einziges Schlachtfeld aus Mehl und Wasser. »Was zur Hölle hast du da versucht?«, frage ich.

»Die Aufmerksamkeit des Pizzabäckers zu erregen.«

Sie verzieht keine Miene, während sie etwas Teig von ihrem Finger zupft.

»Seine Wut ist dir jedenfalls sicher«, sage ich, während ich das klebrige Etwas, das sie zusammengeknetet hat, in die Tonne trete und eine saubere Schüssel auf die Waage stelle.

»Ich spreche nicht von Mauro, sondern von dir, *stupido.*«

»Du hättest einfach sagen können, dass du Hilfe brauchst. *Allora,* du nimmst exakt so viel Mehl wie angegeben, dann ...« Langsam brösele ich die frische Hefe dazu.

»Ich brauche keine Hilfe beim Teig, ich will wissen, warum du mich ignorierst.«

»Nach und nach das Wasser hinzugießen.« Mit einer Hand fange ich an, kräftig zu kneten, doch plötzlich packt Sara mein Handgelenk.

Als ich den Kopf hebe, ist ihr Gesicht meinem so nah, dass ich jede ihrer endlos langen Wimpern einzeln ausmachen kann.

»Luca, verdammt noch mal! Was ist los?«

Ich straffe die Schultern, woraufhin sie mich loslässt. »Es ist nichts! Ich hab mich nicht mehr gemeldet, weil ich keinen Bock auf eine Wiederholung der Köln-Erfahrung habe!« Energisch knete ich weiter.

»Hä?« Sara zieht die Brauen zusammen und sieht mich verständnislos an, was mich wiederum verunsichert. Sie ist keine Schauspielerin, oder? Inzwischen kenne ich sie gut genug, um mir einzubilden, zu merken, dass sie ehrlich verwirrt ist. Habe ich vielleicht doch alles falsch verstanden? Aber da gab es eigentlich nichts falsch zu verstehen ...

Ich unterdrücke ein tiefes Seufzen und widme mich erneut dem Teig.

22

SARA

Irgendetwas ist seit Freitag passiert, und ich habe keinen Schimmer, was. Inwiefern sollte sich die Köln-Erfahrung wiederholen? Als wir letzte Woche zu ihm nach Hause gegangen sind, waren wir zu zweit. Ich habe sogar den ganzen Abend keine einzige Sekunde auf mein Handy geschaut und Nelly deshalb erst am nächsten Tag zurückgerufen, weil sie noch eine Frage zu dem Hochzeitsgeschenk für Ana und Carlo hatte, um das sie sich im Namen unserer Schulclique kümmert.

»Ich weiß, dass wir nichts vereinbart haben, deshalb kannst du machen, was du willst.« Luca hebt die Schultern, aber die Geste hat etwas Hilfloses an sich. »Die Erfahrung mit deinem Ex hat mir gereicht. Wenn du dich noch mit anderen treffen willst, kein Problem, aber ich bin raus.« Er spricht leise, aber eindringlich.

»Wie kommst du denn darauf?« Ich kann mich nicht erinnern, dass ich irgendetwas in die Richtung gesagt hätte, ganz im Gegenteil. Ich wäre am liebsten die ganze Nacht geblieben, was Luca ganz sicher nicht verborgen geblieben ist. Ich bin ihm nähergekommen, als ich es selbst erwartet hätte, und habe Carlo sogar ... Moment mal. Meine Gedanken rasen, als ich seinen Blick auffange.

»Ich treffe mich nicht mit anderen ...«

Luca kämpft eindeutig mit sich, bevor er mit der Sprache rausrückt, und es ist ihm sichtlich unangenehm. »Ich habe dich am Freitagabend gesehen.«

Also doch! O Mann, was für ein dummes Missverständnis. »Mit meinem idiotischen Bruder!« Ich lache erleichtert auf. »Du meinst hier auf der Terrasse? Das war Carlo!«

Luca zieht verwirrt die Brauen zusammen und hält mitten in der Bewegung inne. »Er hat deine Hände genommen und dich geküsst, da dachte ich ...«

»Nein, nein, nein! *O Dio*, das war eine versöhnliche Geste. Wir haben uns über die Hochzeit unterhalten, er hat sich entschuldigt ... das war dringend notwendig.«

Luca läuft rot an und nimmt das Kneten wieder auf.

»Du hättest fragen können ...«, sage ich vorwurfsvoll, aber kann ein kleines Lächeln nicht unterdrücken.

Luca knabbert auf seiner Unterlippe herum, bevor er mich wieder ansieht. »Ich war wohl ein bisschen schnell mit meinem Urteil. Tut mir leid.«

Ich grinse. »Und ein bisschen eifersüchtig.« Ich halte Daumen und Zeigefinger mit kleinem Abstand zueinander vor seine Nase.

»Quatsch«, nuschelt er, was mich zum Lachen bringt, woraufhin er nur den Kopf schüttelt und stur den Teig bearbeitet.

»Gib's zu!«, fordere ich grinsend, und als er mich ignoriert, greife ich mit der Hand in die Mehltüte und puste ihm das Mehl in die Haare.

»He!« Er greift seinerseits in die Tüte, verfehlt mich jedoch, weil ich gerade rechtzeitig zur Seite hechte. Ich wische über die Theke und sammle damit Mehlreste, die ich erneut zu ihm rüberpuste, und für einen Moment verschwindet er hinter einer Mehlwolke und hustet.

»Na warte!« Er schnappt sich das Sieb und macht einen

Satz auf mich zu. Mit einem lauten Kreischen flüchte ich um die Theke, doch eine Ladung aus seinem Sieb erwischt mich noch am Rücken. Luca jagt mich einmal um die Theke und holt mich ein, als ich vor meinem Arbeitsplatz ins Schlittern gerate, weil dort immer noch das totale Chaos herrscht. Wenn ich ans Aufräumen denke, bereue ich ein wenig, dass mir keine bessere Idee kam, um Lucas Aufmerksamkeit zu erregen, als Mauros Unmut auf mich zu ziehen.

Luca packt mich an der Hüfte und wirft mich über seine Schulter, woraufhin ich erneut erschrocken aufschreie, bevor ich in haltloses Gelächter ausbreche. Schwungvoll wirft er das Sieb in die Luft, sodass sich das ganze Mehl über uns verteilt und uns in Staub einhüllt. Als er mich vorsichtig wieder absetzt, würde ich ihm am liebsten das spitzbübische Grinsen aus dem Gesicht küssen. Stattdessen lege ich meine Hand an sein Kinn und wische mit dem Daumen das Mehl von seinen Lippen.

»Solltest du mir nicht zeigen, wie man Focaccia-Teig zubereitet?« Ich stehe so dicht vor ihm, dass ich seinen schnellen Atem spüre und ihn schlucken höre.

»Irgendjemand hat mich abgelenkt«, antwortet er mit belegter Stimme, dann nickt er zur Arbeitsplatte. »Bitte, zeig, was du draufhast.« Er klopft sich das Mehl von den Kleidern, und ich tue es ihm mach, dann mache ich einen Schritt an die Theke und spüre ihn hinter mir.

»Du musst die Hände etwas einölen, damit der Teig nicht klebt.« Er greift nach einer Flasche Olivenöl und träufelt etwas über meine Hände. Ich senke sie auf den Teig, den Luca bereits zu einer geschmeidigen Masse geknetet hat.

»Und jetzt?«, frage ich und verharre an Ort und Stelle, bis er noch näher herantritt, sodass ich seine Hüfte an meinem Po spüre. Er legt seine Hände auf meine, und ich verschränke unsere Finger und lege den Kopf zurück, bis ich seine Brust spüre.

»Jetzt kneten«, raunt er in mein Ohr und beginnt, Druck auf meine Hände und damit auf den Teig auszuüben. Ich spüre jede seiner Bewegungen mit meinem ganzen Körper, sein schneller Atem kitzelt in meinem Nacken, seine kräftigen Arme umfangen mich, seine öligen Finger gleiten über meine, falten den Teig, massieren meine Handgelenke, kneten und drücken. Ich schnappe nach Luft, als er sich enger an mich schiebt und ich seine Erektion spüre. Luca genießt das hier genauso wie ich.

Ich bekomme kaum mit, wie er den Teig unter meinen Händen gekonnt faltet und knetet, faltet und knetet, bis er schließlich meine Hände loslässt und den glatt geformten Teig in eine Schüssel gibt. Doch anstatt das Gefäß nach draußen zu den anderen zu bringen, dreht er sich um, lehnt sich mit dem Rücken an die Theke und legt die Hände an meine Hüften. Dann zieht er mich zu sich, und als seine Lippen auf meinen landen, stockt mir für einen Moment der Atem. Sein Kuss ist intensiv, seine Hand wandert in meinen Nacken, während seine Zunge meine Lippen teilt. Als er nach Luft schnappt, nehme ich seine Hand und ziehe ihn wortlos durch die Küche, bis in den Flur und von dort in Mauros winziges Büro. Ich schließe die Tür hinter uns, drehe den Schlüssel im Schloss, und schon ist Luca wieder bei mir. Voller Sehnsucht schmiege ich mich an ihn, suche mit geschlossenen Augen seine Lippen, küsse mich über seine Wange zu seinem Hals, bis an sein Ohr. Er vergräbt den Kopf an meiner Schulter und verschränkt erneut unsere leicht öligen Hände.

»Ich treffe niemand anderen neben dir, okay?«, raune ich eindringlich, weil mich der Gedanke unglücklich macht, dass er sich die letzten zwei Tage damit gequält hat.

Er brummt nur irgendetwas Unverständliches und küsst meinen Hals, und obwohl ich am ganzen Körper eine Gänsehaut bekomme, schiebe ich ihn ein Stück zurück und warte, bis er mich ansieht.

»Ich meine es ernst. Solange wir daten, werde ich niemand anderen treffen.«

»*Neanche io*«, antwortet er mit rauer Stimme. *Ich auch nicht.* »Und jetzt küss mich!«

***

»Was in Gottes Namen ist hier passiert?! Sara!« Mauros wütende Stimme lässt uns zusammenfahren, und ich weiß sofort, es ist ernst. Ich kenne Mauro, wie er geschimpft hat, als ich als Zehnjährige seiner damaligen Freundin gesagt habe, dass mir ihr Kleid nicht gefällt. Ich kenne ihn zehn Jahre später, als er mir eine heftige Standpauke gehalten hat, weil ich zu spät zu Nonnos Beerdigung gekommen bin. Und heute, hier in seinem neuen Lokal in Düsseldorf, braucht es nicht mehr als den Klang meines Namens, um zu erkennen, dass er nicht einfach nur sauer ist. Er ist richtig angepisst.

»Du musst raus!« Hektisch schließe ich die Tür auf, werfe einen Blick auf den Flur und schiebe Luca hinaus. »Los, geh hintenrum auf die Terrasse, ich regle das!«

Luca zögert nur eine Millisekunde, dann rennt er zur Tür, die in den kleinen Hof mit den Mülltonnen führt, während ich die Tür zur Küche öffne und mich auf das Donnerwetter einstelle.

Mauro fährt zu mir herum und erdolcht mich beinahe mit seinem Blick. »Du erklärst mir auf der Stelle, warum es hier aussieht, als wäre ein Tornado durch die Küche gefegt. Den ganzen Vormittag stellst du dich an, als hättest du zwei rechte Hände, dann bin ich mal dreißig Minuten nicht im Raum, und schon muss ich hier renovieren.«

Ich verkneife mir einen Kommentar dazu, dass Mauro sogar in Rage noch darauf achtet, Sprichwörter anzupassen, die er als Linkshänder unpassend findet, und mache ein schuldbewusstes Gesicht. Hoffentlich sehen meine Lippen nicht so geschwollen aus, wie sie sich anfühlen.

»Wo ist eigentlich Luca?«, poltert er schon weiter. »Er sollte dafür sorgen, dass dieses Chaos unter Kontrolle kommt, doch stattdessen ist es schlimmer als zuvor. So kann er sich den Ausbildungsplatz gleich abschminken.«

Oha! Das meint er doch nicht ernst? »Warte mal, langsam«, versuche ich, ihn zu beschwichtigen. »Luca kann überhaupt nichts dafür, es war meine Schuld. Ich ... hatte eine kleine Krise.«

»Eine Krise? *Madonna santa*, ich hab auch eine Krise! Sara, ich hab wirklich Verständnis für deine Situation aufgebracht, aber in meiner Küche hört der Spaß auf.« Er sieht mich so streng an, dass ich beinahe den Kopf einziehe. Aber nur beinahe, schließlich ist er immer noch Mauro.

»*Santa Maria*, was ist denn das für ein Geschrei in dieser Küche?« Mit einem Mal steht Nonna in der Tür und sieht sich in dem Chaos um. »Ich glaube, deine Botschaft ist angekommen, Mauro. Irgendeiner deiner Jungs da draußen hat nach dir verlangt.« Sie nickt in Richtung der Terrasse. »Geh, ich helfe Sara beim Ordnungmachen.«

Überrascht sehe ich von Nonna zu Mauro, der noch einmal den Kopf schüttelt und dann wortlos den Raum verlässt. Erleichtert atme ich auf. »Danke, Nonna. Seit wann unterstützt du denn Chaos in der Küche?«

Sie hebt die Brauen, bevor ein verschmitztes Lächeln

auf ihr Gesicht tritt. »Das tue ich nicht, aber ich bin immer auf der Seite der jungen Liebe. Ich habe bei den Mülltonnen deinen Luca getroffen.«

»Er ist nicht mein Luca«, widerspreche ich automatisch.

Sie lächelt unbeirrt. »Ich habe ihm den Tipp gegeben, seine Haare vom Mehl zu befreien, bevor er zu den anderen stößt.« Sie macht einen Schritt auf mich zu und nimmt eine meiner Haarsträhnen in die Hand, die vom Mehl noch ganz weiß sind. »Er sah nämlich in etwa so aus wie du.«

Ich puste darauf und muss wider Willen Grinsen, als sie lacht.

»Du solltest ihn zu deinem Luca machen, *pulcina.*«

»Es ist nicht so leicht mit mir«, sage ich, weil mir ein *nein, auf keinen Fall*, einfach nicht mehr über die Lippen kommt. Nicht, nachdem ich ihn trauern und lachen gesehen habe und er sich mit seinem Good-Boy-Charme irgendwie in mein Herz geschlichen hat.

»L'Amore vince sempre.« Liebe gewinnt immer, sagt sie jetzt, aber ich erinnere mich auch daran, was sie mir damals augenzwinkernd gesagt hat, als ich Vini vor Jahren als meinen festen Freund vorgestellt habe. *Il primo amore non si scorda mai – die erste Liebe vergisst man nie.* Und nichts macht mir heute mehr Angst als die Sorge darüber, dass dieser Spruch wahr sein könnte.

***

Während ich mit Nonna die Küche in Ordnung gebracht und die Focaccia mit Giuseppes Unterstützung gebacken habe, hat sich das restliche Team mit den anderen Gängen und der Organisation der verschiedenen Kochplätze beschäftigt. Bis auf eine kurze Verabschiedung bekomme ich keine Gelegenheit mehr, mit Luca zu reden, stattdessen verspreche ich ihm, mich heute Abend zu melden. Denn zuerst steht mir noch eine schwierige Aufgabe bevor.

Vini❤ [14:30]

Ich warte am Burgplatz

Vini❤ [14:31]

Beeil dich, bevor mich die Taxifahrer stressen …

Ich zucke zusammen, als ich seinen Namen inklusive des roten Herzchens auf meinem Sperrbildschirm lese. Es wird dringend Zeit, seinen Namen in meinen Kontakten zu ändern.

Ich haste über den Marktplatz, bis die Taxizone am Burgplatz in Sicht kommt. Vini steht mit seiner Maschine unbehelligt an der Baumreihe und hält bereits den Helm, der eigentlich meiner ist, in den Händen. Ich habe ihn nicht mitgenommen, weil ich kein eigenes Motorrad habe und mir nach unserer Trennung sicher war, nicht so schnell wieder auf eines zu steigen. Von Mauros kleinem Roller zum Pizzaausliefern mal abgesehen.

»Da bist du ja.«

»Hi.« Ich nehme den Helm entgegen, setze ihn auf und schließe die Schnalle unter dem Kinn, die Vini grundsätzlich offen lässt, obwohl ich ihm schon eine Million Mal gesagt habe, dass es dann nichts bringt. Dann setze ich mich hinter ihn auf das Motorrad und lege die Arme um seine Mitte, wie ich es schon unzählige Male getan habe.

Ich versuche, nicht darüber nachzudenken, genauso wenig wie über den würzig-ledernen Duft seiner Motorradjacke, der mir ebenso vertraut ist wie das Armani-Parfum, das ich für alle Zeiten mit Vini verbinden werde.

Der Fahrtwind treibt die Gedanken aus meinem Kopf, und als wir wenige Minuten später vor dem kleinen Fabrikgebäude halten, in dem sich die Tortenmanufaktur eingemietet hat, ist die Unsicherheit beinahe verschwunden.

»Warum müssen wir noch mal persönlich vorbei?«, frage ich und werfe einen Blick in das riesige Schaufenster, das eine vierstöckige Torte ausfüllt, die geviertelt und auf vier verschiedene Arten dekoriert wurde.

»Jetzt komm schon, zieh nicht so ein Gesicht.« Vini hebt die Hand, doch dann scheint ihm zu dämmern, dass wir uns nicht mehr einfach so berühren, und er lässt sie wieder sinken. »Wir suchen die Dekofigur aus, die Farben der ganzen ...« Er fuchtelt mit der Hand vor dem Schaufenster herum. »... Dekoration ... was weiß ich, das stand doch alles in der Mail.«

Da die Tortenmanufaktur von Antonella, der Freundin von Vinis Onkel, geführt wird, habe ich ihm die Kommunikation überlassen und besagte Mail nicht mal überflogen.

»Carlo sagt, du kommst nicht allein zur Hochzeit?«, fragt er und hält mir die Tür auf, die unser Kommen mit einem leisen Klingeln ankündigt. Im Vorbeigehen werfe ich ihm einen Todesblick zu, was ihn abwehrend die Hand heben lässt. Er tritt hinter mir in den großen Raum, der von einer langen Glastheke dominiert wird, die weitere Patisserie-Produkte zieren.

»Ich hab die Hotelbuchungen vorgenommen. Ich frage nur, weil es dann eventuell ein Zimmer mehr braucht?« Er hat den Kopf leicht schräg gelegt, und seine perfekt gepflegten Augenbrauen gehen in die Höhe.

»Nein«, antworte ich und lächle extrasüß. »Kein zusätzliches Zimmer. Das Doppelzimmer genügt.«

Er schluckt. Ich erwidere seinen Blick und weiß, er will etwas sagen, aber er lässt es, und das löst ein Gefühl in mir aus, das ich nicht einordnen kann.

»Okay«, ringt Vini sich schließlich ab, während ich noch meinen Emotionen nachspüre. Ich hoffe, dass er mich endlich, endlich loslässt, und gleichzeitig ist da diese Wärme in mir, weil ich ihm nicht egal bin. Weil es ihm nicht egal ist, wer mit mir im Zimmer schläft ... Aber ... das sollte es sein.

Ich schüttle den Kopf, als könnte ich den Gedanken so loswerden, und bin erleichtert, als Vinis Tante endlich um die Ecke biegt und strahlend die Arme ausbreitet.

»Vincenzo, Sara, wie schön!« Sie küsst uns nacheinander auf die Wangen und bittet uns dann, ihr zu folgen.

Im Raum nebenan präsentiert sie uns eine absurde Menge an Tortenverzierungen, und schon nach wenigen Minuten habe ich den Überblick verloren.

»Was hältst du hiervon?« Vini hat eine filigrane Porzellanfigur in der Hand. Der Bräutigam hebt die Braut in einer Art *Dirty-Dancing*-Move über sich.

Ich verziehe das Gesicht. »Kannst du dir vorstellen, dass Carlo das mit Ana macht?«

Er grinst. »Guter Punkt.«

Carlo legt zwar viel Wert auf sein Äußeres, aber mit kräftigen Oberarmen kann er nun wirklich nicht protzen, ganz im Gegensatz zu Vini. Oder Luca.

»Du kannst es dir ja für eure Hochzeit merken.« Antonellas Worte erwischen mich kalt. Wie automatisiert fällt mein Blick auf meine rechte Hand, an der bis vor Kurzem noch, ganz nach italienischer Art, der Diamantring prangte. Einen Moment sagt niemand von uns etwas, bis ich den Kopf hebe und Vini ansehe, der verlegen auf die Auslage stiert.

»Wir ... ich bin noch gar nicht dazu gekommen, es euch zu sagen.« Jetzt blickt er auf und macht eine neutrale Miene. »Sara und ich, wir ... werden nicht heiraten.«

»Was?« Antonellas Lächeln verblasst, während sie mit verwirrter Miene zwischen uns hin und her sieht.

»Wir haben uns getrennt«, bestätige ich leise und sehe überallhin, nur nicht zu Vini. *O Dio*, ich könnte jetzt bei Luca sein, stattdessen bin ich in dieser unsagbar unangenehmen Situation.

»Das tut mir leid.« Antonella sieht noch immer geschockt aus, deshalb nehme ich schnell die Tortenfigur zur Hand, vor der ich schon seit mehreren Minuten stehe.

»Ich finde die hier schön.« Die filigran gearbeiteten Figuren halten sich liebevoll im Arm, außerdem entspricht das Kleid der kleinen Porzellanbraut in etwa dem von Ana.

»Dann nehmen wir die.« Vini nickt und wendet sich Antonella zu, die sich wieder gefangen zu haben scheint. »Was müssen wir noch besprechen?«

»Nachdem du mir die Farbwahl für den Blumenschmuck geschickt hast, habe ich ein paar Vorschläge vorbereitet, wie wir die Torte dekorieren könnten.« Sie öffnet die Mappe, die sie unter dem Arm trägt, und reicht uns mehrere dicke Blätter, auf denen wunderschön verzierte Torten abgebildet sind.

Während wir über die verschiedenen Blüten- und Farbkombinationen diskutieren, entspannt sich die Stimmung wieder ein wenig, trotzdem bin ich erleichtert, als wir uns nach einer weiteren halben Stunde verabschieden. Ich bin mir sicher, Ana und Carlo werden zufrieden mit dem Ergebnis sein und um Mitternacht Augen machen, wenn die Torte in den Saal gefahren wird.

23

LUCA

Als Mauro nach meinem Abgang aus der Küche auf die Terrasse gestürmt kam, war ich mir sicher: Das war's mit dem Ausbildungsplatz. Doch eigentlich hat er mich kaum anders behandelt als das übrige Team, und nachdem wir die verschiedenen Gerichte probiert hatten und mit den Ergebnissen zufrieden waren, haben wir uns ganz normal verabschiedet. Trotzdem sitze ich jetzt wie auf heißen Kohlen in der Küche und kann an nichts anderes denken. Ich dämlicher Idiot. Keine Ahnung, was mich geritten hat, das aufs Spiel zu setzen. Also doch, das weiß ich natürlich sehr wohl, aber ...

Das Vibrieren meines Handys vor mir auf dem Tisch reißt mich aus dem Gedankenwirrwarr. Es ist ein eingehender Videocall von Sara. Sara, Sara, Sara, immer Sara.

»Hallo«, sage ich und kann nicht anders, als zu lächeln. Ich habe es gehasst, die letzten Tage keinen Kontakt mit ihr zu haben.

»Kann ich vorbeikommen?«

»Ist was passiert?« Sie sieht eigentlich nicht anders aus als heute Nachmittag, als sie sich recht abrupt verabschiedet hat, um noch etwas zu erledigen.

»Nicht so wirklich ... Ich glaube, ich wäre nur gern bei dir.«

Bei ihren Worten überrollt mich die Zuneigung. Scheiße, ich muss dringend mit ihr reden. Diese ganze *Friends-with-benefits*-Sache ist definitiv aus dem Ruder gelaufen.

»Komm vorbei.«

Etwa zwanzig Minuten nachdem wir aufgelegt haben, klingelt es an der Tür. Ich nehme ihr die Jacke ab und schließe sie in eine Umarmung, bei der sie sich regelrecht an mich schmiegt.

»Hey«, sage ich sanft in ihr Haar. »Alles okay bei dir?«

Sie hat die Nase an meinem Hals vergraben und nickt, ohne sich von der Stelle zu bewegen. »Der Tag war anstrengend.« Jetzt hebt sie doch den Kopf und folgt mir ins Wohnzimmer, wo wir uns auf die Schlafcouch setzen. »Aber wem sage ich das, seit wann bist du wach?«

Schmunzelnd werfe ich einen Blick auf die Uhr. »Ich hab mich heute Nachmittag noch mal hingelegt ... allerdings war es nicht so erfolgreich.« Trotzdem fühle ich mich nach wie vor zu überreizt, um zu schlafen.

»Warum, was war los?« Jetzt mustert sie mich aufmerksam, und ich knete verlegen auf einem Kissen herum.

»Ich mache mir etwas Sorgen wegen Mauro ... wegen heute Mittag.«

Sara reißt die Augen auf. »Hat er irgendwas zu dir gesagt?«

»Nein, nein, absolut nicht. Deshalb ja ...«

»Ach so.« Sie sieht erleichtert aus. »Es ist alles in Ordnung, ich hab alles auf meine Kappe genommen ... war ja auch meine Schuld. Ich glaube nicht, dass Mauro überhaupt mitbekommen hat, dass du auch daran beteiligt warst. Er war eher kurz angepisst, weil du mich nicht aufgehalten hast.« Sie kichert.

»Na ja, dank Francesca hatte ich wenigstens kein Mehl

mehr in den Haaren.« Meine Wangen glühen bei der Erinnerung an ihren wissenden Blick, als sie mich dabei erwischt hat, wie ich mich von hinten auf die Terrasse schleichen wollte.

»Das hat sie mir erzählt. Aber du musst dir keine Gedanken machen, sie ist auf unserer Seite.« Saras Gesichtsausdruck kann ich nicht deuten, aber immerhin klingt es so, als wäre mein Ausbildungsplatz vielleicht doch nicht in Gefahr.

»Aber ich kann dir sagen, wegen mir war Mauro richtig angepisst.« Sara verdreht die Augen und taxiert mich dann. »Ich finde, ich hab was gut bei dir.«

Und so wie sie das sagt, bin ich mir sicher, dass sie auch schon genau weiß, was. Lachend nicke ich. »Was auch immer es ist.«

»Ich hab ja von meinem Treffen mit Carlo erzählt.«

Verwirrt neige ich den Kopf, denn den Themenwechsel habe ich nicht kommen sehen.

»Meine beste Freundin Ana und er heiraten in zwei Wochen, am Samstag. Na ja, ursprünglich wäre ich mit Vini hin, aber wir haben uns getrennt, also ... jedenfalls hab ich Carlo gegenüber erwähnt ...« Sie spielt mit ihren Fingern, dann sieht sie mich direkt an. »Dass ich jemanden mitbringe.«

»Okay?« Worauf will sie hinaus? »Warum hast du das gemacht?«, hake ich nach.

Sie stößt ein Seufzen aus. »Ich wollte sichergehen, dass ich auf keinen Fall neben Vini sitzen muss.«

»Also wird er auch da sein.«

Sie nickt und hebt gleichzeitig die Schultern. »Er ist Carlos bester Freund ...«

Und dann macht es Klick. Ich stehe in ihrer Schuld, und

jetzt will sie, dass ich sie zur Hochzeit ihres Bruders begleite. Und irgendwie habe ich schon zugesagt.

»Moment mal«, sage ich, um meine Gedanken und sie gleichermaßen zu bremsen. »Ich …« Jetzt. Jetzt ist der Zeitpunkt, an dem ich es ihr sagen muss. »Ich glaube … nein, warte. Ich bin mir ziemlich sicher, dass ich diese Freundschaft-Plus-Sache nicht mehr kann.«

Saras Mund klappt auf, aber ihr entweicht kein Ton.

»Ich bin vielleicht einfach nicht der Typ dazu«, plappere ich weiter. »Wahrscheinlich hätte ich es wissen müssen, aber …« Abrupt halte ich inne.

»Was, Luca?«

»Ich hab mich verliebt.«

Ihre Augen weiten sich, ihr Mund steht immer noch offen, und ihre ganze Körperhaltung ist angespannt. »In wen?«

»Hä?«, bricht es aus mir heraus.

»Was?«, fragt sie und scheint es ernst zu meinen.

Okay, noch mal von vorn. »Ich hab mich in dich verliebt, du Knalltüte.«

»Ohhhh!« Die Anspannung fällt mit einem Schlag von ihr ab, und ein Lachen erhellt ihr Gesicht. »Du hast das so angefangen, als wären es schlechte Nachrichten. Ich dachte, du hast eine andere kennengelernt.« Sie gluckst.

»Und ich dachte ehrlich gesagt, du bist vielleicht sauer«, gestehe ich.

Sofort wird sie ernst, nimmt meine Hände in ihre und verschränkt unsere Finger. »Wenn es nur um Sex gegangen wäre, hätten wir uns vermutlich leichter an den No-Dates-Deal halten können …« Sie zögert. »Meine Trennung ist noch nicht so lang her, deshalb fällt es mir schwer, dir irgendwas zu versprechen.«

Ich nicke. »Das verstehe ich, mach dir keinen Kopf.«

»Aber es sollte mir vermutlich zu denken geben, dass

ich nach einem anstrengenden Tag nicht nach Hause in mein Bett will, sondern zu dir.«

Ich ziehe sie an mich und drücke meine Lippen auf ihre Schläfe. »Vielleicht weil du über einem lauten Restaurant wohnst?«, scherze ich, was sie zum Lachen bringt, aber dann haut sie mir auf den Unterarm, legt den Kopf an meine Schulter und sieht zu mir auf.

»Nein, Luca. Das ist, weil ich bei dir sein will.«

»Ach so, dann ist ja gut.«

»Ja.« Sie lächelt, und mein Herz möchte platzen vor Glück. Ja, sie ist vorsichtig, aber das ist doch nicht verkehrt. Ich will kein Versprechen, das sie nicht geben kann, ich will sie hier bei mir haben, sehen, wie sie mich anlächelt und fühlen, was es mit mir macht, ihre Lippen auf meinen zu spüren.

Deshalb wende ich mich ihr noch weiter zu, warte, bis sie den Kopf hebt, und küsse sie. Erobere ihren Mund, necke ihre Zunge mit meiner, streife mit den Zähnen ihre Unterlippe und genieße jeden ihrer Seufzer. Erst nach mehreren Minuten löst sie sich von mir und sieht mich an, die Pupillen im Dämmerlicht meiner Nachttischlampe riesig.

»Kommst du denn jetzt mit? Auf die Hochzeit?«

»Ich wusste nicht, dass ich die Wahl habe.«

Sie grinst. »Ich wollte nur sichergehen, dass dir das klar ist.«

»Ich brauche einen Anzug.« In meinem Schrank finden sich schwarze Hemden von zu vielen Beerdigungen, aber ich habe weder Hose noch Jackett vorzuweisen. Und eigentlich auch nicht die Mittel, mir welche zu kaufen. »Am besten secondhand«, schiebe ich hinterher.

»Das kriegen wir hin.« Sara nickt, und ihr Gesicht strahlt Optimismus aus.

24

SARA

Abendkleider in Secondhandläden aufzutreiben, ist nicht so einfach, wie ich gehofft hatte, weshalb ich umso froher bin, das dunkelblaue Kleid, das wie angegossen passt, behalten zu haben.

»Der Anzug gerade war eigentlich super«, sage ich, während wir die Straße entlang zum nächsten Laden schlendern.

»Jedenfalls, wenn ich eine Kleidergröße kleiner tragen würde.«

»Ja, das ist eben so bei Secondhand, man braucht ein bisschen Glück.«

»Das ist übrigens eine Premiere. Ich glaube, ich habe seit Jahren kein einziges Kleidungsstück mehr in einem Geschäft gekauft.«

»Wirklich? Warum nicht?«

Luca sieht mich von der Seite an. »Nachdem ich einmal zu oft einen Kommentar zu meiner Kleidergröße bekommen habe, habe ich angefangen, Sachen nach Hause zu bestellen.«

»Wie ätzend. Irgendwie hatte ich gedacht, das wäre eher ein Frauenthema.«

»Ja, schon möglich. Ganz sicher geht es Frauen noch viel öfter so.« Er nickt. »Aber Teenager sind scheiße. Ich war als Jugendlicher immer etwas kräftiger als die anderen. Und auch wenn ich genauso sportlich war, mich gleich ernährt habe, habe ich immer Sprüche gedrückt bekommen.« Er zuckt die Achseln. »Eine Zeit lang hat es mich gestört, dann hat der Babyspeck sich verwachsen. Dünn bin ich immer noch nicht, aber ich habe aufgehört, mir deswegen den Kopf zu zerbrechen.«

»Das tut mir leid.«

»Ich verschwende meine Zeit nicht mehr mit Menschen, die andere auf Äußerlichkeiten reduzieren.« Luca lächelt mich an. »Die wenigen ausgewählten Freundschaften, die ich pflege, haben sich bewährt.«

»Das würde ich auch gerne behaupten können.« Allein in meinem engeren Familienkreis finden sich mehr als genug Personen, die sich einen spitzen Kommentar nicht verkneifen können, wenn ihnen irgendetwas an ihrem Gegenüber nicht passt.

»Dann weißt du ja, von was ich rede.«

»Weißt du, wenn du mit einem Körper gesegnet bist, der dem weiblichen Schönheitsideal entspricht, dann meint jeder, dich ständig kommentieren zu dürfen. Nach der Trennung von Vini ...« Ich schlucke und räuspere mich, um meine Stimme zu klären. »... ging es mir wirklich schlecht. Die Leute haben mich entweder nach meinen Augenringen gefragt oder mich zu den fünf Kilo beglückwünscht, die ich unfreiwillig verloren habe, weil ich nichts mehr runterbekommen habe.«

»Bodyshaming funktioniert in beide Richtungen. Das vergessen die Leute nur ganz gerne.« Luca nickt verständnisvoll.

»Sagst du eigentlich immer das Richtige?«

Er wird rot und lacht. »Sicher nicht. Nachdem, was du gerade erzählt hast, glaube ich, dass wir in mancher Hinsicht sehr gut nachempfinden können, was der jeweils andere erlebt hat.«

Ich lächle ihn an. »Das glaube ich auch. Oh, schau mal, hier ist es!« Ich bleibe stehen und zeige zu dem Schild über der Ladentür. *Zweite Liebe* heißt das Geschäft.

»Nichts wie rein.« Luca öffnet die Tür und lässt mich vorausgehen.

***

»Findest du den Schnitt nicht zu klassisch?«

Nachdem wir im dritten Secondhandladen endlich fündig geworden sind, schwankt Luca zwischen zwei Anzügen und mustert sich mit kritischer Miene in dem bodentiefen Spiegel.

»Ich liebe classy«, widerspreche ich. »Mit dem weißen Hemd und der blauen Fliege matchst du außerdem perfekt mit meinem Outfit.« Ich habe dem Verkäufer extra ein Foto meines Kleides gezeigt.

»Der grüne hat mir auch gefallen, ist mal was anderes. Andererseits finde ich bei dem hier die Hose bequemer.« Luca fährt mit den Händen über den blauen Stoff an seinen Beinen.

»Sie müssen sich darin wohlfühlen, junger Mann. Das Schlimmste, was passieren kann, ist, dass Sie nach der Hälfte des Tages den Knopf aufmachen oder das Jackett ablegen müssen, weil es irgendwo zwickt oder reibt.« Der Verkäufer rückt seine Brille gerade und zupft erneut an Lucas Schultern, doch das Jackett sitzt wie angegossen.

Luca wirft mir einen zweifelnden Blick zu, aber ich lächle ihn nur an. »Deine Entscheidung«, sage ich, weil der Verkäufer recht hat. Er muss sich wohlfühlen. Das könnte im Kreis meiner Familie schon schwer genug werden.

»Ich nehme den blauen.«

»Wunderbar. Dann dürfen Sie sich wieder umziehen, ich packe Ihnen alles ein.«

Als Luca bezahlt hat und wir wieder vor dem Geschäft stehen, ist es kurz vor drei. Noch zwei Stunden, bis ich für Mauro ausfahren muss.

»Ich lade dich auf einen Kaffee ein, zur Feier des Tages«, sage ich, was Luca zum Lachen bringt.

»Du meinst die Feier, dass ich einen Haufen Geld für einen Anzug ausgegeben habe, obwohl ich zwei Monate BAföG zurückzahlen und zukünftig von meinem Nebenjob leben muss?« Er grinst mich an, und ich nicke.

»Man muss die Feste feiern, wie sie fallen.«

»*Ecco*, dann nehme ich den Kaffee.«

Wir setzen uns zu Fuß in Bewegung.

»Musst du dich eigentlich nicht auf deine Prüfung vorbereiten?«, hakt Luca nach.

»Ja, doch, das sollte ich vermutlich.« Ich grinse ihn an, und er erwidert es. »Aber Anzugshoppen hat mir einfach mehr Spaß gemacht.«

»Na, klasse! Wehe, du wirfst mir das später vor, weil dir das Ergebnis nicht passt.«

»Dafür passen bei der Hochzeit unsere Outfits zusammen. Man kann eben nicht alles haben«, sage ich kichernd, und Luca verdreht bei meiner Logik die Augen. »Aber um dich zu beruhigen: Ich hab mit Mauro vereinbart, dass ich heute nur drei Stunden mache und danach noch mal lerne. Ich glaube, ich bin gut vorbereitet.« Der Zertifikatskurs hat mir Spaß gemacht, weswegen es mir leichtfiel, die Inhalte zu lernen. Ich bin also optimistisch, dass ich die Prüfung am Dienstag gut über die Bühne bringen werde.

Als wir mit unserem Espresso in einem kleinen Café

um die Ecke Platz genommen haben, kommt Luca noch mal auf die Hochzeit zu sprechen. »Dann erzähl mal, wie läuft das nächste Woche ab?«

Ich richte mich etwas auf. »Ich habe mit Ana vereinbart, dass ich morgens zu ihr komme, als moralische Unterstützung während des Stylings und so.« Ich lächle bei dem Gedanken an nächsten Samstag. »Danach könnte ich dich abholen. Die Trauung findet in der Basilika St. Margareta statt.«

»Die ist in Gerresheim?«

Ich nicke. »Genau. Anschließend Sektempfang, und danach fahren wir zur Location, ein alter Landgasthof, nobel hergerichtet mit ausreichend Gästezimmern, sodass wir in der Nacht nicht mehr zurückfahren müssen.«

Luca sieht beeindruckt aus. »Klingt schick.«

»Carlo ist der Typ dazu, und Ana ist glücklich damit. Ich denke, die Feier wird toll.«

»Was sagt deine Familie, wenn du mit mir ankommst?«

Damit spricht Luca einen heiklen Punkt an, denn nicht alle Familienangehörigen werden begeistert sein. Aber ich setze darauf, dass niemand es wagen wird, Carlo und Ana das Fest zu versauen, und das Thema deshalb ziemlich sicher totgeschwiegen wird. »Du bist mein Date, da gibt es nichts zu diskutieren. Alles andere geht niemanden etwas an. Ist das okay für dich?«

Luca lächelt und streift mit seiner Hand kurz meine. »Absolut okay.«

»Ich bin so gespannt! Ana wird vermutlich schon morgens um sechs hellwach sein und alle verrückt machen, die ihr zu nahe kommen. Also mich.«

»Als ob man dich aus der Ruhe bringen könnte.«

Ich zucke die Achseln. »Wir kriegen das schon hin. Immerhin muss ich mich nicht ums Make-up kümmern, Ana hat eine Stylistin, die auch mich schminken wird.«

»Wehe, ich mache mich am Ende lächerlich, weil ich in meinem gebrauchten Anzug neben dir verblasse.« Luca hebt drohend den Finger und bringt mich damit zum Lachen.

»Das könntest du nie«, sage ich und meine es vollkommen ernst. Ganz davon abgesehen, dass er mir auch im Hoodie gefällt, habe ich ihn vorhin in diesem Anzug gesehen, und das hat ausgereicht, um meine Vorfreude noch ein wenig zu steigern.

***

Eine Woche später

»Ich bin nervös.« Ana sieht mich im Spiegel an und erinnert mich auf einmal an die zwölf Jahre jüngere Version ihrer selbst, die damals an ihrem ersten Tag an meiner Schule vor unserem Klassenzimmer stand. Nur sind ihre Haare heute aufwendig hochgesteckt, sie trägt eine glitzernde Tiara und momentan noch einen weißen Kimono, damit das wunderschöne Brautkleid auf keinen Fall etwas vom Make-up abbekommt.

»Das ist normal.« Mit aller Zuversicht, die ich aufbringen kann, lächle ich sie an. »Heute ist ein besonderer Tag.«

»Denkst du, es geht alles gut?« Sie zieht die Unterlippe zwischen die Zähne und kaut darauf herum.

»Ich bin nicht abergläubisch, ansonsten wäre es womöglich ein schlechtes Omen, dass ausgerechnet Vini und ich eure beiden Trauzeugen sind.«

Ana kichert, doch das Lachen wirkt nicht ganz echt.

»Ich glaube, ich bestelle dir noch einen Masseur, du bist

ja total verspannt.« Ich lege meine Hände auf ihre Schultern und beginne, sie ein wenig durchzukneten.

»Red nicht so einen Quatsch. Lenk mich lieber ein bisschen ab, erzähl mir was!«

Ich halte inne und sehe sie an. »Ich glaube, ich hab mich in Luca verliebt.«

Sie quietscht, und auf einmal sind da doch Emotionen in ihrem Gesicht, richtig viele sogar. Doch sie deutet mein Zögern richtig und sieht mich fragend an. »Aber?«

»Aber ich hab manchmal das Gefühl, dass die Beziehung zu Vini mich gefangen hält, wie in einem Spinnennetz.«

»Das ist ein gutes Bild.« Ana nickt.

»Ja, oder? Ich hab nur keine Ahnung, wie man sich von Spinnenweben löst.« Ich betrachte mein eigenes Gesicht im Spiegel, das Make-up und die Locken, die mit unzähligen Haarnadeln an meinem Kopf befestigt wurden.

»Ich glaube, man reißt sie einfach ab!« Ana macht mit der Hand eine scharfe Schnittbewegung.

»Woher wusstest du, dass Carlo der Richtige für dich ist?«

Ein verklärtes Lächeln tritt auf ihr Gesicht. »Wir haben schon mal über dieses Gefühl gesprochen. Wenn sich die Aufregung anfühlt wie ein Knoten im Bauch, dann ist es kein gutes Zeichen.«

Ich nicke, denn ich erinnere mich gut an unser Gespräch nach der letzten gescheiterten Trennung von Vini – und auch an das Gefühl.

»Aber so war es mit Carlo nie. Diese Nervosität heute …« Sie sieht auf, und es stehen Tränen in ihren Augen. »Die macht, dass es mir ganz warm im Bauch wird. Weil ich es kaum erwarten kann, endlich auf diesen verdammten Altar zuzurennen und Carlo zu heiraten.«

»Awww, verdammt, Ana.« Ich umarme sie von hinten, so vorsichtig wie nur möglich, um auch ja keine Haarsträhne zu verändern. »Ihr zwei seid so eklig süß, man kann euch einfach nur das größte Glück auf Erden wünschen.«

Sie lächelt durch den Tränenschleier, sieht nach oben und wedelt aufgeregt mit den Händen. »O Mann, das Make-up.«

»Ist doch alles wasserfest. Also, bist du bereit?«

»War ich schon, als ich heute Morgen aufgestanden bin!«

»Das wollte ich hören. Aber versuch, nicht ganz so schnell zu rennen, das könnte sonst komisch wirken.«

Sie nickt lachend. »Danke, Sara.«

»Wir sehen uns in der Kirche.«

»Ich bin die in dem weißen Kleid.«

»Weiß ich doch.« Zwinkernd winke ich ihr noch einmal zu, dann gehe ich zur Tür und mache mich auf den Weg nach Hause, wo ich meine Tasche richte und das dunkelblaue Abendkleid anziehe.

Und als ich eine Stunde später mit dem Auto auf dem Weg zu Luca bin, ist es da. Dieses warme Gefühl der Vorfreude. Weil ich ihn sehe. Weil ich den Tag und die Nacht mit ihm verbringe. Jetzt muss ich nur noch manifestieren, dass nichts und niemand dieses Gefühl heute erschüttern kann.

25

SARA

»*Santa Maria*, du hättest mich warnen können!«, stößt Luca aus, als er mir die Tür öffnet. Er trägt den blauen Anzug mit der passenden Fliege und schlüpft gerade in ein paar braune Lederschuhe, die farblich zu dem Gürtel um seine Hüften passen.

»Was denn?«

»Du siehst verdammt heiß aus.« Grinsend schultert er seine Tasche und tritt zu mir auf den Hausflur, wo er mich auf die Wange küsst.

»Danke.« Balsam für meine nervöse Seele. Lachend wende ich mich um und gehe ihm voraus die Treppe nach unten. Ich habe direkt vor der Tür im Halteverbot geparkt und öffne zügig den Kofferraum. »Schmeiß deine Tasche einfach obendrauf.«

Er tut wie geheißen und nimmt dann den Autoschlüssel entgegen, weil ich mit High Heels ungern fahre. Wir sind gut in der Zeit, als Luca den Blinker setzt und sich in den Verkehr einreiht, um zur Basilika St. Margareta im Düsseldorfer Osten zu fahren.

Schon nach wenigen Minuten mit Luca im Auto verblasst das angenehme Gefühl in meinem Bauch, was vermutlich ein deutlicher Hinweis darauf ist, dass ich ihm die Information, die mir so schwer im Magen liegt, wesentlich früher hätte mitteilen müssen. Jetzt komme ich jedenfalls nicht mehr drumherum, ihm zu erklären, dass Vini nicht einfach nur anwesend sein, sondern so wie ich selbst eine nicht ganz unwesentliche Rolle bei dieser Hochzeit spielen wird.

»Ich muss dich noch vorwarnen.«

Bei meinen Worten zuckt Lucas Blick sofort zu mir.

»Vini ist Carlos Trauzeuge«, sage ich ohne Umschweife. Schnell raus damit, wie wenn man ein Pflaster abreißt, das ist am besten.

»Ist das dein Ernst?«

Ich spüre Lucas kurzen eindringlichen Blick überdeutlich, obwohl ich ihn nur im Augenwinkel wahrnehme, da ich meinen schuldbewusst auf die Straße gerichtet halte, und nicke. »Ja, sie sind befreundet, seit wir Kinder waren.«

»Das hättest du echt mal früher sagen können«, murmelt er und sieht wieder nach vorn, weswegen ich mich ihm nun doch zuwende.

»Hätte das etwas an deiner Entscheidung geändert?«

»Natürlich nicht.« Er verdreht die Augen. »Bei Tageslicht sind wir alle erwachsene Menschen, oder nicht?«

»Auf jeden Fall! Er wird sich nicht danebenbenehmen, das würde er allein schon Carlo zuliebe nicht tun.«

»Gut. Gibt es sonst noch was, das ich wissen sollte?« Mit herausforderndem Blick hebt er die Brauen, konzentriert sich dabei aber weiter auf den Straßenverkehr.

»Mauro, seine Familie und Nonna kennst du ja schon, ich empfehle dir, dich an sie zu halten. Der Rest der Familie ist nicht unbedingt einfacher, aber es gibt auch einige, die ich nicht so regelmäßig sehe«, erkläre ich. »Inzwischen wissen zwar eigentlich alle, dass Vini und ich ... getrennt sind. Aber sie werden vielleicht überrascht sein.« Ich lächle zuversichtlich, das Unbehagen in Lucas Gesicht kann ich aber natürlich verstehen. Vermutlich ist es nicht fair, dass ich ihn mitnehme und der Verwandtschaft zum Fraß vorwerfe. Andererseits wird sich niemand trauen, auf Carlos Hochzeit einen Eklat anzuzetteln. Außerdem habe ich mir vorgenommen, dass weder Vini noch meine Familie mir dieses Gefühl nehmen werden, das ich spüre, wenn ich mit Luca zusammen bin.

Als wir zehn Minuten später an der Kirche ankommen, entdecke ich Vini und Carlo schon von Weitem, und wahrscheinlich bin ich nervöser als Luca neben mir. Er parkt den Wagen, schnallt sich ab und strafft die Schultern.

»Ich freue mich sehr, dass du heute dabei bist«, sage ich kleinlaut.

Lächelnd wendet er sich mir zu. »Und ich freue mich, dass du gefragt hast.«

Gemeinsam laufen wir vom Parkplatz aus zum Haupteingang. Als Carlo meine Schuhe auf dem feinen Pflaster klackern hört, blickt er auf. Er trägt einen superedlen schwarz glänzenden Anzug zu einem weißen Hemd mit schwarzer Fliege und sieht einfach hervorragend aus. Und obwohl ich es ungern zugebe, macht auch Vini neben ihm in seinem braunen Dreiteiler mit Karomuster eine tolle Figur. Allerdings ist das keine Überraschung, denn wir haben den Anzug gemeinsam ausgesucht.

Ich spüre Vinis Blick auf mir, als er registriert, dass ich mich gegen das schokoladenfarbene Kleid mit Schlitz entschieden habe, das ich passend zu seinem Anzug herausgesucht und vor zwei Tagen auf Vinted verkauft habe.

»Hallo, Bruderherz«, sage ich und schließe Carlo in eine feste Umarmung, die er erwidert.

»Du siehst toll aus, *sorellina*«, antwortet er und richtet, nachdem wir uns voneinander gelöst haben, seine Aufmerksamkeit auf Luca.

»Mein Bruder Carlo«, sage ich und deute auf ihn. »Luca.«

Die beiden schütteln sich die Hand und tauschen gemurmelte Höflichkeiten aus. Dann stehe ich vor Vini. Er legt seine Hand an meinen Rücken und küsst mich rechts und links auf die Wange. Sein verdammter Geruch zehrt an meinen Nerven, weswegen ich den Abstand nach unserer Begrüßung sofort wieder vergrößere. »Vincenzo, Luca, Luca, Vincenzo«, rattere ich herunter.

Obwohl Vini die Lippen zu einem Lächeln verzieht, entgeht mir die abschätzige Musterung nicht, mit der er Luca bedenkt. Ganz sicher bildet er sich etwas darauf ein, einen halben Kopf größer zu sein, und ist überzeugt, dass ein Schwanzvergleich ebenfalls zu seinen Gunsten ausfallen würde. Luca spart sich die Floskeln, reicht ihm die Hand und tritt dann neben mich.

»Wie geht's ihr?«, fragt Carlo an mich gerichtet, was mich zum Lächeln bringt, da er ebenso aufgeregt wirkt wie Ana.

»Genau wie dir. Nervös bis zum Umfallen, obwohl ihr beide genau wisst, dass der andere sich eher eine Hand abhacken würde, als Nein zu sagen.«

Das bringt Carlo zum Lachen. *»È per sempre.« Es ist für immer.*

»So soll es sein.« Und die beiden Verrückten werden das vermutlich auch schaffen, jedenfalls traue ich es keinem Paar mehr zu.

In unserem Rücken hören wir Türen schlagen, und als ich mich umdrehe, steigen gerade zwei junge Frauen in wehenden Maxikleidern aus einem Auto, das mit laufendem Motor an der Straße steht.

»Freundinnen aus dem Studium«, sagt Carlo und wendet sich Vini zu. »Kümmerst du dich um die Zimmer?«

Vini nickt und sieht mich an. »Kommt mit.«

Am Haupteingang überreicht Vini mir die Schlüssel für unser Zimmer in der Location und deutet auf den Plan, der vor uns auf dem Stehtisch liegt. »Die ersten Bankreihen in der Basilika sind zugeordnet, der Rest hat freie Platzwahl. Wir müssen im Grunde nur darauf achten, dass das eingehalten wird. Ansonsten sollte alles klar sein.«

Ich nicke und verstaue den Schlüssel in meiner Handtasche.

Während immer mehr Gäste eintrudeln und ich immer wieder mit organisatorischen Fragen konfrontiert werde, hat Luca sich zurückgezogen. Und als Mauro mit seiner Familie eintrudelt, bin ich froh, dass sie ihn unter ihre Fittiche nehmen, damit er unter den vielen Leuten nicht allein ist.

26

LUCA

Mauro trägt ein Hemd mit Hosenträgern und kommt mir vor wie ein anderer Mensch. Seine beiden Söhne Sandro und Emilio stecken in Mini-Anzügen mit bunten Fliegen und jagen sich gegenseitig über den großen Vorplatz der Basilika. Mauro und seine Frau schütteln links und rechts Hände, während sie mir parallel erklären, wer zu welcher Familie gehört und in welchem Verhältnis zum Brautpaar steht. Nach wenigen Minuten stößt Francesca zu uns, die von einem älteren Paar aufgehalten wurde, bei dem es sich wohl um Anas Großeltern handelt.

Francesca küsst mich auf die Wange und sieht sich auf dem gut gefüllten Vorplatz um. »Und, hast du schon den Überblick?«, neckt sie mich, aber ich winke lachend ab.

»Mauro hat alles gegeben, aber ich fürchte, ich werde auch heute Abend noch nicht alle Gäste kennen.«

Francesca legt ihre Hand auf meinen Arm. »Das wäre auf einer italienischen Hochzeit auch ambitioniert. Viel wichtiger ist, darauf zu achten, wer gute Gesellschaft ist und wem man besser aus dem Weg geht.«

»Nonna«, sagt Vittoria mit mahnender Stimme. »Fängst du schon wieder an zu lästern, bevor das Fest überhaupt losgeht?« Sie schüttelt den Kopf, doch Francesca lässt sich nicht beirren.

»Halt dich nur an mich«, rät sie mir leise und schmunzelt in sich hinein. Und dann fasst sie mir grob zusammen, mit wem ich mich bedenkenlos zusammentun kann (»Mauros Sippe, gutmütige Leute mit modernen Ansichten«), mit wem man am meisten Spaß haben kann (»Anas Vater und seine zwei Brüder, die könnten zusammen auftreten«) und wem ich besser aus dem Weg gehe (»Saras Tanten mütterlicherseits, die größten Tratschtanten«).

»Ah, schau an!« Francesca stößt mich in die Seite. »Saras Papà. Agostino, *vieni qui*«, ruft sie ihren Sohn zu uns. Bevor ich mich darauf vorbereiten kann, wie ich Saras Eltern gegenübertreten soll, stehen die beiden schon vor uns.

»Ich möchte euch Luca vorstellen. Agostino ist mein Sohn, Emma meine Schwiegertochter.« Sie lächelt, während wir uns die Hände reichen.

»Der junge Mann, den Mauro unter seine Fittiche genommen hat«, stellt Agostino fest und umarmt seinen Neffen.

»Ich erkenne Talent, wenn ich es vor mir habe«, erklärt Mauro.

»Woher kennst du das Brautpaar, Luca?«, erkundigt sich Saras Mutter. Sie hat ein freundliches Lächeln, auch wenn sie insgesamt ein wenig distanziert wirkt und in ihrem schlichten grauen Kleid beinahe untergeht.

Ich spüre, wie mir der Schweiß ausbricht, denn Sara ist weit und breit nirgends zu sehen, um mir aus der Patsche zu helfen.

»Er ist mit Sara da, sie ist nur mit Trauzeugenaufgaben eingespannt, also sitzt Luca bei uns.« Francesca hat wieder das Wort ergriffen und tut so, als hätte sie nicht bemerkt, dass Agostinos Lächeln bei ihren Worten eingefroren ist.

»Natürlich hat Sara ihn mitgebracht.«

Ich muss ihn nicht näher kennen, um zu merken, dass er nicht begeistert ist. Er gehört dann wohl zur skeptischen Fraktion.

»Für einen Tag werdet ihr eure ständigen Streitereien beilegen. Heute geht es um Carlo und seine wunderbare Anastasia.« Francesca hat eine strenge Miene aufgesetzt.

»Das hast du hoffentlich auch deiner Enkelin gepredigt«, gibt Saras Vater zurück.

»Hört auf, zu zanken.« Emma legt beschwichtigend eine Hand auf Agostinos Arm und lächelt erneut. »Wir sehen uns sicher später noch. Komm, Ago, da drüben ist Anas Mama.«

Die beiden verabschieden sich, und kaum dass sie außer Hörweite sind, tritt Mauro neben mich und legt einen Arm um meine Schulter. »Nimm das nicht persönlich, Ago und Sara führen einen ständigen Kampf. Besser, man gerät nicht zwischen die Fronten, so halte ich es auch.« Er lotst uns in Richtung Eingang, während Vittoria die beiden Jungs einsammelt und mit ihnen zu uns stößt.

»Was ist mit ihrer Mamma?«, frage ich nach, weil sie neben Agostino überhaupt keinen Eindruck hinterlassen hat.

Vittoria dreht sich zu mir um. »Sara und ihr Vater sind zwei Dickköpfe vor dem Herrn, da mischt Emma sich nicht ein.«

»Emma hatte Ago noch nie etwas entgegenzusetzen, dabei hätte ihm das gutgetan«, sagt Francesca. »Oh, schaut euch diese Blumen an.«

Die Holzbänke sind mit verschiedenen weißen Blüten geschmückt, und vorn am Altar steht ein ausuferndes Gesteck. Einige Gäste haben bereits ihre Plätze eingenommen. Da Sara ebenso wie Francesca in der ersten Reihe sitzen wird, folge ich Mauro und seiner Familie in eine der Bänke weiter hinten. Dort warten wir darauf, dass die Braut eintrifft und die Hochzeit losgehen kann.

»*Wise men say …*« Schon bei den ersten Zeilen, die der Hochzeitssänger voller Gefühl in das Mikrofon haucht, fließen bei manchen Gästen die Tränen. Und als Ana schließlich in ihrem weißen Kleid mit dem ausladenden Blumenstrauß in den Händen an der Seite ihres Vaters die Basilika betritt, ist es um den Bräutigam geschehen. Carlo wischt sich eine Träne nach der anderen aus dem Augenwinkel, während Vincenzo lächelnd eine Hand auf seine Schulter legt. Und trotzdem wird mein Blick angezogen von der wunderschönen Frau, die auf Carlos anderer Seite steht. Seine Schwester Sara, die ihre dunklen Locken in einer eleganten Hochsteckfrisur trägt und deren glitzerndes Kleid zur Farbe meines Anzugs passt, als hätten wir es geplant.

Ein Lächeln stiehlt sich auf meine Lippen. Als der Sänger die berühmte Zeile »*I can't help falling in love with you*« singt, findet ihr Blick zwischen all den anwesenden Menschen um uns herum meinen, und ich weiß mit absoluter Gewissheit, dass es um mich geschehen ist. Sara braucht Zeit, Sara ist vielleicht noch nicht bereit für den nächsten Schritt, aber ich kann mir nicht helfen, ich habe mich in sie verliebt und ich will sie an meiner Seite haben.

Ana ist bei Carlo angekommen und schließt ihn fest in die Arme. Während sie sich halten, beben ihre Schultern, und obwohl ich die beiden heute zum ersten Mal sehe, stehen auch mir Tränen in den Augen. Saras Blick streift Vincenzo, der sie anlächelt. Sie erwidert es, bevor der Pastor unser aller Aufmerksamkeit auf sich lenkt, indem er an das Mikrofon tritt.

»Wir beginnen diesen Festtag der Freude im Namen des Vaters, des Sohnes und des Heiligen Geistes.«

»Amen.«

Die Zeremonie ist schön und für eine italienische Trauung überraschend kompakt gestaltet. Die liturgischen Elemente werden durch moderne passende Songs des Hochzeitssängers ergänzt, und der Pastor hält eine bewegende Predigt auf die Macht der Liebe. Ich habe wenig Erfahrung mit Hochzeiten, aber die für alle Anwesenden spürbare Liebe zwischen Ana und Carlo sorgt für eine erhebende Atmosphäre in der Basilika und bewirkt, dass ich für einen Moment vergessen kann, dass ich Kirchen zuletzt nur noch zu traurigen Anlässen betreten habe.

Beim anschließenden Sektempfang gesellt Sara sich endlich zu uns.

»Hey.« Lächelnd stößt sie ihr Glas gegen mein halb volles. Ich habe mich für Orangensaft entschieden, weil ich alkoholische Getränke mit Kohlensäure schon immer verabscheut habe.

»Hast du meine Eltern schon kennengelernt?«

»Na ja, das wäre zu viel gesagt, aber wir wurden uns vorgestellt.«

Sie zieht eine Grimasse. »O Mann, tut mir leid, dass ich nicht da war. War mein Vater irgendwie blöd?«

Ich schmunzle. Wahrscheinlich war es sogar besser, dass Sara nicht dabei war, sonst wäre die Begegnung womöglich in einer ausgiebigen Diskussion geendet. »Ich glaube, er fand es nicht so gut, dass ich mit dir hier bin«, versuche ich es diplomatisch.

Sara verdreht die Augen. »Mein Vater findet nichts von dem gut, was ich tue. Egal. Nach dem Sektempfang fahren wir zur Location. Vini und ich fahren mit dem Brautpaar.« Sie macht ein entschuldigendes Gesicht. »Könntest du zwei Pärchen mitnehmen? Sie sind mit Carlo und Ana befreundet und total nett.«

Ich nicke. »Klar.«

»Und versprochen, sobald wir in der Location sind, weiche ich dir nicht mehr von dir Seite.«

Lächelnd stelle ich mein leeres Glas auf einen freien Stehtisch. »Ich komme schon klar, mach dir keine Sorgen.«

»Lass uns noch schnell Nelly Hallo sagen, ich hab sie vorhin gar nicht gesehen.« Als sie mich mit sich zieht, erkenne ich die junge Frau schon von Weitem und bin erleichtert, dass sie heute keinen Regenschirm dabei zu haben scheint. Stattdessen trägt sie einen pinken Hosenanzug und Schuhe mit mörderischen Plateausohlen. Die beiden schließen sich in die Arme, dann stellt Sara mich vor.

»So sieht man sich wieder, Luca.« Nelly grinst. »Hab schon viel von dir gehört.«

Sara verdreht die Augen. »Lass ihn in Frieden. Wo hast du Lars gelassen?«

Nelly macht eine vage Handbewegung in Richtung Gebäude. »Hat sich auf die Suche nach einer Toilette gemacht. Hast du das Kleid von Hannah gesehen? Das ist ja so was von geil!«

Die beiden tauschen sich über weitere Outfits der Gäste aus, was ich nur am Rande verfolge, bis Lars zu uns stößt. Schon kurz darauf verabschieden die Ersten sich zu ihren Fahrzeugen, um sich der Kolonne anzuschließen, die auf dem Weg zur Location geplant ist.

Als wir eine halbe Stunde später im Auto sitzen und hinter dem mit Blumenschmuck dekorierten Brautwagen herfahren, ist die Stimmung bei meinen Mitfahrern schon ausgelassen. Sara hat nicht zu viel versprochen, die vier haben sich mit Namen vorgestellt, die ich mir leider auf die Schnelle nicht merken konnte, und unterhalten sich lebhaft.

»Und du, Luca?«, spricht mein Beifahrer – ich glaube, er heißt Ruben – mich an. »Woher kennst du das Brautpaar?«

Ich zögere einen Moment, aber Sara ist erneut nicht da, um mir bei der Frage zur Seite zu springen, also bin ich einfach ehrlich. »Ich bin mit Carlos Schwester Sara da.«

Die plötzliche Ruhe im Auto kommt überraschend, aber Ruben fängt sich schnell. »Oh, wow.« Er lacht ein wenig verlegen. »Kennt ihr euch schon länger?«

»Nicht so richtig. Wir machen dieses Projekt für ihren Cousin, entwickeln ein Menü für sein Restaurant.«

»Klingt doch spannend«, meldet sich Rubens Freundin vom Rücksitz. Alisa, wenn mich nicht alles täuscht.

»Du schuldest mir zehn Euro«, sagt die andere Frau, deren Haare denen Arielles, der Meerjungfrau, gleichen und deren Namen ich definitiv vergessen habe.

»Moment mal«, widerspricht Ruben. »Das Jahr ist noch nicht zu Ende.«

»Wenn Sara mit Luca hier ist, dann ist es vielleicht wirklich mal endgültig.«

Im Rückspiegel beobachte ich, wie Arielle die Achseln zuckt. Sie fängt meinen Blick auf und scheint meine Verwirrung zu bemerken. »Nicht falsch verstehen, Luca«, sagt sie. »Das hat nichts mit dir zu tun.«

Alisa beugt sich zwischen unseren Sitzen hindurch nach vorn. »Bei Vini und Sara war in den letzten Jahren so oft Schluss, dass wir irgendwann angefangen haben zu wetten.«

Wow, wie witzig. Aus Saras Erzählungen habe ich herausgehört, dass ihre Beziehung zu Vini nicht ganz einfach gewesen zu sein scheint. Dass diese Trennung nicht die erste ist, hat sie allerdings nicht erwähnt. Wenn Sara wüsste, dass Carlos Freunde Wetten auf ihre Trennung abschließen, würde sie die vier sicher nicht mehr als total nett bezeichnen.

Zum Glück wechseln sie schon kurz darauf das Thema, und ich kann mich aus dem Gespräch ausklinken. Ob es stimmt, dass Sara noch an Vincenzo hängt und die Trennung womöglich noch nicht endgültig ist? Er spielt definitiv noch eine Rolle für sie, aber sie hat ja auch kein Geheimnis daraus gemacht, dass sie es langsam angehen lassen möchte.

Stopp! Es bringt gar nichts, mir jetzt darüber den Kopf zu zerbrechen. Sara hätte mich heute nicht mitnehmen müssen, wenn sie nicht gewollt hätte – also werde ich den Tag mit ihr genießen und mir die Stimmung nicht von ein paar Idioten verderben lassen, die über das Glück anderer Leute Wetten abschließen.

Ich muss dringend Francescas Liste über die zu vermeidende Gesellschaft ergänzen. Diese vier gehören definitiv drauf.

***

Sara hat nicht zu viel versprochen. In der Location angekommen, geben wir unsere Taschen ab, die vom Service auf unsere Zimmer gebracht werden, damit wir uns heute Nacht nicht mehr darum kümmern müssen. Als wir unsere Plätze einnehmen, bin ich erleichtert, denn wir sitzen mit Mauro und seiner Familie zusammen. Zwischen uns und dem Hochzeitstisch, der am Kopf des Festsaales platziert wurde, ist noch ein weiterer Tisch, an dem ich Nelly und Lars mit zwei weiteren jungen Paaren entdecke.

»Sara!« Ein kleines Mädchen in einem hellblauen Kleid mit überdimensionierter Schleife um die Taille schnappt von hinten Saras Hand, sodass sie sich auf ihrem Stuhl umdreht.

»Hey, Süße! Lina, das ist Luca. Luca, dieses wunderschöne Mädchen ist Anas bezaubernde kleine Schwester Lina.«

»Freut mich, dich kennenzulernen«, sage ich, und Lina strahlt über das ganze Gesicht.

»Carlo sagt, ich soll dir Danke sagen, weil ich wegen dir am Tisch mit Ana sitzen darf.«

Saras Gesicht hellt sich auf. »Wirklich gerne, meine Süße. Ich hab hier einen wunderbaren Platz bei ganz arg netten Menschen. Und du musst das doch aus nächster Nähe sehen, wenn deine große Schwester heiratet, das ist klar.«

»Ja, das ist klar«, wiederholt die Kleine und nickt eifrig. »Also bis nachher!« Sie winkt und rennt davon.

»Das habt ihr gehört, oder?« Mauro hat ein schelmisches Grinsen aufgesetzt und deutet auf mich und seine Frau. »Sara hat uns als ganz arg nette Gesellschaft bezeichnet. Ich erinnere dich beim nächsten Mal daran, *pulcina*.«

»Ach, halt die Klappe«, fährt Sara ihn an, aber ihr Lachen ist herzlich. »Ich muss gleich noch checken, dass mit der Fotobox alles geklappt hat, Anas Onkel hat die aufgebaut. Kommst du mit?«, fragt sie an mich gewandt.

»Klar.«

»Soll ich euch was zu trinken bestellen, wenn der Service kommt?«, fragt Mauro und sieht sich im Raum um, wo die Gäste nach und nach die Tische bevölkern und den liebevoll dekorierten Saal bewundern.

»Ich nehme eine Johannisbeerschorle«, sage ich, weil mir noch nicht nach etwas Alkoholischem ist.

»Und du?« Mauro nickt Sara zu. »*Coca*?«

»Ja.« Sie steht auf, und ich folge ihr in den Vorraum, in dem ein großes Leintuch aufgehängt wurde, auf das in goldenen Lettern die Namen des Brautpaars gepinnt wurden.

»Sieht toll aus, oder?« Sara geht zu dem Stehtisch nebendran, auf dem ein Korb mit allerlei Accessoires steht. Ich nehme eine übergroße Sonnenbrille heraus und setze sie mir auf die Nase.

»Haha, stell dich mal da hin, ich mache ein Testfoto.« Sara positioniert mich an der richtigen Stelle. »Sag *formaaaaggio.*«

»Spagheeettiii«, sage ich stattdessen, verkneife mir aber das Lächeln, um sie zu ärgern.

»Wow, selten so ein glückliches Gesicht auf einer Hochzeit gesehen«, sagt sie, als das Foto nach wenigen Sekunden aus dem Direktdrucker kommt.

»Gern geschehen.« Ich setze die Brille ab und schnappe mir stattdessen eine pinke Federboa, die ich Sara um den Hals wickle.

»Wow, die wäre was für Nelly.« Lachend pustet sie sich die Federn aus dem Gesicht. »Moment, ich suche uns was aus!« Sara wühlt in dem Korb mit den Pappschildern und reicht mir dann eines mit der Schrift nach unten. »Nicht schauen«, sagt sie und zieht mich zurück in Position. Dann nimmt sie den Selbstauslöser in die Hand und hält ihr Schildchen in die Höhe. Ich tue es ihr augenverdrehend nach und sehe zu ihr, als sie zu einem Grinsen in die Kamera ansetzt. Aus dem Nichts piekst sie mir mit ihrem Finger in die Seite, weshalb ich lachend zur Seite zucke, genau als sie den Auslöser abdrückt.

Kichernd schnappt Sara mir das Schildchen aus der Hand und verstaut es samt ihrem eigenen und der Federboa wieder in dem Korb. Sie nimmt das Foto aus dem Drucker und dreht es mit einem Lächeln zu mir. Sara grinst darauf breit in die Kamera und hält ihr Schild mit dem Aufdruck *Bride's Bestie* vor sich, während ihre andere Hand noch in meine Richtung ausgestreckt ist. Ich selbst bin von der Seite zu sehen, lache Sara an, und das Schild, das ich halte, ist etwas schief, weshalb der Pfeil darauf nur halb in ihre Richtung zeigt. *I love her* steht darauf geschrieben.

Ich spüre die Röte in meine Wangen steigen und schnappe ihr das Bild aus der Hand.

»Hey!«, schimpft sie und schlägt mir lachend auf die Schulter, aber ich gebe es ihr nicht zurück, sondern stecke es in die Sakkotasche.

»Würde sagen, es funktioniert«, stelle ich fest, woraufhin Sara nickt und sich bei mir unterhakt.

»Lass uns wieder reingehen.«

Zurück an unserem Platz haben Sandro und Emilio inzwischen Malsachen und Spielzeugfiguren über den halben Tisch verteilt, doch außer dem Mineralwasser, das bereits eingedeckt war, sind noch keine Getränke da.

»Hast du unsere Bestellung vergessen?«, hakt Sara auch schon nach, was Mauro genervt die Augen verdrehen lässt.

»Es war noch nicht mal jemand da, um eine aufzunehmen«, sagt er mit gesenkter Stimme und sieht sich dann erneut um. Am Nebentisch steht gerade eine Kellnerin, immerhin der Brauttisch hat bereits Getränke.

Es dauert noch ein paar Minuten, bis wir endlich unsere Wünsche äußern können, und dann weitere zehn, bis die Getränke schließlich kommen. Zu diesem Zeitpunkt haben wir bereits die Hälfte unserer Vorspeise gegessen.

»Das muss man ihnen aber lassen, diese grüne Bruschetta ist großartig.« Vittoria küsst Daumen und Zeigefinger und nimmt noch eine Scheibe Weißbrot aus dem

Korb in der Mitte, um damit die Reste von Olivenöl und Basilikumpesto aufzusaugen. Und sie hat recht, bisher ist das Essen sehr lecker.

»Woher, sagtest du noch mal, beziehen sie das Essen?«, erkundigt sie sich bei Sara, die ihren letzten Bissen herunterschluckt und sich mit einer Serviette den Mund abtupft.

»Ist ein italienischer Cateringservice, die haben kein Restaurant, sondern machen nur Hochzeiten, Geburtstage und solche Veranstaltungen.«

»Ich gebe gerne zu, dass das Essen gut ist«, mischt Mauro sich ein und nimmt das restliche Stück Bruschetta von Sandros Teller, den dieser ihm hinhält. »Aber am Service müssen sie arbeiten.«

Und damit hat er recht, denn als die ersten Tische den Hauptgang serviert bekommen, stehen auf unserem immer noch die Teller der Vorspeise, und weit und breit ist niemand in Sicht, der sie abräumen könnte. Doch unabhängig davon ist die Stimmung im Saal ausgelassen und von Gelächter erfüllt. Ich bin froh, dass Sara und ich mit Mauro und seiner Familie zusammensitzen, denn mit ihnen fühle ich mich wohl.

Sara kramt neben mir einen Zettel aus ihrer Handtasche und wirft einen Blick darauf.

»Bist du nervös?«, frage ich sie.

»Nicht wegen der Rede, nur deshalb, weil ich sie zusammen mit Vini halten muss.« Sie zieht einen Flunsch, und ich sehe sie mitfühlend an.

»Das wird schon, konzentrier dich einfach auf Ana und Carlo.«

Sie nickt und legt den Zettel neben sich ab, weil die Kellner endlich unsere Vorspeisenteller abgeholt haben und nun das Nudelgericht servieren.

27

LUCA

Auch das Fleisch, das wir im Anschluss gegessen haben, war perfekt, was Mauro neidlos anerkannt hat. Sara und Vinis Rede ist eine liebevolle Hommage auf das Brautpaar, die sie aufeinander eingespielt vortragen. Die Vertrautheit der beiden ist nicht zu leugnen, und ich bilde mir ein, das ein oder andere Seufzen während der Rede gilt weniger deren Inhalt als vielmehr Sara und Vini selbst. Aber es hilft nichts, mich davon herunterziehen zu lassen, und als Sara im Anschluss strahlend zurück an unseren Tisch kommt, vergesse ich ohnehin jede Sorge. Stattdessen denke ich an das Foto von uns, das nach wie vor in meiner Sakkotasche steckt und das ich zu Hause definitiv an den Spiegel im Flur pinnen werde.

Nachdem Saras Vater gemeinsam mit seinen beiden Brüdern eine unterhaltsame Rede gehalten hat, in der sie die Stärken und Schwächen des Brautpaares miteinander aufgewogen haben, und das Dessert serviert wurde, haben Emilio und Sandro genug.

»Wir gehen mal ein bisschen auf den Gang, da könnt ihr eure überschüssige Energie loswerden.« Mauro steht auf, und die beiden Jungs rutschen sofort von ihren Stühlen und flitzen los. Wie gerufen taucht Francesca an unserem Tisch auf und nimmt Mauros Platz ein.

»Hallo zusammen«, begrüßt sie uns und stellt ihr Weinglas ab, das sie von ihrem Tisch mitgebracht hat.

»Na, wie gefällt es dir am Seniorentisch?«, fragt Sara feixend, und Francesca verdreht die Augen.

»Ein bisschen langweilig mit diesen alten Leuten.« Sie grinst.

»Wenn man dich so sieht, würde kein Mensch glauben, dass du achtundachtzig Jahre alt bist.« Vittoria schüttelt den Kopf. »Ich brauche dringend was von diesem Jungbrunnen, aus dem du getrunken hast, sonst wird das nichts ...«

»*Ma dai, assurdo!* Glaubst du, mit meinen drei Kindern war das lustig? Mach dir keinen Kopf, es kommen auch wieder bessere Zeiten.«

»Dein Wort in Gottes Ohr.« Vittoria seufzt und sieht sich um. »Meint ihr, wir bekommen hier irgendwann noch einen Amaro?«

»Gute Frage.« Sara zuckt die Achseln. »Eingeplant war es, soweit ich weiß.«

In diesem Moment kommt Mauro mit den beiden Jungs zurück, die Francesca aufgeregt von der coolen Fotobox berichten und die vier Bilder präsentieren, die sie mit Mauros Hilfe geschossen haben. Vor uns stehen nach wie vor die Teller vom Dessert, doch weit und breit ist kein Kellner mehr zu sehen. Laut Saras Zeitplan findet in der nächsten Viertelstunde die Ankündigung zum Hochzeitstanz statt, weshalb Francesca sich wieder an ihren Platz verabschiedet. Momentan liegt die Tanzfläche noch im Dunkeln, aber der DJ hat bereits begonnen, sein Equipment aufzubauen.

»Sara!« Vincenzo steht auf einmal an unserem Tisch, und von seinem coolen Auftreten, das er den gesamten Tag über nach außen getragen hat, ist nichts mehr übrig.

Sein Kopf ist hochrot, seine Pupillen zucken hektisch von links nach rechts, als er sich zu Sara herunterbeugt und mit halblauter Stimme etwas sagt, das sie in der Bewegung erstarren lässt. Was passiert hier gerade?

Sara steht auf, doch dann scheint sie sich zu erinnern, dass ich auch noch da bin, und dreht sich zu mir um. Sie beugt sich zu mir herunter. »Ein Kellner hat die Torte beschädigt. Ich muss kurz in die Küche, bin gleich wieder da«, flüstert sie, drückt meine Schulter und verschwindet mit Vini. Sofort setzt ein flaues Gefühl in meinem Magen ein, keine Ahnung, ob wegen Vini oder der Torte.

»Ist was passiert?«, fragt Mauro neben mir, aber ich winke ab.

»Ich denke mal, die Trauzeugen haben alles im Griff«, sage ich optimistischer, als ich mich fühle.

»Sehr verehrte Hochzeitsgesellschaft, nutzen Sie die Gelegenheit, füllen Sie Ihre Gläser noch einmal auf.« Die Stimme des DJs ertönt über den Lautsprecher des Festsaals. »In fünf Minuten darf ich Sie bitten, sich um die Tanzfläche aufzustellen, um unser Brautpaar bei seinem ersten Tanz zu bewundern.« Unter *Ohhh*- und *Ahhh*-Rufen aktiviert er die Beleuchtung der Tanzfläche, die nun ein Himmel aus unzähligen kleinen Lichtern ziert.

Ich sehe mich nach Sara um, doch kann sie nirgends entdecken. Die ersten Gäste stehen bereits auf und beginnen, sich in Richtung der Tanzfläche zu begeben, und auch Carlo stellt sein Glas ab und gesellt sich zu seiner Braut. In diesem Moment öffnet sich die Seitentür, und Sara kommt zurück. Sie lächelt Ana zu, die sich bei Carlo eingehakt hat, aber wenn ich erkenne, dass ihre Mimik aufgesetzt ist, wird es der Braut nicht anders gehen. Bei uns angekommen, beugt Sara sich zwischen mich und Mauro.

»Okay, wir haben ein Problem. Ein großes. Ein Kellner ist samt Geschirr in die Torte gerannt. Die gute Nachricht ist, dass sie nicht komplett zerstört wurde.« Sie atmet angestrengt. Im Augenwinkel sehe ich Vini in der Tür zur Küche stehen, der uns beobachtet. »Die schlechte ist, drei von vier Stöcken wurden beschädigt, vermutlich muss man Creme abnehmen, ich hab keine Ahnung ...« Sie bricht ab und sieht ziemlich ratlos aus.

Mir hat es die Sprache verschlagen, und Mauro scheint es nicht viel anders zu gehen.

»*Pulcina*«, setzt er an und stockt. »Ich kann dir eine Pizza backen, wenn es sein muss, geht auch was anderes, aber von Torten hab ich wirklich keine Ahnung.«

»Ich hatte auch mehr auf Luca gehofft. Ich brauche dich!«, sagt sie an mich gewandt. »Wir müssen irgendwas machen, du arbeitest doch in einer Bäckerei.«

»Sara, du sprichst hier von einer Hochzeitstorte! Wir machen Kirsch-Streusel und Apfelkuchen in der Backstube, und ich bin nur eine Aushilfe, kein Konditor.«

»Ich weiß, ich weiß. Aber du kannst es dir anschauen? Bitte!«

Mauro nickt mir aufmunternd zu, und ich lasse mich von Sara hochziehen. Das Brautpaar geht an uns vorbei in Richtung Tanzfläche, und Sara setzt schnell das strahlendste Lächeln auf, das ich je an ihr gesehen habe. Dann zieht sie mich mit.

»Das meiste ist Buttercreme, das müssen wir doch irgendwie retten können«, sagt sie leise im Gehen.

»Das letzte Mal, als ich eine Torte eingestrichen habe, war ...«, setze ich an, doch dann katapultiert mich die Erinnerung dreizehn Jahre in die Vergangenheit. Mamma hat diese Torten geliebt, und sie war richtig gut darin, sie zu gestalten. Sie wusste, dass sie sterben würde, aber sie hatte noch diesen einen Geburtstag. Sie wurde sechsunddreißig. Also habe ich ihr ihren einzigen Wunsch erfüllt und gemeinsam mit Nonna alles eingekauft, um eine Torte zu backen. Und dann haben wir sie gemeinsam eingestrichen, Mamma und ich.

Sara dreht sich zu mir um, und mir fällt auf, dass ich mitten im Satz aufgehört habe, zu sprechen. »Du hast das schon mal gemacht? Na also!«

»Ja«, gebe ich zu. »Aber es ist eine Ewigkeit her.« Genau genommen, mein halbes Leben. In solchen Momenten kann ich kaum glauben, wie lang Mamma schon tot ist. Doch jetzt muss ich mich konzentrieren und darf mich nicht von der Erinnerung bremsen lassen!

»Und?« Vincenzo empfängt uns mit fragender Miene und geht uns voraus in die Küche.

»Luca schaut es sich an«, erklärt Sara knapp, und dann stehen wir schon davor. Die vierstöckige Torte sieht aus, als hätte sie einen Auffahrunfall mitgemacht. Eine Seite ist an mehreren Stellen eingedrückt, die Creme zermatscht und voller Kanten. Außerdem ist ein Teil des Dekors in Mitleidenschaft gezogen worden.

»Das sieht nicht gut aus.«

»Ist das dein fachmännischer Kommentar?« Vincenzo sieht mich schräg von der Seite an, und ich erwidere seinen Blick.

»Vini!«, geht Sara dazwischen. »Kümmere dich lieber darum, dass draußen alles klar geht. Der Hochzeitstanz geht jeden Moment los. Wir regeln das hier.«

Er sieht noch einmal zwischen uns und der Torte hin und her und verschwindet dann tatsächlich. Was für ein Idiot!

»Bitte sag mir, dass wir das hinkriegen.« Sara stellt sich direkt vor mich und sieht mich mit flehendem Blick an.

»Wie viel Zeit haben wir?«

Sara deutet auf eine große Uhr über der Tür. »Jetzt ist der Hochzeitstanz, in knapp zwei Stunden, um Mitternacht, soll die Torte in den Saal geschoben werden.«

»Okay. Gibt es hier ein Handrührgerät?« Während ich mich im Raum umsehe, wirft Sara einen Blick in die angrenzende Spülküche und haut schließlich einen der Kellner an. Einen Augenblick später kommt sie zurück, geht zielsicher auf einen Schubladenschrank zu und zieht mit triumphierendem Blick ein Rührgerät hervor.

»Gut. Wir brauchen einen Laden, der noch offen hat. Und dann gibt es zwei Optionen: Wir rühren eine Buttercreme an, was aufwendig ist, aber dem Original nahe kommt. Oder wir behelfen uns mit Schlagsahne.« Mamma war kein Fan von Sahne, aber immer zu Papas Geburtstag hat sie auf die Buttercreme verzichtet, um ihm eine Freude zu machen. Während ich um die Torte herumgehe, zückt Sara ihr Handy.

»Laut Google Maps brauchen wir mit dem Auto sieben Minuten zum nächsten Supermarkt, der bis Mitternacht geöffnet hat.«

»Perfekt. Dann los.«

Sara zögert nicht, sondern geht voraus in den inzwischen dunklen Festsaal. Die Aufmerksamkeit aller Gäste liegt auf dem Hochzeitspaar, das unter dem Lichterhimmel zu einer italienischen Ballade tanzt, sodass wir unbemerkt Saras Tasche von unserem Platz holen und uns auf den Weg machen.

Draußen ist es dunkel und kühl geworden. So schnell Saras High Heels es zulassen, rennen wir zum Auto, und ich bin froh, mich mit dem Alkohol beim Essen zurückgehalten zu haben. Ich öffne Sara die Beifahrertür, doch bevor sie einsteigt, macht sie einen Schritt auf mich zu, krallt die Hand in meinen Hemdkragen und kommt mir ganz nah.

»Danke, dass du das machst. Du müsstest gar nicht hier sein, aber …«

Bevor sie weitersprechen kann, presse ich meine Lippen auf ihre und bringe sie zum Schweigen. Sie seufzt und erwidert den Kuss, weshalb ich sie noch ein wenig enger an mich ziehe. *Dio*, habe ich das vermisst.

»Gern geschehen«, hauche ich, als wir uns voneinander lösen. Lächelnd steigt sie ein, und während ich um den Wagen herumgehe, versuche ich, meine durchbrennenden Synapsen zu beruhigen. Es war nur ein Kuss, und wir haben eine Mission – *Konzentration, Luca.*

Im Laden angekommen, nehmen wir mehrere Becher Schlagsahne sowie Mascarpone für die Stabilität mit und machen einen Stopp in der Backabteilung, wo wir Puderzucker, Sahnesteif und sogar einen Tortenspachtel finden. Ein glattes Messer hätte es auch getan, aber selbst mit dem Spachtel wird es noch schwer genug, die Sahne so zu verstreichen, dass am Ende möglichst keine Kanten mehr zu sehen sind.

Als wir zurück an der Location sind, erwartet Vincenzo uns bereits vor dem Gebäude, in der Hand eine halb aufgerauchte Zigarette. Er bietet sie Sara an, die sie jedoch augenverdrehend ablehnt. »Ich hab jetzt keine Zeit«, faucht sie ihn an und nimmt meine Hand, um mich weiterzuziehen, was in mir eine gewisse Genugtuung auslöst.

Doch in der Küche sind alle Hochgefühle verflogen, denn jetzt wird es ernst. In Windeseile zieht Sara die benötigten Utensilien aus den Schubladen. Ich schnappe mir das Rührgerät und schlage die Sahne mit Sahnesteif. Dann reiche ich die Masse einem der Kellner, der sie kurz kühl stellt. In der Zwischenzeit rühre ich den Mascarpone glatt, während Sara etwas Puderzucker hineinsiebt. Wir arbeiten schweigend, Hand in Hand, immer mit einem halben Blick zur Uhr über der Tür.

»Okay, das reicht. Wir müssen anfangen.« In Windeseile hole ich die Sahne aus der Kühlung und rühre alles zusammen. Ich versuche, möglichst vorsichtig zu arbeiten, damit keine Stabilität verloren geht, trotzdem bricht mir der Schweiß aus bei dem Gedanken, gleich eine vierstöckige Hochzeitstorte einzustreichen. Ich kremple mein Hemd bis zu den Ellenbogen hoch, dann schnappe ich mir die Schüssel und gebe vorsichtig etwas von der Masse auf den untersten Stock.

»Immerhin hat sie sich gegen einen Naked Cake entschieden, ansonsten müssten wir jetzt die kompletten Außenseiten einstreichen«, murmle ich, während ich mit vorsichtigem Druck die Sahne verteile. Die Übergänge zur Buttercreme kann ich unmöglich perfekt kaschieren, aber ich setze einfach darauf, dass später im Halbdunkel niemand so genau darauf achten wird.

»Genau genommen, hab ich das entschieden. Ana wollte sich überraschen lassen.«

Ich werfe Sara einen kurzen Blick zu und nicke. »Gute Wahl.«

Sie kichert. »*Dio*, ich bin so aufgeregt.«

Ich richte mich auf und nehme weitere Creme aus der Schüssel, um sie auf den zweiten Boden zu geben. »Was soll ich da sagen?«

»In zehn Minuten ist Mitternacht«, verkündet Sara, als ich gerade den dritten Stock einstreiche.

»Ich geb mir Mühe.« Noch der letzte Stock, der zum Glück kaum etwas abbekommen hat. Dann streiche ich die Creme so glatt, dass man die Übergänge möglichst nicht mehr sehen kann, was leider besonders im unteren Bereich der Torte nur mittelmäßig gut gelingt.

»Schau bitte mal, ob du etwas von der Deko auf der anderen Seite so abnehmen kannst, dass es nicht auffällt. Wir könnten hier noch etwas gebrauchen«, sage ich an Sara gewandt, die sich sofort an die Arbeit macht. Nach wenigen Augenblicken reicht sie mir drei Dekorblüten, die ich so anordne, dass man die Kante im Biskuit, die ich mit der Creme allein nicht glatt bekomme, nicht mehr sieht.

»Mhm.« Mit kritischem Blick beäuge ich mein Werk. Sara tritt neben mich. »Hier ist noch eine Kante.« Sie deutet auf den dritten Stock, und ich streiche erneut mit dem Tortenspachtel darüber.

»Gut, oder? Es ist gut so.« Sara nickt, wie um es sich selbst zu bestätigen.

»In Anbetracht der Zeit und unserer Möglichkeiten ...« Ich muss mir eingestehen, dass wir den Schaden nicht gänzlich überdecken konnten.

»Es ist dunkel, und alle werden Wunderkerzen haben. Niemand wird es bemerken.« Sara lächelt zuversichtlich. »Oh! Die Wunderkerzen! Ich muss Vini suchen.«

Ich nicke. »Geh!«

Während sie nach draußen eilt, bringe ich die verwendeten Utensilien in die Spülküche und nehme mein Jackett von der Küchentheke. Dann werfe ich einen letzten Blick auf mein Werk, bevor ich zurück an unseren Tisch gehe, wo Mauros Jungs mit gelangweilter Miene in einem Malbuch herumkritzeln.

»Und?« Mauro hebt den Kopf, und auch Vittoria sieht mich aufmerksam an.

Ich lasse mich erschöpft auf den Stuhl fallen. »Ich würde sagen, geschafft!«

»Trink erst mal was.« Vittoria reicht mir die Wasserflasche, und ich schenke mein Glas voll und trinke es in einem Zug aus.

»Hey, Jungs!« Vincenzo ist zu uns an den Tisch getreten und reicht Sandro und Emilio je eine Wunderkerze. »Wenn gleich die Torte reingefahren wird, dann stellen wir uns hier auf.« Er deutet mit den Händen einen Gang von der Tür bis zur Tanzfläche an. »Hier, für euch.« Er legt weitere Wunderkerzen auf den Tisch und geht weiter. Als ich mich umdrehe, sehe ich Sara, die am Nachbartisch ebenfalls Wunderkerzen verteilt.

»Papà, Papà! Können wir die anzünden?«

»Ja, jetzt!« Emilio klatscht aufgeregt in die Hände und sieht Mauro mit Bettelblick an.

»Du hast Vincenzo doch gehört. Wir müssen uns noch gedulden, bis alle eine Wunderkerze haben, Schatz.« Vittoria legt ihre Hand auf Emilios Rücken.

Wenige Minuten später, in denen die Zwillinge noch mindestens zweimal gefragt haben, ob es jetzt endlich so weit ist, stellen wir uns wie geheißen auf. Ana und Carlo haben ihren Platz auf der Tanzfläche eingenommen, dann wird das Licht gelöscht, und auf einmal spüre ich, dass jemand neben mich tritt. Sara lässt ein Feuerzeug aufflammen, ebenso wie einige andere Gäste. Sie entzündet ihre Wunderkerze und hält sie an meine, während sie mir fest in die Augen sieht.

»Das ist dein Moment«, flüstert sie lächelnd. Ich verdrehe die Augen, aber wenn ich ehrlich bin, bin ich doch ganz schön stolz auf unser Ergebnis. Und als die Torte durch den Funkenregen hereingeschoben wird und ich Anas begeisterten Ausdruck und das Glitzern in ihren Augen sehe, schicke ich einen stummen Dank gen Himmel, denn ohne Mammas Liebe zu Torten wäre das hier vermutlich anders ausgegangen.

Nachdem das Brautpaar unter dem Jubel der Anwesenden die Torte angeschnitten hat und das Kunstwerk an einen sicheren Ort verfrachtet wurde, dreht der DJ die Musik auf, und sofort ist die Tanzfläche bevölkert. Sara hat uns ein Stück Torte organisiert, das wir uns teilen, obwohl wir beide noch satt von dem üppigen Hochzeitsmenü sind.

»Schmeckt toll, Luca«, sagt Vittoria und zwinkert mir zu.

»Hört auf, so zu tun, als hätte ich das Ding gebacken«, gebe ich lachend zurück. Sara hat sich extra ein Stück von der Seite geben lassen, die wir korrigiert haben.

»Man erkennt keinen Unterschied«, behauptet sie und nimmt eines der Schnapsgläser, die eine Kellnerin soeben auf dem Tisch abgestellt hat. Wir tun es ihr nach.

»*Cin cin*«, sagt sie.

»Auf das wunderbare Brautpaar.«

»Ah, ihr stoßt auf uns an, das hört man gern.« Mit breitem Grinsen tritt Carlo an unseren Tisch, einen Arm hat er um Ana gelegt, den anderen legt er auf Saras Schulter ab. »*Sorellina*, du schuldest mir einen Tanz, ich heirate schließlich nur einmal.«

Sara dreht sich schwungvoll zu ihm um und hebt drohend den Zeigefinger. »Das will ich dir auch geraten haben, *fra*.« Sie steht von ihrem Stuhl auf, den Ana sofort seufzend in Beschlag nimmt. »Ich hätte nicht gedacht, dass eine Hochzeit so anstrengend sein kann.« Als Mauro uns allen noch eine Runde Likör eingießen lässt, kichert sie, kippt dann aber das Glas in einem Zug herunter.

»Du hättest mich auch nach einem Tanz fragen können, bevor wir uns betrinken«, gibt Sara zu bedenken, aber das lässt Carlo nicht gelten. Er zieht sie hinter sich auf die Tanzfläche, wo sie mit Jubel begrüßt werden.

»Ich habe gehört, dass wir dir eine intakte Hochzeitstorte verdanken.« Ana beugt sich zu mir herüber. »Danke dafür. Und für Sara. Ich habe sie lang nicht so glücklich gesehen.«

Verlegen folge ich ihrem Blick, der auf Sara liegt, die ausgelassen lachend mit ihrem Bruder zu einem Italo-Hit abtanzt.

»Gern geschehen«, murmle ich, während ich Sara noch einen Moment länger beobachte. Dann wende ich mich Ana zu. »Sie hat es verdient, glücklich zu sein.«

Ana nickt. »Unbedingt. Und dank dir habe ich Hoffnung, dass sie den Absprung endlich geschafft hat.« Sie lächelt so herzlich, dass ich ihr nicht übel nehmen kann, dass ihre Worte trotzdem einen Stich verursachen. Es ist schon das zweite Mal an diesem Tag, dass ich darauf gestoßen werde, dass Sara und Vincenzo etwas Starkes verbunden hat und womöglich noch verbindet. Ich will mich nicht davon verunsichern lassen, aber ich kann auch nicht leugnen, dass es mir Angst macht. Es ist nicht einmal die Sorge, nur die zweite Wahl zu sein, sondern die Befürchtung, dass ihr Herz nicht so frei ist, wie ich es mir erhoffe.

»Danke«, antworte ich mit etwas Verzögerung.

Ana erkundigt sich bei Mauro nach dem Restaurant, aber ich bekomme vom Gespräch nicht mehr so viel mit, bis sie aufsteht und sich an den nächsten Tisch verabschiedet. Als ich erneut auf die Tanzfläche sehe, ist Carlo verschwunden, doch seinen Platz hat ein anderer eingenommen, der einen Arm an Saras Hüfte legt.

Ich will nicht hinschauen, aber ich kann mich nicht losreißen, als Vincenzo sich weiter nach vorn beugt und Worte über seine Lippen kommen, die nur für Sara zu hören sind. Sie löst seine Hand von ihrer Hüfte, lässt ihn aber nicht sofort los, als sie etwas antwortet. Doch dann dreht sie sich so plötzlich um und findet meinen Blick, dass ich ertappt zusammenzucke.

28

SARA

Nichts wie weg. Während ich mir einen Weg zu unserem Tisch bahne, halte ich Lucas unsicheren Blick fest. Ich hätte mir denken können, dass Vini es nicht schaffen würde, sich den ganzen Tag zurückzunehmen. Er hat lang durchgehalten, aber nachdem er mich zu dem Tanz aufgefordert hat und ich in seine leicht glasigen Augen geschaut habe, war es klar.

»Alles okay?«, fragt Luca, kaum dass ich mich neben ihn gesetzt habe, und am liebsten würde ich ihn küssen, so wie vorhin am Auto. Er könnte sich darüber ärgern, dass ich mit Vini getanzt habe, aber das tut er nicht. Stattdessen versichert er sich, dass es mir gut geht.

»Ja.« Ich puste mir eine Haarsträhne aus dem Gesicht, die sich aus der Hochsteckfrisur gelöst hat. »Vini konnte es natürlich nicht lassen, mir zu erklären, dass du nicht gut für mich bist.«

»Ach.« Luca hebt die Brauen.

»Jedenfalls nicht besser als er.« Ich lache trocken. »Er hat sich als Taugenichts bezeichnet.«

»Wie kreativ.«

»Also genau genommen hat er gesagt, dass ich ihn für dicht und einen Taugenichts halte.« Luca runzelt die

Stirn, während ich fortfahre. »Betrunken ist er vermutlich inzwischen, und ansonsten …«

»Doch glaub mir, du wirst sehen, er ist genau wie ich«, wiederholt Luca Vinis Worte, die er mir in eindringlichem, aber leisen Tonfall gesagt hat, sodass Luca sie unmöglich gehört haben kann.

Verblüfft sehe ich ihn an. »Ja, das hat er auch gesagt.«

Lucas Mundwinkel zuckt. »Ich will dich nicht enttäuschen, aber das ist geklaut.«

»Geklaut?« Wie meint er das? Von wem geklaut?

»Aus einem Songtext.«

»Was?!« Das hat er nicht gemacht. Ich kann nicht anders, ich breche in lautstarkes Gelächter aus, woraufhin Luca mit einstimmt. »O *Dio*, das ist so typisch für ihn.« Peinlich, dass ich eine Sekunde tatsächlich beeindruckt war, weil sich seine Worte so gut angehört haben.

»Bist du glücklich, Sara?«, fragt Luca auf einmal.

Perplex sehe ich ihn an. Die Frage kann ich eigentlich nicht leiden, da sie mir in der Vergangenheit schon oft gestellt wurde, aber ich immer das Gefühl hatte, dass die Fragenden eine genaue Vorstellung davon hatten, wie mein Glück auszusehen hat. Doch so ist Luca nicht. Seine Frage hat keinen manipulativen Hintergrund. Er möchte von mir wissen, wie ich mich fühle. Glücklich? Ja, das bin ich tatsächlich. Es tut mir nicht gut, Vini so nahe zu sein, aber dafür umso mehr, Luca bei mir zu haben und mit ihm meinen Bruder und meine beste Freundin zu feiern.

»Ja«, antworte ich schlicht, weil mir die Worte fehlen, um die ganzen Emotionen des heutigen Tages auszudrücken.

»Gehen wir noch eine Runde tanzen?«, schlage ich vor, nachdem ich ein Glas Wasser getrunken habe und Mauro sich mit seiner Familie ins Bett verabschiedet hat.

»Wahrscheinlich ist es sicherer, dich zu begleiten«, sagt Luca, aber er lacht dabei und folgt mir auf die Tanzfläche, wo wir mit Ana, Carlo und unseren Freunden tanzen, bis zumindest mir die Füße wehtun.

Als eine langsame Ballade gespielt wird, lege ich den Kopf auf Lucas Schulter. »Lass uns abhauen«, flüstere ich gerade so laut, dass nur er mich hören kann, während er uns sanft von links nach rechts wiegt.

»Ich dachte schon, du fragst nie«, sagt er und gluckst, sodass sein Adamsapfel hüpft. »Müssen wir uns von deinen Eltern verabschieden?«

»Auf keinen Fall! Aber ehrlich gesagt ...« Ich sehe mich im Festsaal um, der sich inzwischen merklich geleert hat. »Ich glaube, meine Mutter ist schon ins Bett, sie schläft normalerweise spätestens um 21 Uhr.«

»Also dann.« Luca führt mich zu Carlo und Ana, die gerade eine Tanzpause machen und sich mit einem von Anas Onkeln unterhalten, der sich köstlich zu amüsieren scheint.

Ana wendet sich uns zu. »Brecht ihr auf?«

Als ich nicke, schließt sie mich fest in die Arme. »Danke, meine Süße. Ich hatte den besten Tag, auch dank dir! Und der Mann an deiner Seite ist Gold wert, vergiss das nicht.«

Ich lächle. »*Ti amo, sorella.*«

»Und ich dich!«

Dann umarme ich Carlo und wünsche den beiden noch eine gute Nacht. Ich fürchte, viel Schlaf werden sie nicht bekommen.

Von unserem Platz holen wir Lucas Jackett und meine Tasche, dann machen wir uns auf den Weg in unser Zimmer, in das unser Gepäck bereits vom Hotelpersonal gebracht wurde.

Doch als ich hinter Luca das Zimmer betrete, traue ich meinen Augen kaum. Zwei Betten! Eines steht links an der Wand, das andere rechts. Dazwischen – nichts. Ansonsten ist das Zimmer unauffällig ausgestattet, mit klassischen Holzmöbeln und einem veralteten Fernseher.

»Ich schwöre, das hat der Mistkerl mit Absicht gemacht«, platzt es aus mir heraus.

Luca dreht sich zu mir um und beißt sich auf die Unterlippe. Unterdrückt er etwa ein Lachen? Vielleicht ist meine Empörung ein winziges bisschen auf den Alkohol zurückzuführen, aber dieses Doppelzimmer ist ja wohl eine Frechheit!

»In jeder guten RomCom gibt es nur ein Bett!« Ich stemme die Hände in die Hüften, aber bevor ich mich weiter hineinsteigern kann, tritt Luca hinter mich und schlingt die Arme um meinen Bauch. Dann küsst er die kitzlige Stelle an meinem Hals, bis ich das Lachen nicht mehr zurückhalten kann und versuche, seinem Griff zu entkommen.

»Wenn es dir so wichtig ist«, raunt er an meinem Ohr, »können wir einfach so tun, als gäbe es nur eins.«

Lächelnd lehne ich mich an seine Brust und drücke die Wange an sein Gesicht. »Das ist eine großartige Idee.«

»Also gut. Gehst du als Erstes ins Bad?«

Während ich meine Zähne putze und mich abschminke, macht er es sich auf dem rechten Bett bequem. Dann hilft er mir, die unzähligen Haarnadeln aus meiner Frisur zu ziehen, bis mir die Locken wieder offen über die Schulter fallen. Solange Luca im Bad verschwindet, zappe ich durch das nächtliche Fernsehprogramm, das wie erwartet keine Offenbarung darstellt.

Als er schließlich oberkörperfrei aus dem Zimmer kommt, die Haarspitzen nass vom Wasser, mit dem er sich vermutlich das Gesicht gewaschen hat, gerät der Fernseher aber ohnehin in Vergessenheit. Mein Mund kommt mir plötzlich trocken vor, als Luca sich die Haare aus dem Gesicht streicht und dabei seinen muskulösen Oberarm präsentiert.

»Schlaf mit mir«, sage ich und stehe auf.

Seine Augen weiten sich, doch dann kommt er zu mir herüber. Dicht vor mir bleibt er stehen, fährt mit der Hand von meiner Schläfe in mein Haar und zieht mich näher, bis unsere Lippen aufeinandertreffen. Ein Hauch von Minze liegt auf seiner Zunge, als ich den Mund öffne und seinen Kuss erwidere.

»Es tut mir leid, dass ich heute so wenig Zeit für dich hatte«, sage ich zwischen zwei Küssen, aber Luca grummelt nur etwas Unverständliches, während er eine feuchte Spur von meinem Mund zu meinem Hals küsst, die mich erschauern lässt. »Und auch, was Vini gesagt hat, das ist einfach …«

Jetzt hebt Luca den Kopf und sieht mich streng an. »Hörst du jetzt auf, von diesem Typen zu quatschen? Es wird dringend Zeit, dass ihn dir jemand aus dem Hirn vögelt.«

Ich muss lachen, obwohl er wahrscheinlich recht hat. Luca grinst schief, aber dann zieht er mich erneut an sich und verharrt nur einen Millimeter vor meinen Lippen.

»Ich kann das gerne übernehmen«, raunt er und streift mit seinem Mund meinen. Vor Erregung zieht sich alles in mir zusammen. »Willst du das?«, flüstert er und küsst meinen Mundwinkel, hält mich zurück, als ich mich ihm entgegendränge. »Willst du das?«

»Ja!« Die Ungeduld in meiner Stimme ist nicht zu überhören, was ihn zum Schmunzeln bringt. Und dann liegen seine Lippen auf meinen, so drängend, dass eine Welle des Verlangens durch meinen Körper wogt und ich meine Hände in seinem Nacken verschränke, um ihn noch näher zu ziehen. Als er seine Finger über meinen Rücken tanzen lässt, drängt sich mein bereits geäußerter Wunsch wieder in den Vordergrund. Ich will ihn spüren, auf mir, in mir, ganz und gar.

»Das Bett«, flüstere ich stöhnend, worauf er etwas von mir abrückt und mich mit schiefem Grinsen ansieht. »Welches von beiden?«

Oh. Da habe ich doch glatt vergessen, dass es hier zwei wundervolle Einzelbetten gibt, Vini sei Dank.

»Dann ...« Verdammt, die Betten sind wirklich eng ...

»Was ist gegen den Boden einzuwenden?«, fragt Luca.

Skeptisch mustere ich den dunkelblauen Teppichboden. Keine offensichtlichen Flecken, aber ... Luca geht zum Bett hinüber, schnappt eine Tagesdecke und breitet sie auf dem Boden aus.

»*Sotto o sopra?*« Seine Stimme ist eine Nuance tiefer als sonst und voller Verlangen, als er zu mir herübersieht.

»Unten«, entscheide ich und gehe zu ihm, um es mir auf der Decke bequem zu machen, als er mich aufhält.

»*Spogliati!*« *Zieh dich aus.* Ein Kribbeln geht durch meinen Körper, als sein fiebriger Blick wie eine sanfte Berührung über mich gleitet.

»*Spogliami*«, fordere ich ihn heraus, was er sich nicht zweimal sagen lässt.

Mit einem langen Schritt überbrückt er die letzte Distanz zwischen uns. Ich drehe ihm den Rücken zu, und er öffnet den Reißverschluss, quälend langsam, als genösse er jeden Zentimeter Haut, den er entblößt. Dann schiebt er mir die Haare über die rechte Schulter und küsst die nackte Haut, meinen Hals, meinen Nacken. Ungeduldig verlagere ich das Gewicht, bis er ganz sachte die Finger unter die Träger des Kleides gleiten lässt und sie über meine Schultern schiebt. Das Kleid fällt von meinem Körper, sodass ich in nichts als dem schwarzen Spitzenstring vor ihm stehe. Lucas Hand gleitet von meiner linken Schulter über die Seite, über den empfindlichen Rippenbogen bis an meine Hüfte, wo er mich umfasst und an sich drückt. Meine Brustwarzen stellen sich auf, und in meinem String beginnt es, verheißungsvoll zu pochen. Seine Dominanz, die im Gegensatz zu seinem sonstigen Auftreten steht, macht mich an.

Während ich mich zu ihm umdrehe und mit gespreizten Fingern über seine Brust fahre, suche ich mit den Lippen seine. Eine Hand legt er an meinen Kopf, mit der anderen greift er zwischen uns, öffnet seine Hose und strampelt sie sich von den Beinen, bis wir beide nur noch mit Unterwäsche bekleidet sind. Er löst sich von mir und drückt mich sanft, aber bestimmt auf die Decke am Boden und ist sofort wieder über mir. Ich schlinge die Beine um seine Hüften und ziehe ihn auf mich, und als ich mich ihm entgegendränge, stöhnt er heiser auf. Sein Penis unter den Boxershorts zuckt gegen meinen feuchten Slip.

Wir küssen uns, unsere Lippen finden sich immer wieder aufs Neue, während er mit seiner Zunge meine umspielt, sie neckt, liebkost. Das Pochen in meinem Unterleib wird intensiver, als Luca eine Hand auf meine Brust legt und mit dem Finger sanft meine Brustwarze umkreist. Ich kralle die Hände in seinen Po und ziehe ihn enger auf mich, bis ich ihn schwer auf mir spüre, und das fühlt sich verdammt gut an. Er stöhnt, als ich ihm mit meinem Unterleib entgegenkomme und mich an seiner Härte reibe, bis er plötzlich ungeduldig einen Finger in den dünnen Bund meines Strings schiebt.

»Weg damit«, stoße ich aus, was er sich nicht zweimal

sagen lässt. Er zieht mir das letzte Stück Stoff von den Beinen, dann entledigt er sich seiner Boxershorts. Ich will ihn schon auf mich ziehen, als er mich zurückhält, um aus seiner Tasche ein Kondom hervorzuholen. Das Päckchen knistert beim Aufreißen, dann rollt er sich mit geübten Fingern das Gummi über. Er lächelt, als ich mit den Händen seinen Po umfasse und ihn zurück auf mich ziehe, jetzt ganz Haut an Haut, so nah es nur geht, ohne ein unvernünftiges Risiko einzugehen. Ich spreize die Beine, und Luca verlagert sein Gewicht, sodass sein Penis meinen Eingang findet. Obwohl ich mehr als feucht bin, nimmt er sich Zeit, reibt seinen Schwanz ein-, zweimal über meine Vulva, und jedes Mal, wenn er meinen empfindsamsten Punkt berührt, durchzuckt es mich. Schließlich dringt er mit einem bestimmten Stoß in mich ein, und *fuck*, es fühlt sich so gut an, wie er mich ausfüllt.

»Sara, Sara«, flüstert er und senkt seine Lippen auf meine, während er wieder und wieder sanft in mich stößt.

Ich umfasse seinen Po erneut, spüre, wie er sich anspannt und locker lässt, während er sich auf mir bewegt. Ich kippe mein Becken ein wenig mehr, sodass er mich bis zum Letzten ausfüllt, und wir stöhnen beide auf. Kichernd suche ich wieder seine Lippen, taste mit einer Hand nach seiner breiten Schulter, halte mich und wölbe mich ihm mit jedem Stoß entgegen.

»Bleib so«, sage ich, als er genau den richtigen Winkel erwischt und das heiße Prickeln in mir sich mehr und mehr steigert. Ich kralle die Finger in seine Haut, lausche seinem abgehackten Atem, als er in mir noch härter wird.

»*Fuck*, Sara«, haucht er und verursacht eine prickelnde Gänsehaut auf meinem gesamten Körper, indem er eine Hand auf meine Brust legt und über meine Brustwarze streicht. Seine Küsse werden hitziger, je öfter er in mich eindringt, seine Haut über meine reibt und der Druck in mir wächst.

Ich klemme ein Bein um seinen Po, spüre ihn in mir pulsieren, und als er erneut meine Brustwarze reizt, ist es um mich geschehen. Ich komme, nur Sekunden bevor auch er zu zucken beginnt und seine Lippen von meinen rutschen. Er vergräbt den Kopf an meinem Hals, während er in mich gleitet, bis wir beide erschöpft und schwer atmend die Augen aufschlagen und uns ansehen.

Luca erwidert mein Lächeln, und einen Moment glaube ich, dass er etwas sagen wird, doch dann beugt er sich nur ein Stück nach vorn und küsst mich noch mal, sachte und gleichzeitig einnehmend. Und als er sich von mir löst und sich aus mir zurückzieht, bleibe ich noch liegen, auf dem harten Boden eines unromantischen Hotelzimmers. Und obwohl ich mich zuerst über die beiden Betten geärgert habe, könnte ich mir jetzt keinen besseren Ort für das Ende dieses perfekten Abends vorstellen.

29

SARA

Ich werde wach, weil Luca sich neben mir regt. Langsam rutsche ich mit dem Kopf von seiner Schulter, was ihm ein unterdrücktes Stöhnen entlockt. Als ich die Augen aufblinzle, lockert Luca seine Schultern und dehnt den Nacken, dann dreht er sich zu mir um und grinst. Er wirkt nicht mal halb so verschlafen, wie ich mich fühle.

»Guten Morgen.« Seine Stimme ist ein wenig rau, und das gefällt mir.

»Lass mich einfach zurück«, sage ich und vergrabe den Kopf im Kissen, als er sich aufrappelt und zum Fenster geht. Ein kühler Luftzug lässt mich frösteln, und ich höre Luca leise lachen.

»Ich glaube, du brauchst eine heiße Dusche und einen starken Kaffee. Gut, dass es hier Frühstück gibt.«

Nachdem wir geduscht haben, lege ich ein bisschen Make-up auf und bändige die noch feuchten Locken zu einem Knoten am Hinterkopf. Luca hat in der Zwischenzeit schon seine Sachen gepackt und wartet geduldig, bis ich mein Zeug in meiner Tasche verstaut habe. Dann machen wir uns auf den Weg nach unten.

Mamma sitzt mit Ricarda am Tisch und rührt in einem Cappuccino. Leider fehlt sowohl von Nelly als auch von Ana und Carlo noch jede Spur, im Frühstücksraum haben sich ansonsten nur Gäste eingefunden, die ich nicht kenne. Luca folgt mir ans Büfett, wo wir uns am Kaffeeautomaten bedienen. Unschlüssig begutachte ich die großzügige Auswahl an Frühstückscerealien, Joghurt, Brot und Aufstrichen und entscheide mich schließlich für einen Muffin. Eine Kleinigkeit im Magen kann nicht schaden. Luca nimmt sich eine Laugenbrezel, dann steuere ich den Tisch neben Mamma an, weil alles andere seltsam rüberkommen würde.

»*Buongiorno*«, sage ich und lächle die beiden an.

»Sara.« Mamma erwidert das Lächeln, während Ricardas neugieriger Blick auf Luca ruht.

Kaum sitzen wir, wendet sie sich uns zu. »Du warst gestern sehr beschäftigt, wir hatten gar keine Gelegenheit, zu sprechen.«

»Nein, so ist das als Trauzeugin«, antworte ich und beiße in meinen Muffin.

»Nun, umso schöner, dass ich noch das Vergnügen habe, dass du mir deine Begleitung vorstellst.«

»Mh«, mache ich und schlucke erst mal runter. »Ricarda ist die Schwester meiner Mutter. Zia, das ist Luca.« Mir ist klar, dass sie diese Erklärung nicht zufriedenstellt, aber ich habe kein Interesse daran, vor ihr auszubreiten, was das zwischen uns ist.

»Habe ich das gestern richtig mitbekommen, Sie arbeiten bei Mauro in der Pizzeria?«

Spannend, dass sich das bis zu ihr herumgesprochen hat – wenn man meine Tante kennt, aber nicht wirklich überraschend.

Luca neben mir wiegt den Kopf. »Nicht direkt, wir stellen nur gemeinsam das Menü für das *Food Lovers Festival* zusammen.«

»Ach, dann sind Sie auch …« Ihr Zögern ist nicht zu

überhören. »Wie heißt dieser Beruf, den du da machst, Sara?«

Ich muss mich sehr zusammenreißen, nicht mit den Augen zu rollen, denn natürlich lässt Ricardas Tonfall keinen Zweifel offen, dass sie von meiner Berufswahl alles andere als beeindruckt ist.

»Ernährungswissenschaftlerin.«

»Ah, ja.« Sie nimmt wieder Luca ins Visier, der mir inzwischen etwas steif gegenübersitzt. »Sind Sie auch ein Ernährungs-Dingsda?«

Ich knabbere an dem Muffin, obwohl mir nicht nach Essen zumute ist. Es wäre schön gewesen, mal wieder mit Mamma allein zu plaudern, aber mit Ricarda ist es genauso, wie wenn Papa dabei ist ... Mamma hält sich zurück und sagt nichts.

»Nein, ich ... habe Jura studiert.« Luca leert seine Espressotasse mit wenigen Schlucken und nimmt dann einen Bissen von der Laugenbrezel.

»Oh.« Ricards Miene hellt sich auf, und auch in Mammas Gesicht sehe ich ein gewisses Interesse aufflackern. Es ist so typisch, dass diese Aussage ihre Aufmerksamkeit erregt. *Sara hat sich den nächsten erfolgreichen Mann angelacht, einen, der sie gut versorgen kann.* Ich kann es nicht mehr hören.

»Ein angehender Richter? Staatsanwalt?« Ricarda wirft mir einen vielsagenden Blick zu, und ich kann mich nicht länger zurückhalten.

»Er hat abgebrochen«, platze ich heraus, und sehe Luca leicht zusammenzucken. Sofort flammt das schlechte Gewissen in mir auf. Er muss mich für ein absolutes Arschloch halten. Dabei geht es überhaupt nicht um Luca – oder vielmehr nicht um sein verpatztes Studium. Es ist beeindruckend, dass er sich dagegen entschieden hat.

Dass er sich nicht davon beeinflussen lässt, dass er als Jurist nicht nur eine andere Anerkennung genießen würde, sondern vermutlich auch seine finanziellen Sorgen passé wären. Aber ... ich halte seinen Blick fest, obwohl ich zu meiner Tante spreche.

»Er hat sich stattdessen für etwas entschieden, das ihn glücklich macht.« Etwas, wofür ich ihn bewundere, und ich hoffe, er versteht das. Seine Miene ist unergründlich, als er sich von mir abwendet und zu Ricarda sieht, die hüstelt.

»Glück allein zahlt aber keine Miete, nicht wahr junger Mann?«

»Das ist richtig. Aber manchmal lässt sich das Schöne mit dem Notwendigen verbinden«, sagt er und schiebt sich ein weiteres Stück Brezel in den Mund, auf dem er herumkaut, als würde es sich in seinem Mund vermehren.

Ricarda nickt langsam und richtet ihre Aufmerksamkeit Gott sei Dank wieder auf mich. Doch bevor sie etwas sagen kann, überrascht Mamma mich, indem sie das Wort ergreift. »Das ist doch schön.« Sie schenkt Luca eines ihrer seltenen Lächeln, und er erwidert es.

Im Augenwinkel registriere ich, dass Vini und Papà den Raum betreten, als wäre Ricarda nicht allein in der Lage, für schlechte Stimmung zu sorgen.

»Und du, Sara? Wie lange bleibst du noch bei Mauro?«, reißt Mamma mich aus den Gedanken, sodass ich einen Grund habe, nicht zu beachten, dass Vini und Papà sich an den Tisch auf der anderen Seite neben Mammas setzen. »So lange ich möchte.« Solange ich Mauro im Restaurant unterstütze, bin ich bei ihm und seiner Familie willkommen, das haben mir alle mehrfach versichert.

»Und Mauro dich durchfüttert«, mischt Papà sich ein, sodass ich ihn nicht länger ignorieren kann und stattdessen seinen herausfordernden Blick erwidere. »Die Miete zahlt sich nämlich nicht vom Rumsitzen, nicht wahr, Sara?«

Was haben eigentlich alle in dieser Familie mit der Miete? Papà weiß ganz genau, dass ich für Mauro arbeite und mich ansonsten auf das Zertifikat konzentrieren wollte. »Meine Prüfung lief gut, voraussichtlich nächste Woche bekomme ich die Ergebnisse und dann mein Zertifikat.«

»Das ist doch gut.« Dass Mamma wenigstens versucht, die Wogen zu glätten, rechne ich ihr hoch an, aber natürlich macht das auf Papà keinen Eindruck. Langsam schüttelt er den Kopf und schürzt die Lippen.

»Sara wird sicher schnell einen guten Job finden, ihre Zeugnisse sind hervorragend«, schaltet sich auf einmal Vini ein, und jede Erwiderung, die mir auf der Zunge lag, verpufft vor Verblüffung. »Ich glaube, da musst du dir keine Sorgen machen, Ago.«

Ist das sein Ernst? Ungläubig streift mein Blick seinen, doch anstatt sein Lächeln zu erwidern, wende ich mich an Papà, denn auch wenn ich Vinis Rückendeckung nicht brauche, hat er natürlich recht. »Das war von Anfang an der Plan, das hab ich dir auch erklärt, als du mir –«

»Das war, als du in einer ernst zu nehmenden Beziehung und mit einem seriösen Geschäftsmann verlobt warst.« Papà tut so, als wäre Vini gar nicht anwesend, während der immerhin verlegen den Kopf senkt, auch wenn Papàs Worte ganz sicher Balsam für seine Seele sind.

»Und ich hatte nie vor, mich darauf auszuruhen, auch wenn ihr das nicht verstehen könnt!« Der Appetit auf den Muffin ist mir vollends vergangen, und auch Luca hat den Rest seiner Brezel nicht mehr angerührt. Stattdessen beobachtet er Vini, und ich frage mich, was er sieht. Was er denkt. Ob er meine Verzweiflung spürt, weil ich allein bin, mit Mamma, die es nicht schafft, ein Mal für mich einzustehen, oder …

»Das Wichtigste ist doch, dass Sara glücklich ist.« Vini. Der für mich einsteht, auf einmal. Aber … nie genug.

Trotzig schiebe ich das Kinn vor. »Das bin ich auch«, fauche ich in die Runde und springe von meinem Stuhl auf. Lucas Blick zuckt zu mir, und ich erwidere ihn. »Komm, wir gehen.«

Fast rechne ich damit, dass er sitzen bleibt, weil er keine Lust auf mein verdammtes Drama hat. Aber er steht auf, vielleicht ein wenig blass um die Nase, doch dann nickt er sogar noch in die Runde und schnappt sich sein Tablett.

30

LUCA

Während ich ihr eilig zum Geschirrwagen und dann weiter in die große Lobby folge, rasen meine Gedanken. Dort angekommen, nehme ich ihre Hand und halte sie auf. »Sara. Ich glaube, wir sollten mal reden.« Scheiße, verdammt, wir müssen über so viele Dinge sprechen. Über ihre Familie, über meine Gefühle für sie, über das, was da drin gerade passiert ist ...

Sara reckt das Kinn. Ich bin mir sicher, sie verbirgt ihre wahren Emotionen, und leider gelingt es. Wenn wir allein sind, fällt es mir leichter, sie einzuschätzen – dann bin ich fast sicher, dass sie genauso fühlt wie ich und dass sie vielleicht bereit sein könnte, diesen Gefühlen zu folgen. Dass sie weiß, dass sie mehr wert ist als ein starker Mann an ihrer Seite, und vor allem mehr, als ihre toxischen Familienangehörigen ihr weismachen wollen. Doch hier, inmitten ebenjener Menschen, lässt sie nichts davon nach außen dringen.

»Guten Morgen«, trällert eine fröhliche Stimme hinter uns. Wir drehen uns gleichzeitig zur Treppe in unserem Rücken, wo Carlo und Ana soeben in die Lobby herunterkommen. »Was zieht ihr denn für Gesichter, habt ihr nicht gut geschlafen?«

Sara lächelt, breit und strahlend und falsch, falsch, falsch. »Uns geht es gut. Und wie sieht's bei euch aus?«

Carlo zieht Ana in seinen Arm und küsst ihre Schläfe. »Wir sind jetzt verheiratet.«

Unwillkürlich muss ich lächeln, als ich die beiden so verliebt miteinander sehe, auch wenn mir überhaupt nicht danach zumute ist.

»Was du nicht sagst.«

»Habt ihr Pläne für heute?«, erkundige ich mich, um nicht so schweigsam danebenzustehen, obwohl ich am liebsten sofort mit Sara sprechen würde.

»Wir sind noch ein wenig mit der Familie in Düsseldorf unterwegs. Muss man ja ausnutzen, wenn mal wieder alle versammelt sind«, erklärt Carlo, und Ana nickt.

»Die Einladung gilt weiterhin«, sagt sie an Sara gewandt, aber die schüttelt den Kopf.

»Papà und ich gehen uns besser noch ein bisschen aus dem Weg.«

»Gab es Ärger?« Ana macht ein mitfühlendes Gesicht, während Carlo die Stirn runzelt.

Sara winkt ab. »Nur die gleiche Leier wie immer.«

»Du solltest mal mit Ago reden.« Ana sieht vorwurfsvoll zu ihrem Mann, der die Hände in die Luft wirft.

»Als hätte ich das nicht schon hundertmal versucht.« Er seufzt und nickt. »Aber nicht heute. Wir gehen jetzt erst mal frühstücken.«

»Bis später.« Ana lächelt uns an.

Als die beiden nach nebenan verschwunden sind, wende ich mich wieder Sara zu. »Wie ist der Plan?«

»Fahren wir nach Hause?«

Ich nicke. »Wie du willst. Musst du noch was erledigen? Ansonsten kann ich das Gepäck holen, und du wartest solange.«

»Okay.« Sie atmet tief durch und lächelt mich an. »Danke.« Dann geht sie in die entgegengesetzte Richtung, setzt sich in eine Lounge-Ecke und zückt ihr Handy. Mit eiligen Schritten mache ich mich auf den Weg nach oben in unser Zimmer.

Ich habe Sara nie dafür verurteilt, wenn sie über die Streitereien in ihrer Familie gestöhnt hat, aber jetzt, wo ich die Stimmung zwischen ihr und ihrem Vater live miterlebt habe, könnte ich das ohnehin nicht mehr. Kein Wunder, dass es ihr nie gelungen ist, sich aus der Beziehung mit Vincenzo zu lösen, wenn der Druck ihrer Familie so schwer auf ihr lastet. Was allerdings nicht die drängende Frage in meinem Inneren beantwortet, was das mit uns ist. Während ich meine Sachen zusammenraffe, merke ich immer deutlicher, dass ich eine Antwort brauche. Sara scheint schwer damit beschäftigt, gegenüber ihrer Familie, ihrer besten Freundin und vor allem gegenüber Vincenzo einen glücklichen Eindruck zu machen. Aber ich bin nicht hier, um irgendwem Saras Glück vorzuspielen. Ich bin wegen ihr hier. Wenn wir zurück sind, reden wir, ganz ohne Stress. Nicht im Auto, wo sie nicht wegkann, nicht zwischen Tür und Angel, wo mir die Ruhe fehlt.

Zufrieden mit meinem Entschluss schnappe ich mir die Taschen und mache mich mit dem Schlüssel auf, um ihn an der Rezeption abzugeben.

»War mit dem Zimmer alles in Ordnung?«

Überrascht drehe ich mich um. Hinter mir steht Vincenzo, eine Hand lässig in der Hosentasche seiner grauen Stoffhose, in der anderen hält er ebenfalls einen Zimmerschlüssel, den er auf der Theke neben meinem ablegt.

»Alles bestens«, antworte ich, weil ich ihm weder bestätigen werde, dass Sara die getrennten Betten gestört haben, noch, dass wir trotzdem Sex hatten.

Vincenzo tritt einen Schritt näher heran und senkt die Stimme. »Sara und ich, wir gehören zusammen. Du magst das nicht verstehen, aber sie bleibt nicht lange bei einem wie dir. Sie kommt zurück, du wirst sehen.«

Seine Worte sind wie eine Ohrfeige, doch auch wenn es mir gelingt, nicht zusammenzuzucken, fehlen mir die Worte für eine schlagkräftige Antwort. In diesem Moment taucht hinter der Theke eine Mitarbeiterin auf, die mit freundlichem Lächeln unsere Schlüssel entgegennimmt, und als ich mich wieder umdrehe, hat Vincenzo sich bereits abgewandt und durchquert mit selbstsicherem Schritt die Lobby. So ein Arschloch.

Zittrig atme ich aus. Auf zu Sara, und dann nichts wie weg hier!

»Ciao, Luca!« Francesca, Mauro und seine Familie treten aus dem Aufzug neben der Rezeption und lenken meine Aufmerksamkeit weg von Saras Ex.

»Du und Sara fahrt gemeinsam, oder?«, hakt Mauro nach.

Ich nicke und schultere die beiden Taschen. »Ja, wir brechen auch gleich auf.«

»*Perfetto*, dann sehen wir uns die Tage im Restaurant.«

»Bis dann.« Ich lächle in die Runde und warte, bis die fünf die Lobby verlassen haben, dann schaue ich mich nach Sara um.

Sie ist nicht mehr dort, wo ich sie zurückgelassen habe, aber ich entdecke sie stehend vor den Sitzgelegenheiten auf der anderen Seite, die mit großen dekorativen Pflanzenkübeln vom Rest des Raumes abgegrenzt sind. Wer auf den Sofas mit den hohen Lehnen vor ihr sitzt, kann ich von meiner Position aus nicht erkennen, aber sie steht seitlich zu mir und scheint sich zu unterhalten.

Ich durchquere die Lobby, zögere aber, als ich Carlo mit Vincenzo ebenfalls zu der Gruppe treten sehe. Schräg hinter Sara bleiben sie stehen. Jetzt wo ich darauf achte, scheint die Stimmung nicht besonders gut zu sein, denn die Stimmen klingen aufgebracht.

Langsam gehe ich näher und höre Sara bereits aus einiger Entfernung. »Ich weiß das«, sagt sie gerade. »Was zwischen Vini und mir ist, ist unsere Privatsache.« Abrupt bleibe ich hinter einem der Pflanzenkübel stehen, die meine Anwesenheit neben den hohen Rückenlehnen bisher vor den Anwesenden verborgen hat. »Und Luca ist Mauros Stammkunde, er hilft uns dabei, den Ehrenpreis zu gewinnen – *e basta*!«

Und mehr nicht. Sagt sie, eine Stunde nachdem sie auf meiner Brust liegend auf dem Boden eines Hotelzimmers aufgewacht ist. Sie hätte mir genauso gut in den Magen schlagen können.

Eine Frau lacht. »*Wenn sie das sagt.*« Der ironische Tonfall ist in ihren italienischen Worten nicht zu überhören.

Eigentlich will ich schon umdrehen und gehen, doch dann sehe ich, wie Vincenzo einen Schritt nach vorn macht.

»Es stimmt«, sagt er. »Warum sonst hätte ich für die beiden getrennte Betten buchen sollen?«

Ich halte die Luft an, bin hin- und hergerissen, weil ich Saras Antwort hören muss und doch auf keinen Fall hören will.

»Da habt ihr es«, sagt sie, und ihr gleichgültiger Tonfall schneidet mir ins Herz.

Ich mache auf dem Absatz kehrt und gehe den Weg zurück bis zur Tür. Keine Ahnung, was passiert ist. Was Sara zu dieser Aussage verleitet hat. Ich weiß nur, dass ich nicht hier bin, um diesen verdammten Ehrenpreis zu gewinnen.

Kein Streit auf der Autofahrt. Was für ein schwieriges Unterfangen das wird, hätte ich mir im Traum nicht ausgemalt.

31

SARA

»Ich weiß, sie sind enttäuscht, aber nur im Augenblick.« Es ist Vini, der sich neben mich auf die Couch setzt, und sein Geruch löst wie immer dieses Erinnerungsgemisch aus Sehnsucht, Liebe und Schmerz aus. Ihm nahe zu sein, tut mir nicht gut, immer noch nicht. Es macht mich zur schlechtesten Version meiner selbst, das habe ich gerade erst bewiesen.

»Ich bin auch enttäuscht.« Langsam wende ich mich ihm zu, zwinge mich dazu, ihn anzusehen. »Aber es interessiert niemanden.«

»Mich interessiert es.«

»Hör auf damit, Vini.« Ich halte seinen Blick fest, halte es aus, die Traurigkeit in seinen blauen Augen zu sehen, die er fast immer verbirgt, nur nicht vor mir. »Ich kann das nicht mehr.«

In unserem Rücken schwillt der Geräuschpegel an, als Familie und Freunde sich in der Lobby begegnen. Vini steht auf, womit ich nicht gerechnet habe.

»Bei mir ist immer Platz für dich, *amò*. Ich will nur, dass du das weißt.«

Ich kann nicht einmal nicken, ich bin einfach nur froh, als er sich umdreht und aus meinem Blickwinkel verschwindet. Es wird wieder ruhiger in der Lobby, aber mein Kopf schmerzt trotzdem. Ich kann es gar nicht erwarten, endlich nach Hause zu kommen und nicht mehr den kritischen Nachfragen und Bewertungen ausgesetzt zu sein. Erschöpft lehne ich mich an das weiche Polster und schließe einen Moment die Augen, doch zucke zusammen, als ich meinen Namen höre.

»... Sara ihre gesicherte Zukunft aufgegeben hat. Mit Vincenzo hätte sie sich diese Spielchen leisten können.« Ricarda gibt sich nicht einmal die Mühe, ihre Stimme zu senken. Vorsichtig luge ich hinter der Rückenlehne hervor. Auf der anderen Seite der Lobby gegenüber der Theke ist ein weiterer Sitzbereich, abgetrennt durch grüne Pflanzen. Und dahinter sitzen sie und sind nicht zu überhören. Ricarda, Sofia und Filomena – Mamas drei Schwestern. Oder der teuflische Dreizack, wie Nonna sie gerne nennt.

»Die Verlobung aufzulösen, war ein großer Fehler.« Sofia seufzt schwer.

»Sie wird Vincenzo wieder zurücknehmen. Er ist eine gute Partie, das weiß sie.« Filomena.

Es reicht! Ich bin es so leid, aber ich kann auch nicht einfach dasitzen und mit anhören, wie sie sich über mein Leben das Maul zerreißen. Kopfschüttelnd stehe ich auf und gehe festen Schrittes durch den Raum, da ergreift Ricarda erneut das Wort.

»Aber mit einem anderen Mann auf der Hochzeit ihres Bruders auftauchen, das ist –«

»Was?«, blaffe ich sie an. Ich kann mich nicht mehr zurückhalten, Hochzeit hin oder her. »Ihr könnt mir gerne ins Gesicht sagen, was ihr denkt.«

Ricarda zuckt nicht mal zusammen, als ich mich vor den dreien aufbaue, im Gegensatz zu Sofia, die wenigstens den Kopf einzieht.

»Einen anderen Mann mitzubringen und Vincenzo damit vor den Kopf zu stoßen, so haben deine Eltern dich nicht erzogen, Sara.« Vorwurfsvoll blickt Ricarda mich an, während ich auflache. Es ist so absurd.

»Wir sind kein Paar mehr! Ich bin niemandem Rechenschaft schuldig!«

»Das ist Familie, Sara«, widerspricht Filomena.

Wir sind viel zu laut. Zu meiner Linken spüre ich die Blicke von vorbeieilenden Gästen, aber ich ignoriere sie und die Schritte in meinem Rücken.

»Ich weiß«, sage ich eindringlich, natürlich weiß ich das. Familie war mir immer wichtig, auch wenn ich ihnen selten etwas recht machen konnte. Vielleicht war es ein Fehler, Luca herzubringen. Nicht wegen Vini, dem bin ich nichts schuldig. Aber um seinetwillen. Es war egoistisch zu ignorieren, welche Dynamik sich daraus entwickeln würde, und ich habe ihn schon viel zu tief reingezogen. Damit ist jetzt Schluss!

»Was zwischen Vini und mir ist, ist unsere Privatsache«, stelle ich klar. »Und Luca ist Mauros Stammkunde, er hilft uns dabei, den Ehrenpreis zu gewinnen – *e basta*!« Die Worte hinterlassen einen bitteren Geschmack auf meiner Zunge. Gleichzeitig bin ich stolz darauf, mich nicht weiter in die Defensive drängen zu lassen. Was zwischen Luca und mir ist, habe ich noch nicht mal für mich selbst definiert, ganz sicher werde ich das Thema nicht mit dem teuflischen Dreizack ausdiskutieren.

Ricarda lacht und stößt ihre Schwester an. »*Se lo dice lei.*«

»Es stimmt.«

Als ich herumwirble, entdecke ich Vini neben Carlo. Keine Ahnung, wie lang die beiden schon hier sind und wie viel sie gehört haben.

Die drei Damen sehen nicht mal verlegen aus, Sofia macht lediglich ein mitleidiges Gesicht.

»Warum sonst hätte ich für die beiden getrennte Betten buchen sollen?« Vini hebt vielsagend die Brauen, während es meinen Tanten offenbar die Sprache verschlägt. Schon das zweite Mal stärkt ausgerechnet Vini mir den Rücken, und ich weiß nicht, ob ich dafür dankbar sein oder ihm eine runterhauen soll. Schließlich entscheide ich mich dafür, seinen unerwarteten Beistand zu nutzen.

»Da habt ihr es.«

»Genug jetzt! Nicht mal am Tag nach meiner Hochzeit könnt ihr Sara in Frieden lassen.« Carlo schenkt unseren Tanten einen unerwartet giftigen Blick, zieht mich in eine Umarmung und küsst mich auf die Wangen. »*Sorellina.* Du machst das schon. Danke, für alles.«

»Schon gut.« Das Lächeln kostet mich Kraft, aber ich bin froh, dass Carlo meine Entscheidung inzwischen akzeptiert. Wir lösen uns voneinander, und ich sehe mich suchend um. Dann entdecke ich Luca, der an der Eingangstür wartet und uns beobachtet. Ich nicke Vini noch einmal zu. »Mach's gut.«

Ich weiß, dass er mir nachsieht, aber ich drehe mich nicht noch mal um, weder zu ihm noch zu meinen Tanten, sondern steure auf Ana zu, die sich in der Nähe der Rezeption mit ihrer Mama unterhält.

»Ich störe nur ganz kurz«, unterbreche ich die beiden.

Ana umarmt mich stürmisch. »Danke, danke, danke! Es war so schön mit euch.«

»Ich danke dir. Jetzt muss ich nach Hause und mindestens einen Monat Urlaub von meiner Familie machen.«

Sie lacht, und ich stimme mit ein, obwohl ich es nur halb im Spaß meine. Dann verabschiede ich mich von ihrer Mutter, bevor ich zu Luca stoße, der an der Tür wartet.

»Können wir?« Er wirkt ein bisschen ungeduldig, aber wie könnte ich es ihm verdenken? Ich halte es ja selbst kaum einen halben Tag mit meiner Familie aus, wie also soll jemand dieses ganze Drama verstehen, der nicht schon sein ganzes Leben damit umgeht?

Luca ist schweigsam, während wir zum Auto laufen, wo er unser Gepäck bereits eingeladen hat, aber es ist mir ganz recht. Auf der Fahrt fällt es mir schwer, meine durcheinanderwirbelnden Gedanken zu ordnen. Mir kommt wieder in den Sinn, was ich gestern zu Ana gesagt habe. Nicht nur Vinis Fäden halten mich gefangen, machen es mir schwer, mich zu lösen. Dazu kommt der Druck, den mein Vater und der Rest der Familie auf mich ausüben. Kein richtiger Job, eine geplatzte Verlobung, Schande über die Familie. So oft es mir gelingt, darüber zu lachen oder diese veralteten Werte kleinzureden, sosehr belastet mich an anderen Tagen die Frage, ob ich es bin, die falsch liegt. Ob es stimmt, dass ich Vini Unrecht antue, und falls ja, ob das schlimm ist. Ob es stimmt, dass er gut für mich ist, und ich mich nur besser anpassen müsste.

Vor uns auf der Straße taucht das Ortsschild auf. Oh, wir sind in wenigen Minuten da, und ich habe rein gar nichts von der Fahrt mitbekommen. Ich sehe zu Luca, der konzentriert nach vorn blickt, aber etwas ist anders als noch heute Morgen, als wir eng umschlungen auf dem Boden aufgewacht sind. Er wirkt verbissen, irgendwie angespannt. Und er hat die ganze Fahrt keinen einzigen Ton gesagt.

»Ist alles okay?«, frage ich vorsichtig.

Sein Blinzeln ist die einzige Reaktion, während er kuppelt und dann einen Gang herunterschaltet. Erst danach sieht er kurz zu mir herüber. »Nein, Sara. Es ist nicht alles okay.« Sein Ton ist kühl, und ich glaube nicht, dass ich ihn schon mal so distanziert erlebt habe.

»Tut mir leid, dass ich so abwesend war. Es ist einfach ...« Ich atme tief durch. »Diese Familie ist einfach so anstrengend. Und dann fängt das Gedankenchaos wieder an, und ich weiß, dass sowieso alle erwarten, dass ich zu Vini zurückgehe.«

Jetzt ist es Luca, der Luft holt. »Weißt du was? Ich hab das eigentlich nicht erwartet. Aber ich weiß auch erst seit gestern, dass das nicht eure erste Trennung war – und zwar nicht von dir.« Er sieht mich nicht an, aber es ist nicht zu überhören, dass er enttäuscht ist. Perfekt, er auch noch.

»Ich ...« Warum habe ich ihm nie erzählt, wie das mit Vini war? Ich vertraue ihm. »Du wolltest es nie wissen!« Was für eine schwache Ausrede ...

Er wirft mir einen Seitenblick zu. »Echt jetzt, Sara? Ja, am Anfang wollte ich es nicht wissen. Als du nur ein dämliches Tinder-Date warst und die unzuverlässige Cousine von Mauro.«

Er ist wütend, und das kommt so überraschend, dass ich ihn mit offenem Mund ansehe. Luca ist nicht wütend, Luca ist einfühlsam, sensibel, verständnisvoll.

»Warum sprichst du nicht weiter?«, frage ich, weil er aussieht, als wäre er noch längst nicht fertig.

»Ich will nicht im Auto streiten.«

Hä? »Warum das denn? Man kann überall streiten.« Ha, wenn ich eines weiß, dann das, auch wenn es mir fern liegt, es ausgerechnet mit Luca zu tun. Konflikte sind etwas, das ich mir gern für Vini, Papà oder Carlo aufhebe.

»Oder gar nicht«, sagt er, und ich wünschte, es wäre so einfach. »Aber wenn es schon sein muss, dann an einem Ort, den beide jederzeit verlassen können.«

»Du brauchst nicht einen auf überfürsorglich machen, Luca. Spuck's einfach aus, wenn du was zu sagen hast!«

Er fährt so plötzlich rechts ran, dass ich mich überrascht am Armaturenbrett festhalte, bringt den Wagen aber unerwartet sanft zum Stehen. Dann wendet er sich mir zu. »Als ich mich in dich verliebt habe, hab ich es dir gesagt. Du meintest, du brauchst Zeit. Das hab ich akzeptiert. Du hast nicht gesagt: ›Luca, ich stecke in einer toxischen Beziehung, von der ich nicht loskomme, mach dir keine Hoffnungen.‹« Sein Atem geht flach, aber schnell und verschafft mir einen Adrenalinstoß.

Ich weiß nicht, was ich sagen soll, auf was ich zuerst antworten soll. Dass ich mich auch verliebt habe. Dass ich so fürchterlich schlecht im Spinnennetzezerreißen bin. Dass ich Angst habe, obwohl ich doch nie Angst habe. Dass ich das tun will, was mich glücklich macht, aber auch meine Familie glücklich sehen will.

»Aber ich hab mich getrennt, ich bin ausgezogen, ich hab das Zertifikat absolviert«, zähle ich auf, was ich in der Vergangenheit nie geschafft habe. Dieses Mal ist es mir gelungen, dieses Mal bin ich so stark wie nie zuvor, und das, obwohl ich Vini nicht so aus dem Weg gehen kann, wie es gut für uns wäre. Für mich wäre. »Aber er ist immer noch der beste Freund meines Bruders«, füge ich für Luca hinzu.

»Ja, das ist er, aber er ist nicht dein bester Freund, Sara. Diese ganzen Gedanken darüber, wie sich dein Leben und das, was du tust, auf Vincenzo oder den Rest deiner Familie auswirken, das ist auch Teil dieser toxischen Beziehung. Wenn er wirklich dein Ex ist, dann spielt es keine Rolle mehr, was du tust, weil du es für dich tust und für niemanden sonst.«

»Du hast es doch eben erlebt! Es ist ihnen einfach egal, was ich sage oder wie meine Entscheidung ausfällt.«

»Ich verstehe, dass diese Situation einen unglaublichen Druck auf dich ausübt, aber du musst da nicht allein durch. Ich wäre gerne für dich da gewesen, aber ich habe nicht das Gefühl, dass du das überhaupt möchtest.« Er hebt die Hand und gestikuliert zwischen uns, während er die Stimme nur ein wenig erhoben hat. »Du bist so beschäftigt damit, deiner Familie zu beweisen, dass du mit deinen Entscheidungen glücklich bist, dass du gar keine Chance hast, tatsächlich glücklich zu sein.« Er lässt die Hand kraftlos auf seinen Oberschenkel fallen.

»Was erwartest du denn von mir?« Es gelingt mir einfach nicht, so ruhig zu bleiben wie er.

»Ich erwarte gar nichts, Sara, außer dass du ehrlich zu mir bist. Du willst nichts von mir?« Er hebt die Schultern. »Gut, dann sag es einfach. Du willst Vincenzo zurück? Tu, was du nicht lassen kannst. Aber hör auf, mich in diese Spielchen reinzuziehen.«

»Ich will Vincenzo nicht zurück!«, schreie ich ihn an, und er zuckt kurz zusammen. Verdammt noch mal!

32

LUCA

»Das glaube ich dir sogar«, antworte ich leise, und nach ihrem Ausbruch kommt es mir vor, als würde ich flüstern. Ich bin wütend, stinksauer, aber ich will sie nicht anschreien, schon gar nicht in dieser beschissenen Schrottkarre. Ich will, dass sie mir zuhört. Ich wäre wohl auch bereit, ihr zuzuhören, nur scheint sie im Moment nicht zu wissen, was sie überhaupt zu sagen hat. »Aber solange du deiner Familie erzählst, dass ich nur Mauros Stammkunde bin, mit dem du den Ehrenpreis gewinnen kannst, glaube ich nicht, dass du es durchziehst.«

Für einen Moment weicht die Wut in ihrem Gesicht der Erkenntnis. »Du hast uns gehört.«

»Ja, Sara, ich habe euch gehört. Und soll ich dir was sagen? Es ist zum Kotzen, wenn du denkst, du hast jemanden gefunden, den du wirklich magst, und dann drehst du dich um, und ...« Ich hebe die Hände und reiße sie auseinander, um irgendwie in einer Geste einzufassen, was ich fühle. »Solange es dir wichtig ist, was deine Tanten denken, und du dich lieber von deinem Ex in Schutz nehmen lässt, anstatt dazu zu stehen, dass du die Nacht auf dem Boden verbracht hast, und zwar mit mir«, ich deute mit dem Finger auf meine eigene Brust, »bin ich raus. Ich bin nicht dein Spielball, den du herumschubsen kannst, wie es dir gerade passt.«

Es tut gut, die angestauten Emotionen herauszulassen, und gleichzeitig fühle ich mich schrecklich. Dass Sara die Worte fehlen, habe ich noch nie erlebt. Aber jetzt scheint es so weit, und das ist die Antwort, die ich nicht haben wollte.

Ich löse den Gurt und stoße die Tür auf, dann gehe ich zum Kofferraum und hole mein Gepäck raus. Sara steigt auf der Beifahrerseite aus und legt die Arme um ihren Oberkörper, als wolle sie sich selbst umarmen.

»Und jetzt?«, fragt sie aufgebracht, doch ihre Stimme klingt verzweifelt. »Du kannst jetzt nicht einfach gehen!«

»Doch, Sara«, sage ich und dränge den Schmerz zurück, der meinen Körper zu lähmen droht. »Ich bin mir zu schade dafür, nur den Back-up-Typen zu spielen, tut mir leid.« Und das tut es wirklich. Ich wünschte, sie könnte Vincenzo loslassen und ihrer Familie Paroli bieten. Aber ich spüre deutlich, dass es zu viel verlangt ist, von Sara eine Entscheidung zu erwarten. Und deshalb drücke ich ihr den Autoschlüssel in die Hand, schultere meine Tasche und gehe.

»Dann hau doch ab!«, schreit sie mir hinterher, die Tränen lassen ihre Stimme brechen. Und ich schätze, das ist es, was mich von Vincenzo unterscheidet.

Ich gehe trotzdem.

***

Nach zwanzig Minuten bin ich endlich zu Hause. Ich schließe gerade die Haustür auf, da wird sie von innen geöffnet.

»Ah, hallo, Luca!« Herr Gül, Nonnas Vermieter, steht in der Tür und hält sie mir auf. »Gut, dass ich dich treffe, ich hab gerade geklingelt. Ich war bei Frau Meisner, wegen ihres verstopften Siphons. Musste nur mal wieder gereinigt werden, das kriegt sie einfach nicht mehr so hin.«

Ich nicke. Frau Meisner ist Mitte siebzig und hat von handwerklichen Dingen keine Ahnung. »Kommen Sie kurz mit rein, dann kann ich meine Tasche abstellen.«

Er folgt mir und plaudert beim Gehen weiter über die anderen Mieter im Haus, die alle bereits seit vielen Jahren hier wohnen.

Drinnen schalte ich das Flurlicht ein, schmeiße die Tasche an die Garderobe und gehe voraus in die Küche.

»Was zu trinken?«

»Danke, danke, mein Junge.« Er winkt ab. »Sieht fast noch so aus wie bei Carmela, hm?«

Achselzuckend nehme ich mir ein Glas aus dem Schrank und fülle es am Wasserhahn. Dann leere ich es in wenigen Zügen. Normalerweise habe ich nichts gegen einen Plausch mit Herrn Gül, aber jetzt, direkt nach dem Streit mit Sara, ist mir nicht nach Reden.

»Was kann ich für Sie tun?«, komme ich deshalb zur Sache.

»Wie du weißt, hat Carmela die Miete bis Ende des Jahres beglichen ...« Er kratzt sich am Bart.

Wenn er mich jetzt gleich rausschmeißt, verliere ich womöglich doch noch die Beherrschung.

»Ich hab mich gefragt, ob du die Wohnung nicht gerne übernehmen würdest. Mir ist es sehr wichtig, ein gutes Verhältnis mit meinen Mietern zu pflegen, und dich kenne ich schon ...« Er hebt nachdenklich die buschigen Brauen. »... dein halbes Leben mindestens.«

Mir steht der Mund offen, denn das ist ungefähr das Gegenteil von dem, was ich erwartet habe. »Ich bin mir nicht sicher, ob ich mir die Miete leisten kann«, gebe ich leise zu. »Eventuell kann ich kurzfristig noch eine Ausbildung beginnen, aber das klärt sich erst noch …«

Herr Gül nickt, dann lächelt er. »Das ist doch kein Problem, Junge. Darüber kann man reden. Wenn du es dir vorstellen kannst, dann kriegen wir das hin!«

Mir fällt ein Stein vom Herzen, von dem ich nicht einmal wusste – aber die Vorstellung, auch nächstes Jahr oder sogar die nächsten Jahre weiter hier wohnen zu können, übersteigt alles.

»Das … danke!«, bringe ich hervor und lächle.

Herr Gül erwidert es und streckt mir die Hand hin. »Ich bin übrigens Kerem.«

»Luca«, sage ich, obwohl er mich schon immer so nennt, und erwidere seinen kräftigen Händedruck.

Und auch nachdem er sich verabschiedet und mir geraten hat, doch ein bisschen was an der Einrichtung zu verändern, sitze ich noch da und starre die gemusterten Fliesen an. Meine eigene Wohnung!

***

Luca [15:22]

Hast du die Tage mal Zeit für eine Renovierungsaktion?

Adrian [15:47]

klar, was hast du vor?

Luca [15:48]

Hab den Vermieter getroffen und er hat mir die Wohnung angeboten

Luca [15:51]

Damit wird es Zeit für neue Farbe, ein paar Möbel und so …

Adrian [15:56]

richtig nice, freut mich für dich!

Adrian [15:56]

bin dabei

Adrian [15:57]

morgen hast du frei, oder? habe morgen keine Vorlesung

Luca [16:01]

Perfekt! Dann besorge ich morgen Vormittag Farbe

Mit Adrians Zusage krieg ich einen Rappel und betrete, abseits vom täglichen Fensteröffnen, damit sich an der alten Tapete kein Schimmel bildet, zum ersten Mal Nonnas Schlafzimmer. Trotz dieser Maßnahme riecht es muffig, weshalb ich das Fenster aufreiße, bevor ich die verbliebenen Sachen in Augenschein nehme.

Um die wenigen wertvollen Erbstücke wie Nonnas Goldschmuck hat Papà sich direkt nach der Beerdigung gekümmert, doch abgesehen davon ist das meiste unberührt. Ein paar Umzugskartons stehen schon in einer Ecke bereit. Die habe ich nach der Beerdigung besorgt und es doch nie übers Herz gebracht, sie zu verwenden.

Doch heute ist es so weit. Nonna hätte mir sicher schon vor Monaten eine Ansage gemacht, weil ich auf der Couch schlafe, anstatt ihr Schlafzimmer zu räumen.

Ich ziehe einen Karton hervor und falte ihn zusammen, dann öffne ich den großen Einbauschrank. Die Fächer, in denen ihre Kleider gelegen haben, sind größtenteils leer, doch weiter oben lagern alte Zeitschriften und italienische Bücher mit vergilbten Seiten. Nachdem ich einen Karton mit Altpapier gefüllt habe, trage ich ihn in den Flur und nehme mir die nächste Tür vor.

Meine Hände zu beschäftigen, hilft dabei, keine schlechten Gedanken zuzulassen, deshalb mache ich einfach immer weiter. Die Handtücher lasse ich an Ort und Stelle, genauso wie die Tischläufer von ihrer Mutter, auch wenn es in der Wohnung nur den kleinen Küchentisch gibt. Anschließend hänge ich die beiden gerahmten Bilder ab, die nach der langen Zeit einen grauen Rand auf der Tapete hinterlassen haben. Das Bettgestell ist alt und klapprig, aber ein neues kann ich mir nicht leisten. Eine Matratze könnte ich aber auch erst mal auf den Boden legen. Dann muss ich nur noch irgendwie das alte Zeug entsorgen ... Vielleicht kann Anne mir helfen!

Luca [16:37]

Kann ich mir morgen den Transporter ausleihen? Ich muss Sperrmüll auf den Recyclinghof fahren ...

Anne [16:39]

Kein Problem, Jungchen. Kannst ihn um 12 Uhr mitnehmen. Reicht dir das?

Luca [16:40]

Das wäre super, danke!

Anne [16:40]

Dann bis morgen

Wenn ich das Bettgestell und die alte Matratze los bin, kann ich eine neue besorgen, das dürfte im Budget sein. Die dunkelbraune Holzkommode mit der Nähmaschine entsorge ich, dann habe ich vor dem Fenster Platz für einen kleinen Schreibtisch. Mit ein bisschen Glück bekomme ich für die alte Singer noch ein bisschen was über Kleinanzeigen, Sara hat für ihr Kleid ...

Nein! Jetzt nicht an Sara denken!

Ich gehe zum Fenster und schließe es wieder, bevor ich Nonnas verbliebene Sachen aus der Kommode räume. Dann fotografiere ich sowohl das Möbelstück als auch die Nähmaschine und stelle beides online. Mal sehen, vielleicht habe ich Glück.

Als ich nach Stunden fertig bin, habe ich nicht nur einen Abnehmer gefunden, sondern auch ein halbwegs leer geräumtes Zimmer. Mit dem Bett muss Adrian mir morgen helfen, dann können wir streichen. Wenn ich gleich eine bezahlbare Matratze finde, könnte ich schon übermorgen ins Schlafzimmer umziehen, und wenn Sara das nächstes Mal ...

Verdammt! Erst jetzt sickert so langsam ein, was es bedeutet, dass ich heute Morgen gegangen bin und das, was wir hatten, beendet habe. Sara wird nicht mehr kommen, nicht mehr zum Pizzaessen, nicht mehr, um in meinem neuen Schlafzimmer zu schlafen, weder neben mir noch mit mir. Es wäre gelogen, zu behaupten, dass es nicht scheiße wehtut. Aber inzwischen bin ich geübt, mit Verlusten umzugehen.

Ich weiß, wie ich mich von dem Schmerz und dem Alleinsein ablenken kann, und deshalb schicke ich Simon eine kurze Nachricht, allerdings nicht ohne vorher Saras Chat zu checken. Aber natürlich hat sie sich nicht gemeldet. Und das würde auch nichts ändern.

Luca [19:20]

Online?

Simon [19:21]

Ess noch kurz. 15 min

Guter Punkt – ich habe seit Stunden nichts gegessen. Nachdem ich Simon bestätigt habe, dass wir uns gleich online treffen, gehe ich in die Küche, um im Kühlschrank nachzuschauen, was ich auf die Schnelle zubereiten könnte. Ich entdecke einen Brokkoli, der schon bessere Tage gesehen hat, ein paar Lauchzwiebeln, Eier, Milch, eine halbe Flasche pürierte Tomaten ... Ich könnte kurz in den Laden sprinten und eine Packung frische Ravioli kaufen. Oder ich bestelle welche bei Mauro ... Ob Sara arbeitet? Unwahrscheinlich am Tag nach der Hochzeit ihres Bruders, aber ganz ausschließen kann ich es nicht. Andererseits würde sie die Fahrt vermutlich ablehnen, auch wenn sie sich dafür mit Mauro anlegen müsste ...

Fünf Minuten sind schon vorbei, also höre ich auf, mich verrückt zu machen, und wähle stattdessen die Nummer der Pizzeria.

»*Pizzeria da Mauro*, Filippo, hallo?«

»*Ciao*, Filippo, hier ist Luca Fiore. Ich würde gerne einmal die Ravioli bestellen.«

»*Sì*, einmal Ravioli. Zum Abholen oder Liefern?«

»Liefern?«

»Kein Problem. Gleiche Adresse wie immer?«

»Ja.« Wahrscheinlich sollte es mir peinlich sein, dass man mich auch bei Mauro in Düsseldorf inzwischen bestens kennt, aber seit ich mit Sara an dem Lovebirds-Menü gefeilt habe, fühlt sich das Restaurant fast ein bisschen wie ein lieb gewonnener Arbeitsplatz an.

»*Va bene*, zwanzig Minuten.«

»Danke dir! *Buona serata.*«

Als ich zwanzig Minuten später *Minecraft* pausiere und die Pasta von Gianni entgegennehme, stelle ich fest, dass mein Plan nur mittelmäßig funktioniert. Simon war heute mit einem entspannten Game einverstanden, aber jetzt, mit der dampfenden Pasta von Mauro, schweifen meine Gedanken immer wieder zu Sara ab. Und weil auch Simon merkt, dass ich mit dem Kopf woanders bin, verabschieden wir uns nach einer Stunde.

33

LUCA

»Du siehst scheiße aus, hast du durchgemacht?« Grinsend hält Adrian mir die Hand hin, und ich schlage ein. Dann steigt er zu mir in den Transporter.

»Danke, immer schön, dich zu sehen«, gebe ich zurück, was ihn zum Lachen bringt, aber dann wirft er mir einen Blick zu, der klarmacht, dass er eine ernsthafte Antwort erwartet. So ist das mit Freunden, die dich ein bisschen zu lang kennen – sie lassen dich nicht so einfach vom Haken.

»Reden wir später darüber. Zu Hause wartet ein Bett auf uns, das abgebaut werden möchte, bevor der Recyclinghof zumacht.«

»Schlau von dir, dass du nur vom Streichen gesprochen hast.«

»Ich konnte es mir nicht leisten, dass du abspringst«, gebe ich lachend zurück, aber er schüttelt den Kopf.

»Wäre ich natürlich nie. Ich find's super, dass du dir selbst endlich mehr Raum zugestehst. Carmela wird für immer Platz in deinem Leben haben, auch wenn du dir ein eigenes Schlafzimmer gönnst.«

Ich schlucke. »Ich weiß. Es wird wirklich Zeit.«

Zu Hause angekommen, machen wir uns daran, das Bett abzubauen und die Einzelteile in den Transporter zu laden, was zum Glück recht zügig vorangeht. In der Zwischenzeit kommt außerdem wie verabredet der junge Mann, der Nonnas Kommode für die WG seiner Schwester abholt und sie mit der Nähmaschine überraschen möchte. Gemeinsam tragen wir die Sachen nach unten, und als das Zimmer bis auf den Einbauschrank leer ist, kommt es mir mit einem Mal riesig vor.

»Da hast du richtig viel Platz«, stellt Adrian fest und sieht sich um. »Und du denkst, das mit dem Überstreichen klappt?« Er geht näher an die Tapete und fährt mit der Hand über die Wand.

»Ich hoffe. Wenn sie sich löst, hab ich ein Problem. Aber in der WG in Köln haben wir das auch gemacht, und es ist total gut geworden.«

»Wir probieren es.«

»Aber zuerst müssen wir das Zeug wegfahren.«

Adrian nickt und klopft mir auf die Schulter. »Und unterwegs erzählst du mir, warum deine Augenringe so dunkel sind, wie meine es waren, als Aaron mich sitzen gelassen hat.«

Ich schneide eine Grimasse, denn damit hat er einen Punkt.

»Ich hab dir doch von Sara erzählt«, sage ich, sobald wir uns in den Verkehr eingereiht haben.

»Ja, klar. Und dass ihr euch auf was Platonisches geeinigt habt.« Im Augenwinkel sehe ich ihn die Brauen heben und rümpfe die Nase.

»Genau.«

»Lass mich raten, hat nicht funktioniert.«

Ich werfe ihm einen Blick zu. »Hat nicht funktioniert. Also na ja, ehrlich gesagt ... Ich dachte, das mit uns könnte funktionieren.«

»Hab ich ja gleich gesagt. Aber? Hat sie dich abserviert?« Aufmerksam sieht er mich an.

»Nicht so richtig. Der Typ, der damals … du weißt schon.«

Adrian nickt.

»Das war ihr Ex-Verlobter. Er ist zufällig der beste Freund ihres Bruders und genießt ein hohes Ansehen in ihrer Familie. Jedenfalls hat sie vor ihm und ihrer Familie gesagt, ich sei nur da, um Mauro bei diesem Ehrenpreis zu helfen.«

»Autsch.« Er verzieht das Gesicht, und ich nicke. »Und warum hat sie das gesagt?«

Seufzend hebe ich die Schultern. »Ich weiß es nicht. Vielleicht war es die Wahrheit, und sie hat mich nur benutzt. Aber die Beziehung mit ihrem Ex war total toxisch, es kann leider auch sehr gut sein, dass sie ihn einfach zurückwill. So oder so, es ist beschissen.«

»O Mann, das ist echt richtig mies.« Adrian legt für einen Moment tröstend die Hand auf meinen Arm. »Was hat sie denn gesagt, als du mit ihr gesprochen hast?«

»Sie hat es abgestritten. Also, dass sie ihn zurückwill. Aber … keine Ahnung. Irgendwie hab ich das Gefühl, dass sie nach außen glücklich wirken will, aber dabei nicht wirklich glücklich ist.«

»Und mit dir war sie glücklich?«

Mir kommt ein bitteres Lachen über die Lippen. »Ich dachte, das wäre sie. Sie hat gesagt, sie braucht Zeit. *Dio*, ich hätte ihr alle Zeit der Welt gegeben. Aber so wie es aussieht, braucht sie eher einen anderen Mann.«

»Bist du sicher?« Adrian hat die Stirn in Falten gelegt.

»Eigentlich weiß ich überhaupt nichts. Mit Sara zu diskutieren, ist … der Streit ist so schnell hochgekocht, ich war verletzt, sie wütend …«

»Das klingt, als solltet ihr dringend noch mal miteinander sprechen.«

Vor uns taucht der Recyclinghof auf. Ich lasse das Fenster herunter und sage dem Mitarbeiter, was wir an Sperrmüll geladen haben. Er winkt uns durch, woraufhin Adrian erneut das Wort ergreift.

»Ich will dir nicht reinreden, damals als Aaron Schluss gemacht hat, dachte ich auch, das war's. Aber am Ende war der ganze Schmerz nicht umsonst. Wir haben Zeit gebraucht, wir mussten sehr viel reden, und wir lernen immer noch viel übereinander. Aber wir sind zusammen.«

Adrians Worte berühren mich, denn ich weiß, wie schlecht es ihm zeitweise ging. Trotzdem bin ich nicht sicher, ob man seine Situation auf Sara und mich übertragen kann, aber mit einem hat er vermutlich recht: Ein klärendes Gespräch brauchen wir. Jedoch mache ich mir nicht die Illusion, dass wir danach so tun können, als wäre alles gut. Sara muss wissen, was sie will, und ich kann das nicht für sie entscheiden.

***

Die körperliche Anstrengung tut mir unerwartet gut, und Adrian ist ein angenehmer Gesprächspartner. Wir haben die Musikbox aufgedreht und inzwischen drei von vier Wänden gestrichen. Dank des großen Einbauschranks, der eine Wand zur Hälfte einnimmt, war es weniger Arbeit als befürchtet, und bisher hat die Tapete nur an wenigen Stellen kleine Blasen geworfen, die sich mit dem Trocknen der Farbe hoffentlich wieder anziehen werden.

»Gib mir bitte noch mal die große Walze.« Adrian lehnt sich zu mir herüber, wo ich gerade mit einem Pinsel vorsichtig die Kante zur Sockelleiste ausbessere. Ich reiche ihm die Walze, die neben mir auf dem Farbdeckel liegt, und nehme die kleinere entgegen. Großzügig trägt Adrian die Farbe auf die letzte Freifläche auf, während ich an den anderen Wänden weiter kleinere Lücken ausbessere, die durch das Klebeband entstanden sind, das wir an manchen Stellen mit zu wenig Sorgfalt angebracht haben.

»Ich stehe in deiner Schuld«, sage ich, als er ein paar Minuten später wieder die Walzen tauscht, um die letzten Lücken zu streichen.

»Ach was, mach dir mal keine Sorgen! Wenn ich Aaron endlich dazu bringe, mit mir zusammenzuziehen, bist du der Erste, den ich anrufe.«

Lachend lege ich den Pinsel weg, stehe auf und drücke den Rücken durch. »Das ist fair.«

»Wann findet denn eigentlich euer Workshop auf dem Festival statt?«

»Sonntagmittag geht es los. Es gibt zwei Runden, die erste startet um elf, die zweite um sechzehn Uhr.«

»Da hast du ein ganz schönes Programm! Hast du Bock, am Samstag mit Aaron und mir hinzugehen?« Er tritt einen Schritt von der Wand zurück und betrachtet sein Werk. Dann legt er die Walze ab und dreht sich zu mir um. »Mein Studiengang veranstaltet Samstagabend eine Open Stage, als öffentlicher Safe Space, bei dem über sensible Erfahrungen mit der eigenen Identität, dem Körperbild, der Sexualität oder Ähnlichem gesprochen wird.« Ein stolzes Lächeln tritt auf sein Gesicht. »Aaron nimmt teil. Würde mich freuen, wenn du auch dabei bist.«

Ich nicke sofort. »Klar, ich komme gerne mit.«

»Super! Also ich weiß ja nicht, wie es dir geht, aber ich hab einen Bärenhunger. Ich lad dich ein!«

»Quatsch«, widerspreche ich. »Auf keinen Fall, wenn, dann muss ich dich einladen.«

Adrian schmunzelt. »Du weißt genau, dass ich gerne mit dem Geld meiner Eltern um mich schmeiße.«

Ich lache, denn das stimmt tatsächlich, aber nur weil Adrians Familie reich ist, heißt das nicht automatisch, dass er alle um sich herum ständig einladen muss.

»Keine Widerrede! Beim nächsten Mal bist du dann wieder dran.«

»Also gut«, gebe ich nach und schnappe mir das Malerzeug, um die Utensilien zu säubern, bevor wir uns um das Essen kümmern.

34

SARA

Schon als ich die Augen aufschlage, weiß ich, dass es kein guter Tag wird. Und wenn ich Nonna und ihren weisen Sprüchen Glauben schenken kann, gilt, wer am Morgen mit schlechter Laune erwacht, wird sie den restlichen Tag behalten. Tolle Aussichten!

Ich gehe auf direktem Weg unter die Dusche und gebe mir besonders viel Mühe beim Schminken, doch als ich in die Küche komme, sieht Nonna mich mit diesem wissenden Blick an.

»*Pulcina*, was hast du auf dem Herzen?« Ohne zu fragen, setzt sie den Espressokocher auf den Herd.

Frustriert puste ich mir eine feuchte Haarsträhne aus dem Gesicht und lasse mich auf den Klappstuhl sinken. »Wofür gebe ich mir eigentlich die ganze Mühe im Bad, wenn du mich schon mit einem halben Blick aus dem Augenwinkel durchschaust?«

Ich verdrehe die Augen, als sie mich mitleidig ansieht, dann kommt sie zu mir und streicht mit ihrer faltigen Hand einmal über meine Wange. »*Amore*, ich kenne dich dein ganzes Leben. Glaubst du wirklich, ein bisschen Schminke hält mich davon ab, zu sehen, wie es dir geht?«

Der Espressokocher blubbert, als der Kaffee nach oben schießt und die Kanne nach und nach mit der herrlich duftenden Flüssigkeit füllt. Nonna wartet wenige Sekunden ab und füllt im Anschluss zwei Tassen, in die sie noch etwas Zucker gibt. Dann reicht sie mir eine.

»*Allora?*«

»Luca hat mich abserviert.« Ich sehe sie nicht an, sondern verrühre konzentriert den Zucker in meiner Tasse. Weil Nonna schweigt, hebe ich schließlich doch den Kopf und begegne ihrem durchdringenden Blick.

»Er hat sicher einen Grund für sein Handeln, oder?« Sie mustert mich prüfend, bevor sie die Tasse hebt und trinkt. Ich tue es ihr nach.

»Es war nichts Ernstes zwischen uns. Es war klar, dass irgendwann eine Entscheidung hermuss. Jetzt hat er sie eben getroffen.«

»Er hat dir gesagt, dass er sich in dich verliebt hat, oder?«

Ich blase die Backen auf und lasse die Luft geräuschvoll entweichen. »Hat er vorher mit dir gesprochen, oder ist deine Intuition wirklich so gut?«

Sie zieht die Brauen zusammen. »Das hat der Junge nun wirklich nicht in Worte fassen müssen. Und dich hat es auch nicht überrascht, oder?«

Ich zögere. Keine Ahnung, ich weiß gar nichts mehr. Achselzuckend trinke ich einen Schluck Espresso und hoffe, dass er mir den erwünschten Energiekick gibt. »Er glaubt, dass ich sowieso zu Vincenzo zurückgehe. So wie jeder andere auch.«

»*Aspetta*! Wer glaubt das?«

»Carlo? Papà? Ricarda?«, zähle ich an den Fingern ab, aber Nonna unterbricht mich mit einem Schnalzen der Zunge.

Sie schüttelt den Kopf. »Für Carlo wäre es eben praktischer, wenn ihr zusammen seid, darauf brauchst du nichts geben. Dein Papà ist nur sauer, weil du dich gegen Vincenzo entscheidest, der zu ihm aufsieht und ihn respektiert.« Sie lacht. »Wenn du mich fragst, hat ihm dieses … wie sagt man *in Deutsch*?« Sie wedelt mit ihrer Hand in der Luft herum. »*Lusingare.*«

»Schmeicheln?« Ich leere die Tasse in einem weiteren Zug und stelle sie vor mir ab.

»Genau! Diese Schmeichelei hat deinem Vater nie gutgetan. Und Ricarda? Seit wann gibst du was darauf, was der teuflische Dreizack von sich gibt?«

Ich stöhne. »Nonna …«

»Ich bin ehrlich mit dir, *amore*, ich denke, du hast dich vielleicht selbst ein bisschen zu sehr darauf verlassen, dass du am Ende sowieso wieder mit Vincenzo zusammenkommst.«

Ich schnappe nach Luft, will widersprechen, aber … hat sie recht? Die Spinnweben, von denen ich Ana erzählt habe, haben mich nicht nur gefangen genommen, sie haben mir auch Schutz geboten, oder nicht? Sie waren ein sicheres Auffangnetz. Und jetzt? Jetzt ist da nichts mehr, was mich fängt. Da ist kein Vini mehr, aber auch kein Luca, da bin nur noch ich. Und ich weiß doch gar nicht, ob ich allein …

»Ich hasse es, dass du so schlau bist«, murre ich, was Nonna wenig beeindruckt.

»Denk dran, *pulcina, chi di buon mattino se la prende, tutto il giorno se la tiene.*«

Wer schon frühmorgens schlechte Laune hat, behält sie den ganzen Tag, jaja.

»Vielen Dank für deine aufmunternden Worte.« Augenverdrehend stehe ich auf und reiche ihr die Espressotasse. Dann verabschiede ich mich, um mich um meine Bewerbungsunterlagen zu kümmern, bevor ich Mauro im Restaurant helfen muss.

***

Nachdem ich alle meine Unterlagen zusammengestellt und sogar schon eine erste interessante Stelle entdeckt habe, die ich mir gespeichert habe, bin ich ins Restaurant, wo Mauro mich anfangs als Hilfskraft in der Küche eingesetzt und schließlich hinter die Theke beordert hat. Dort habe ich mehrere Stunden Getränke gezapft, sodass von dem krampfhaften Lächeln, das ich den Gästen gegenüber aufrechterhalten habe, jetzt meine ganze Gesichtsmuskulatur angespannt ist.

Missmutig schnappe ich mir einen Lappen und wische über die verspritzte Front der Siebträgermaschine. Leider hat Nonnas dämliches Sprichwort mal wieder recht behalten. Ich fühle mich kein bisschen besser als heute Morgen, im Gegenteil – der Arbeitstag hat mich unglaublich angestrengt.

»Okay, *basta*! Ich ertrage es nicht mehr! Mach Feierabend.«

»Hä?« Ich sehe von der Siebträgermaschine auf und direkt in Mauros genervtes Gesicht.

»Sara, schon den ganzen Tag ist deine Laune unterirdisch, du ziehst hier ein Gesicht wie …« Er wirft die Hände in die Luft, vermutlich mangels passender deutscher Redensart. »Dann geh bitte! Du vergraulst mir noch die Kundschaft.«

Empört werfe ich den Lappen auf die Theke und verschränke die Arme. »Ich vergraule gar niemanden!« Wenn er wüsste, wie sich meine Kiefermuskulatur anfühlt. »Ich habe alles gemacht, was du mir aufgetragen hast.«

»Ja, das hast du, aber glaubst du, es macht Spaß, so mit dir zu arbeiten?« Er nimmt den Lappen und beginnt seinerseits, an der Maschine herumzuwischen. »Ich sag's dir gerne noch mal: Luca und du, ihr seid komplett bescheuert, wenn ihr denkt, dass ihr allein besser dran seid.«

»Du hast doch nur Angst um dein Festival-Menü«, gebe ich wütend zurück, doch Mauro hält in der Bewegung inne und dreht sich zu mir um.

»Nein, *pulcina*, ihr seid angestellt und werdet dafür bezahlt. Ihr werdet euren verdammten Job machen. Aber ich habe euch jetzt lange genug zusammen erlebt. Er liebt dich, du liebst ihn, es ist ganz einfach.«

Ich lache auf. »Ach ja? Und warum ist er dann weg?«

»Ja, warum nur? Das frage ich dich! Es ist absurd, dass du ihn einfach gehen lässt, wo du doch zum ersten Mal aufgeblüht bist, wenn ein Mann an deiner Seite war, und nicht wie eine welke Rose vor dich ... hingetrocknet bist.« Er gestikuliert in meine Richtung und stößt wütend die Luft aus.

»Oho, jetzt auch noch poetisch. Weißt du was? Er hat es nicht anders gewollt!«, widerspreche ich schon aus Prinzip. »Ich hab ihm von Anfang an gesagt, dass ich nach der Beziehung mit Vini Zeit brauche. Das ist mein gutes Recht! Weder Luca noch du dürft mich dafür verurteilen.«

Mauro hebt die Hände. »Das hab ich auch nicht. Und ganz ehrlich, Luca hat dir so viel Raum gegeben, dass ich bis vor Kurzem nicht mal wusste, was da zwischen euch ist, also erzähl mir nichts.« Grimmig sieht er mich an. »Du willst dich nicht festlegen, Sara. Aber beantworte mir mal eine Frage: Wann warst du mit Vincenzo je so glücklich, wie du es mit Luca warst? Du kannst dir ja gerne einreden, dass deine schlechte Laune nichts damit zu tun hat, und allen erzählen, dass du ihn nicht liebst. Aber weißt du was? *Non ti credo!*« *Ich glaube dir nicht.*

Ich schnappe nach Luft, bereit zum nächsten Angriff, doch weil ich zögere, ergreift Mauro erneut das Wort, diesmal leiser.

»Du bist mir keine Rechenschaft schuldig, *pulcina*. Aber ich glaube, du weißt längst, was du willst. Du weißt, was dich glücklich macht und welche Menschen dir guttun. Jetzt hau ab.« Er nickt in Richtung der Treppe ins Obergeschoss. Also spare ich mir jeden weiteren Kommentar und gehe.

Vini❤ [21:53]

Amò, ich denke an dich. Ich kann nicht glauben, wie alles gelaufen ist.

Mein Herz blutet, als ich in meinem Zimmer angekommen Vinis Nachricht sehe, aber zum ersten Mal fühlt es sich an wie eine schmerzhafte Erinnerung. Vielleicht weil der Schmerz meiner Gegenwart so viel präsenter ist. Weil ich Luca so viel mehr vermisse als Vini. Und so viel mehr, als ich mir bis eben eingestanden habe. *Cazzo*, wie konnte mir das passieren?

Sara [21:55]

Wir hätten viel früher akzeptieren müssen, dass es nicht mehr geht …

Und dann öffne ich meine Kontakte und schaffe das, was ich längst hätte tun müssen. Ich lösche das rote Herz aus dem Kontakt. *Speichern.*

Vini [21:56]

Du kannst doch nicht alles, was gut war, ignorieren und die ganze Beziehung infrage stellen, Sara. Wir sind ein Team, wir gehören zusammen …

Sara [21:59]

Wir hatten viele gute Momente, und ich bin froh darüber, Vini. Aber wir gehören nicht mehr zusammen. Für mich ist das endgültig.

Vini [22:00]

Du brichst mir das Herz.

Ich lege das Handy zur Seite und atme durch. Vielleicht hat Vini recht. Aber er hat mir auch das Herz gebrochen, wieder und wieder, einmal zu oft. Ich bin durch damit, und dieses Mal bin ich mir sicher. Ich habe nicht mit diesem Hochgefühl gerechnet, das auf einmal meine Venen flutet und mich kaum still sitzen lässt. Am liebsten würde ich direkt wieder aus dem Zimmer stürmen, zu Mauro rennen und ihm wahlweise eine runterhauen oder ihn küssen. Er hätte beides verdient. Natürlich kommt nichts von beidem wirklich infrage.

Weil ich irgendetwas tun muss, öffne ich Anas Kontakt und klingle sie an. Es dauert nur wenige Sekunden, dann nimmt sie ab, und das Videobild baut sich auf.

»Sara? Ist alles in Ordnung?« Ana ist abgeschminkt, und auf ihrer Nase sitzt die Brille, die sie nur braucht, wenn sie am Abend die Kontaktlinsen herausnimmt. Die Haare hat sie mit einer Haarspange unordentlich zusammengesteckt, und wenn ich den Hintergrund richtig interpretiere, ist sie bereits im Schlafzimmer.

»Ja. Ja, es ist alles super! Entschuldige, dass ich so spät noch anrufe«, bringe ich aufgeregt hervor.

»Was ist denn los?« Sie kneift die Augen zusammen, mustert mich über den Bildschirm mit kritischem Blick.

»Ist Carlo in der Nähe?«

»Nein, er ist noch nebenan, schaut irgendeinen schrecklichen Horroractionfilm. Ich hab mich mit meinem Buch ins Bett verzogen.« Sie schwenkt einen Roman in die Kamera, von dem ich außer einem pastellfarbenen Cover nicht viel erkennen kann.

»Vini hat mir geschrieben, alles war wie immer. Er denkt an mich, will eine neue Chance, er will die Beziehung nicht wegschmeißen«, rattere ich herunter und kann mich nur schwer bremsen.

Ana stöhnt auf. »Er wird sich nie ändern.«

»Du hast recht. Aber ich!«, sage ich triumphierend und lächle ein breites, ehrliches Lächeln, das tief aus meinem Innersten kommt. Es fühlt sich so, so gut an! »Ich hab mich geändert!«

Ana setzt sich auf, hält das Handy ein wenig höher und lächelt. »Du hast ihn endgültig abserviert?«

»So was von! Und ich hab mich noch nie so sicher gefühlt.«

»Ich bin unfassbar stolz auf dich, Sara!« Ana lächelt so breit, dass ihre Mundwinkel beinahe hinter dem kleinen Bildrand verschwinden, dann hebt sie mit einer Hand die Brille etwas an und wischt sich die Augenwinkel trocken. Sie ist der emotionalste Mensch, den ich kenne.

»Danke«, antworte ich. »Danke, dass du immer an mich geglaubt hast.«

Ich bin allein. Aber gleichzeitig bin ich alles andere als das. Ich habe meine Freunde, ich habe meine Familie, auch wenn sie mich manchmal verrückt macht. Aber vor allem habe ich mich. Und vielleicht reicht das ja doch.

35

LUCA

Zwei Tage später

Das Schrillen der Klingel reißt mich aus dem Schlaf. Das muss Sara sein! Ich setze mich so ruckartig auf, dass mir ein bisschen schwummrig wird. Will sie reden? Wie viel Uhr ist es überhaupt? Vom Nachttisch angle ich mir das Handy, löse den Stecker und aktiviere den Bildschirm. Acht Uhr dreißig. Offenbar habe ich mich auf der neuen Matratze so tief entspannt, dass ich beinahe eine Stunde länger als normal geschlafen habe.

Als es ein weiteres Mal klingelt, schwinge ich schnell die Beine aus dem Bett, schlüpfe in eine Jogginghose und mache mich auf den Weg zur Wohnungstür. Acht Uhr dreißig ... das kann unmöglich Sara sein. Um diese Uhrzeit quält sie sich vielleicht gerade aus dem Bett, aber auf keinen Fall steht sie bekleidet und fertig gerichtet vor meiner Haustür.

»Ja?«, frage ich in die Sprechanlage.

»*Ciao*, Luca, *sono la tua sorellina.*«

Meine ... Schwester? Die helle Stimme klingt fröhlich und aufgeweckt und ist die letzte, die ich erwartet hätte.

Ich senke den Hörer vom Ohr und starre einen Moment entgeistert darauf.

»*Aaaallo?*«, ertönt es laut aus der Anlage, woraufhin ich mich zusammenreiße und den Summer drücke. Angelina ist hier? Als ich die Wohnungstür öffne, höre ich sie auf Italienisch plappern und dann meinen ... unseren Papà. Natürlich, sie ist zehn Jahre alt, Papà wird sie wohl kaum allein nach Düsseldorf reisen lassen, damit sie bei ihrem Halbbruder hereinschneien kann.

Angelina ist bestimmt einen halben Kopf größer als beim letzten Mal, als ich sie gesehen habe. Ihre kleinen Löckchen rahmen ihr Gesicht ein, das von den dunklen Kulleraugen dominiert wird. Sie hat die gleichen Pausbäckchen wie ich, nur dass es bei ihr viel zu süß aussieht.

»*Ciao, Luca.*« Verlegen lächelnd bleibt sie auf dem oberen Treppenabsatz stehen, dann gibt sie sich einen Ruck, tritt auf mich zu und stellt sich auf die Zehenspitzen. Ich reagiere etwas verzögert, doch beuge mich dann ein Stück zu ihr hinunter und erwidere die Küsschen, die sie mir links und rechts auf die Wangen drückt. Die herzliche Begrüßung passt nicht zu unserem Verhältnis, doch Angelina kennt es aus Italien nicht anders.

»*Figliolo*, lass dich umarmen!« Mein Vater überbrückt die Distanz und küsst mich ebenfalls. »Überraschung! Ich hab ein paar Tage früher Urlaub gemacht, damit wir nach Deutschland fahren konnten ... Deine Schwester hat keine Ruhe gegeben.«

Angelina bekommt rote Bäckchen und stupst Papà gegen das Bein. Noch eine Gemeinsamkeit.

»Entschuldigung, ich war nicht auf Besuch vorbereitet ... Kommt rein.« Ich winke sie durch.

Neugierig sieht Angelina sich um, während ich sie in die Küche dirigiere und mich dann kurz ins Bad entschuldige. Als ich zurückkomme, hat sie sich auf einen der zwei Stühle gesetzt, während mein Vater an der Theke lehnt.

»*Caffè*?«, frage ich an ihn gewandt, und er nickt. »Und was trinkst du?« Weil sie mich verunsichert anschaut, wiederhole ich meine Frage auf Italienisch, während ich gleichzeitig in den Kühlschrank sehe.

»*Acqua, succo d'arancia o* …« Cola erscheint mir um diese Uhrzeit unangebracht … dann bleibt nur noch eine Mischung aus beiden Getränken. »*Una miscela.*«

»*Solo succo*«, antwortet sie leise, und ich gieße ihr ein Glas Orangensaft ein, bevor ich mich daran mache, den Espresso vorzubereiten.

»Wann seid ihr losgefahren?«, frage ich an Papà gewandt.

»Gestern Abend. Den zweiten Teil der Nacht ist Giorgia gefahren, sie ruht sich im Hotel aus.«

»Dann seid ihr gut durchgekommen?«

»*Sì, sì*, war alles gut.« Er verschränkt die Arme vor der Brust, und dann starren wir auf den Espressokocher, bis der dunkle Kaffee hervortritt und ich den Deckel herunterklappe.

Damit Angelina dem Gespräch folgen kann, wechseln wir die Sprache.

»Konntest du im Auto schlafen?«, frage ich sie, und sie nickt.

»Aber es hat ewig gedauert«, beschwert sie sich.

»Kann ich mir vorstellen, das war schon früher so.«

»Warum wohnst du nicht in Italien? Deutschland ist doch furchtbar kalt, und ständig regnet es …«

»Wer sagt das?«, hake ich nach, und ihr Blick flackert kurz zu Papà. »Hast du mal aus dem Fenster geschaut?« Schmunzelnd beobachte ich, wie sie aufsteht und sich auf

Zehenspitzen stellt, um an dem ausufernden Basilikum vorbei aus dem Fenster schauen zu können.

»Die Sonne scheint«, stellt sie fest.

Ich nicke und werfe Papà einen vielsagenden Blick zu.

»*Allora*, hast du dich schon nach einer Wohnung umgeschaut?«, fragt er daraufhin.

»Ich wollte dir noch davon erzählen ... Der Vermieter hat mir angeboten, die Wohnung zu übernehmen.«

»Du willst Mammas Wohnung behalten?«

»Ja, ich habe zugesagt. Ich möchte hierbleiben.«

Er nickt, legt mit nachdenklicher Miene eine Hand ans Kinn, dann nickt er ein weiteres Mal. »Also gut. Wenn du es so möchtest.«

Erstaunt setze ich zu einer Antwort an, doch mir fällt keine passende Erwiderung ein. Ich habe mit einer weiteren Diskussion gerechnet, mindestens mit einem Vortrag.

»Es tut mir leid, Luca«, sagt er jetzt auf Deutsch und stützt sich mit den Händen schwer auf der Küchentheke ab. »Es tut mir leid, dass ich nicht für dich da sein konnte, als Fiona gestorben ist.«

Ein dicker Kloß in meinem Hals verhindert jetzt, dass ich etwas erwidern kann, dabei bin ich nach wie vor unsicher, was das überhaupt sein sollte. Ich habe lange auf eine Erklärung oder wenigstens eine Entschuldigung gehofft ... inzwischen hatte ich die Hoffnung eigentlich aufgegeben.

»Ich liebe dich, Junge, und ich weiß, ich konnte dir das nicht immer zeigen.« Jetzt sieht er Angelina an, deren Blick neugierig auf Papà liegt. »Ich bin froh, dass du Nonna hattest. Und ich möchte, dass du weißt, dass ... jetzt wo sie nicht mehr da ist ... unsere Tür steht immer offen für dich.« Er richtet sich ein Stück auf, und es ist offensichtlich, dass er das dringend loswerden musste.

»Okay«, bringe ich schließlich hervor, immer noch dabei, zu ergründen, was seine Worte in mir auslösen. Erleichterung, weil er endlich zu akzeptieren scheint, dass mein Zuhause hier ist, in Deutschland, auch wenn ich hier keine Familie mehr habe. Nichts kann ungeschehen machen, dass er nicht da war, als Mamma krank war. Dass er nicht da war, als sie gestorben ist und ich ihn gebraucht hätte. Aber trotzdem ist da ein seltsames Gefühl von Zugehörigkeit, als meine kleine Halbschwester mich jetzt anlächelt.

»Kennst du hier eine gute Eisdiele?«, fragt sie, und ich kann nicht anders, ich erwidere ihr Lächeln.

»Die beste«, antworte ich. »Ich muss mich kurz umziehen, dann können wir los.«

Mein Vater nickt und streicht Angelina über das Haar. »Das geht auf mich.«

***

Eigentlich hatte ich geplant, den Tag in der Wohnung zu verbringen, um nach dem Schlafzimmer auch das Wohnzimmer in Ordnung zu bringen, da ich nach der Aktion mit Adrian nur noch das Nötigste erledigt habe. Doch der unerwartete Besuch ist eine angenehme Ablenkung. An der Eisdiele in der Altstadt treffen wir Giorgia.

»Mamma!« Angelina rennt los und schmeißt sich in ihre Arme, was sie zum Lachen bringt. Als sie sich mir zuwendet und mich in eine herzliche Umarmung schließt, fühlt es sich okay an. Ich weiß, dass sie es mit Nonna nicht gerade einfach hatte, aber im Grunde hatte das nichts mit ihr zu tun. Giorgia ist eine sympathische, liebevolle Frau, die sich interessiert.

»Es ist fast so warm wie zu Hause«, tönt Angelina und

dreht sich zu Papà. »Ich will zwei Kugeln Eis!« Sie hebt Zeige- und Mittelfinger in die Höhe.

»Das ist eine gute Idee, denn die deutschen Portionsgrößen werden dich enttäuschen«, raune ich ihr zu.

»Ist lecker«, sagt sie, als wir wenige Minuten später mit unserem Eis über den Marktplatz schlendern. Je näher wir Mauros Pizzeria kommen, desto nervöser werde ich, obwohl mir klar ist, dass das Restaurant um diese Zeit noch geschlossen ist.

»Hier ist es«, sage ich, als das Gebäude in Sicht kommt. »Hier möchte ich die Ausbildung machen.«

»Wie schön.« Giorgia lächelt mich an, während Papà mit kritischem Blick das Haus betrachtet. »Wovon hängt hab, ob es klappt?«

»Am Wochenende findet hier ein Food-Festival statt, das wird sozusagen mein Probearbeiten.«

Papà nickt und bleibt auf Höhe der Tür stehen, dann geht er darauf zu, um die Speisekarte in Augenschein zu nehmen, die daneben ausgestellt ist. Nervös trete ich von einem Bein aufs andere und sehe nach oben zu den Fenstern.

»Können wir mal reinschauen?« Angelina sieht zu mir hoch, und ich schüttle instinktiv den Kopf.

»Das Restaurant hat jetzt geschlossen ... leider.« Selten war ich so froh.

Angelina schiebt die Unterlippe nach vorn.

»Die nächsten Tage findet hier nur eingeschränkter Betrieb statt, steht hier.« Papà hat sich zu uns umgewandt. »Sonst hätte ich gesagt, wir könnten ja noch zusammen essen gehen.«

»Ja, das ist wegen des Festivals«, sage ich und mache Anstalten, weiterzugehen. Es fühlt sich seltsam an, hier zu stehen und mich mit meiner Familie zu unterhalten, während

Sara womöglich da oben ist, jeden Moment zum Fenster herausschauen oder durch die Tür treten könnte ...

In diesem Moment öffnet sich die Tür, und ich zucke zusammen, doch es ist nicht Sara, sondern Francesca, die heraustritt.

»*Buongiorno*«, sagt mein Vater, und Francesca erwidert den Gruß freundlich, bevor sie mich entdeckt.

»*Ciao*, Luca! Wie geht's dir?« Mit interessierter Miene sieht sie von mir zu meiner Familie und zurück.

»Da-danke, gut ...«, stottere ich etwas überfordert, trete dann aber doch näher. »Ich habe überraschend Besuch bekommen, das sind mein Papà Davide, seine Frau Giorgia und meine ... Schwester Angelina.«

»Was für eine schöne Überraschung! Ich bin Francesca, Mauros Nonna.« Sie zeigt mit dem Daumen über die Schulter. »Ich wollte gerade zur Post, aber ihr könnt gern auf einen *caffè* hereinkommen.« Francesca legt die Hand an den Türknauf, aber bevor jemand reagieren kann, schüttle ich den Kopf.

»Danke, Francesca, bitte keine Umstände. Wenn ihr das nächste Mal da seid, gehen wir gemeinsam im Restaurant essen, Mauro macht wirklich die beste Pizza.« Mir wird ganz heiß bei der Vorstellung, mit Francesca und meiner Familie Espresso zu trinken, während vermutlich niemand von Saras und meinem Konflikt weiß. Sonst hätte Francesca es doch nicht angeboten, oder? Sie lächelt mich an, und auf einmal bin ich mir nicht mehr so sicher ... Sara hat ein enormes Vertrauensverhältnis zu ihrer Nonna, vermutlich weiß sie doch Bescheid.

»Dann ein anderes Mal. Wir sehen uns ja beim Festival. Hat mich sehr gefreut«, sagt sie an meine Familie gewandt. Anschließend macht sie sich auf in Richtung Marktplatz, während wir die Straße weitergehen.

»Bevor wir wieder nach Deutschland kommen, bist jetzt erst mal du an der Reihe«, nimmt mein Vater das Gespräch auf, und Angelina klatscht begeistert in die Hände.

»Au ja, Luca, du hast noch gar nicht meine Katzen kennengelernt, ich habe zwei!«

»Wow, tja ... dann muss ich wohl wirklich mal vorbeikommen«, sage ich, zwinkere ihr zu und atme erleichtert auf, als wir das Restaurant hinter uns lassen.

»Das wäre doch schön«, sagt auch Giorgia. »Du darfst selbstverständlich auch jemanden mitbringen, zum Beispiel eine Freundin.« Neugierig betrachtet sie mich.

Das Lachen, mit dem ich das plötzliche dumpfe Gefühl zu überspielen versuche, gelingt nicht so richtig. »Ich komme gerne«, sage ich und meine es zum ersten Mal seit vielen Jahren ernst. Wahrscheinlich täte mir ein Tapetenwechsel sogar gut, jetzt, da ich nicht mehr die Sorge habe, dass ich mir von morgens bis abends nur Vorwürfe anhören müsste, warum ich nicht in Italien bleibe.

Als wir uns am späten Nachmittag voneinander verabschieden, verspreche ich Angelina hoch und heilig, meinen nächsten Urlaub bei ihr zu verbringen. Ich habe die drei noch bis ans Hotel begleitet, von wo aus sie morgen früh weiter nach Hamburg aufbrechen, weil Giorgia die Stadt schon immer einmal sehen wollte.

Auf dem Weg zurück nach Hause bin ich versucht, den Chat mit Sara zu öffnen. Warum ist sie die Einzige, der ich sofort vom heutigen Tag erzählen möchte? Davon, wie überraschend Papàs Entschuldigung für mich kam. Dass ich sie annehmen will und es trotzdem noch wehtut. Dass es schön war, Angelina wiederzusehen, obwohl sie mir manchmal immer noch so fremd ist, dass der Gedanke, eine Schwester zu haben, seltsam ist. Sara würde die widerstreitenden Gefühle in mir verstehen wie niemand anderes, denn wer kennt sich besser mit familiären Konflikten aus als sie?

Merda, ich vermisse sie. Trotzdem schiebe ich das Handy zurück in die Hosentasche.

36

LUCA

Das *Food Lovers Festival* erstreckt sich auf einem Gelände vom Marktplatz über die Rheinpromenade bis zum alten Hafen und hat sich laut der Homepage in den letzten Jahren von einem winzigen Food-Festival zu einer bunten Feier von Kultur und Vielfalt entwickelt. Es beteiligen sich nicht nur die meisten Bars und Restaurants, sondern auch soziale und kulturelle Einrichtungen aus Düsseldorf und Umgebung. Trotzdem bin ich beeindruckt, als ich am Samstag zum Festivalgelände aufbreche und schon auf dem Weg die Menschenmengen in Richtung Altstadt strömen sehe. Mein ehemaliger Mitbewohner Vale hat mir gestern überraschend eine Nachricht geschickt, dass er und seine Freundin Lynn spontan da sein werden, um Aaron auf der Bühne zu sehen. Wir haben vereinbart, dass wir uns dort treffen, und obwohl wir in den letzten Monaten nicht so viel Kontakt hatten, freue ich mich, die beiden wiederzusehen.

Ab dem Marktplatz ist es so überfüllt, dass ich mich zunächst orientieren muss. Die gepflasterte Freifläche um das Reiterdenkmal wird von bunt dekorierten Ständen und Hütten belegt, um die sich zahlreiche Menschen tummeln. Ein Einhorn-Luftballon stößt mir gegen den Kopf und nimmt mir einen Moment die Sicht.

»Hoppla! Entschuldigung.« Ein Mann zieht ein kleines blondes Mädchen näher zu sich und beugt sich zu ihr hinunter. »Lissy, du musst ein bisschen aufpassen mit dem Luftballon. Soll Papa ihn für dich nehmen, bis wir zu Hause sind?«

»Nein!«, höre ich das Mädchen noch aufgebracht sagen, dann verschwinden die beiden zwischen einer Gruppe junger Leute, die durch bunt gefärbte Haare und ihre extravagante Kleidung herausstechen. Sie unterhalten sich lachend und scheinen sich über das Essen an einem Stand in der Nähe auszutauschen.

Ich habe mich mit Adrian und Aaron an einer mexikanischen Essensbude verabredet, die unterhalb der Justitia platziert ist, und ich brauche geschlagene fünf Minuten, um einmal auf die andere Seite zu kommen. Zum Glück entdecke ich die beiden direkt und winke Adrian, der sich suchend umschaut. Als er auf mich aufmerksam wird, stößt er Aaron an, der sich ebenfalls in meine Richtung umdreht und lächelt, sobald er mich erblickt. Seit er seine markanten Locken abrasiert hat, kommt sein kantiges Gesicht viel mehr zur Geltung.

»Hey! Sorry für die Verspätung, ich hab das hier völlig unterschätzt«, gebe ich zu und umarme die beiden nacheinander. Nach Adrians freundschaftlichem Schulterklopfen kommt mir Aarons Umarmung federleicht vor.

»Es ist wirklich wahnsinnig voll.« Aaron lässt den Blick schweifen und sieht etwas nervös aus.

Adrian nimmt seine Hand und sieht ihn lächelnd an. »Mach dir keine Sorgen! Du schaffst das.« Dann wendet er sich mir zu. »Ich weiß ja nicht, wie es dir geht, aber ich hab einen Bärenhunger. Diese Tacos hier sehen genial aus! Hast du Lust?« Er deutet auf den Stand neben uns, vor dem sich eine kleine Schlange gebildet hat.

»Gerne. Und dann laufen wir eine Runde über das Gelände?«

»So machen wir es. Aaron muss in einer Stunde wieder hier sein, wir haben also ein bisschen Zeit.«

Aaron nickt und lässt uns den Vortritt. »Ich bringe sowieso nichts runter, bevor ich diesen Auftritt nicht hinter mir habe.«

Mit unserem Essen, das genauso lecker schmeckt wie erhofft, laufen wir über das Gelände. Entlang der Rheinpromenade ist es nicht ganz so überfüllt wie auf dem engen Marktplatz. Von allen Seiten dringen fröhliche Musik, begeisterte Stimmen und lautes Gelächter zu uns. Die Atmosphäre ist mitreißend, weshalb ich mein Handy zücke, ein Foto mache und meine Nachrichten öffne. Doch als ich Saras Kontakt auswähle, fällt mir auf, dass wir uns zwar morgen hier treffen werden, aber seit unserem Streit keine Nachrichten mehr ausgetauscht haben. Gern würde ich ihr schreiben, dass ich an sie denke, während ich mich inmitten dieser mitreißenden Festivalstimmung aufhalte. Dass ich an ihre sprudelnde Art erinnert werde. Aber natürlich tue ich nichts von alldem. Und als Adrian sich mit fragendem Blick nach mir umsieht, stecke ich das Handy weg und beeile mich, zu den beiden aufzuschließen.

Als wir eine gute Stunde später vor der Bühne stehen, auf der die Open Stage stattfinden wird, haben sich um uns herum zahlreiche unterschiedliche Menschen eingefunden, die aufmerksam auf den Beginn der Veranstaltung warten.

Die Moderatorin kündigt Aaron mit wenigen Worten an, und nachdem für ihn applaudiert wurde, wird es überraschend ruhig. Dann steht er oben, in seinem schwarzen Outfit, das seine schlanke Tänzergestalt hervorhebt, und hält das Mikro fest, als hinge sein Leben davon ab.

»Mein Name ist Aaron Schneider, und ich … möchte heute meine Geschichte mit euch teilen.«

Bestärkendes Klatschen der Zuschauer brandet auf.

»Meine Mutter wurde vor vielen Jahren Opfer eines Femizids. Ihr Mann, mein … Vater … hat sie umgebracht.«

Aaron lässt sich nicht von den erschrockenen Reaktionen seines Publikums beirren, ich schätze, er hat sie erwartet, doch ich starre Adrian an.

»Du hast nie was gesagt«, sage ich halblaut, aber er nickt nur in Richtung Bühne.

»Es war nicht so einfach.«

Aaron ergreift wieder das Wort, und seine inzwischen feste Stimme erfüllt den Platz vor der Bühne. »Als ich fünfzehn Jahre alt war, habe ich mich in einen Jungen aus meiner Schule verliebt. Er war der schönste Mann, den ich bis dahin getroffen hatte, und wir waren glücklich.« Sein Blick schweift einen Moment in die Ferne. »Mein Vater hatte mit meiner Lebensrealität nichts zu tun, und als meine Mutter ihn verließ, war ich erleichtert. Aber ich war auch zu sehr mit mir selbst beschäftigt, um den Hass zu bemerken, den mein Vater auf meine Mutter und mich entwickelte. Mein Freund hat uns beiden damals das Leben gerettet.«

Er macht eine Pause, atmet durch, den Blick auf seine Schuhe geheftet. Dann sieht er auf und fokussiert sein Publikum. »Ich habe mich lange Zeit versteckt.« Sogar hier unten kann ich erkennen, dass Aarons Adamsapfel hüpft, als er schluckt. »Ich habe meinen Namen geändert, bin in eine andere Stadt gezogen und habe versucht, meine Freundschaften oberflächlich zu halten.« Sein Blick ist fest auf Adrian gerichtet, während die Blicke des Publikums wie gebannt auf ihm liegen. »Ich habe gelogen, aus

Angst vor der Wahrheit. Aber das will ich nicht mehr. Ich will mich nicht mehr verstecken.«

Jubel brandet auf, und ein paar Anfeuerungsrufe schallen nach vorn, woraufhin Aaron zaghaft lächelt. »Dass ich heute hier stehen und euch meine Geschichte erzählen kann, verdanke ich Adrian. Er hat mir den Mut und vor allem die Liebe geschenkt, die ich gebraucht habe, um mir selbst zu vergeben, was geschehen ist. Und um mich selbst wieder lieben zu können. Jeden Tag ein bisschen mehr. Und am meisten, mit ihm an meiner Seite.« Jetzt lächelt er richtig, und als er das Mikrofon an die Moderatorin zurückgibt, wird er mit lautem Jubel und Klatschen begleitet, bis er die Treppe nach unten gelaufen ist und von der Menge verschluckt wird.

Adrian hat Tränen in den Augen, und auch mich haben Aarons Worte ergriffen. Bevor ich mich sammeln kann, taucht er neben uns auf und nimmt Adrian in den Arm.

»Ich liebe dich«, höre ich ihn sagen, der Rest geht unter, als die Moderatorin wieder das Wort ergreift und die nächste Rednerin ankündigt.

»Da seid ihr ja!« Eine fröhliche Stimme in meinem Rücken lässt mich aufhorchen, und als ich mich umdrehe, entdecke ich zuerst Lynn, deren dunkle Locken von einem pinken Haarband zusammengehalten werden. Direkt hinter ihr, ihre Hand haltend, folgt Vale. Er sieht gut aus, der leichte Bartschatten steht ihm, aber vor allem der zufriedene Ausdruck in seinem Gesicht.

»Hallo«, sage ich und begrüße die beiden dann mit einer Umarmung.

Während Lynn schon weiterstürmt und Aaron um den Hals fällt, bleibt Vale bei mir stehen. »Geht's dir gut? Tut mir echt leid, dass ich mich so selten gemeldet habe, aber das Projekt am Lehrstuhl nimmt mich echt völlig ein.«

»Du siehst aus, als würde es dir guttun«, antworte ich lächelnd, und er nickt.

»Ja, das tut es wirklich.«

»Und, eure gemeinsame Wohnung? Passt alles?«, erkundige ich mich.

»Du hast ja noch mitbekommen, dass ich mir einige Gedanken dazu gemacht habe.«

Ich muss schmunzeln. »Vale, der ewige Overthinker.«

»Manche Dinge ändern sich nie.« Er zuckt die Achseln. »Aber bisher klappt es wirklich gut. Und bei dir? Geht's dir gut in Düsseldorf?«

Ich kann nichts dagegen tun, dass Saras Gesicht vor meinem inneren Auge aufflackert. Aber Vale, selbst absoluter Pessimist in Liebesangelegenheiten, will ich damit nicht belasten, er würde sich nur wieder und wieder bestätigt fühlen. Außerdem hängt mein Glück nicht von Sara ab, oder? Ich habe einen tollen Nebenjob mit netten Kolleginnen und Kollegen, einen gut bezahlten Ausbildungsplatz in Aussicht und eine Wohnungszusage mit einem extrem netten Vermieter.

»Mir geht's gut«, sage ich deshalb. »Es war die richtige Entscheidung, hierherzukommen.«

»Das freut mich wirklich für dich.«

»... Alkoholikerin – und ich weiß, diesen Begriff verbinden die wenigsten Menschen mit einer Frau Ende Zwanzig.« Die Frau auf der Bühne zieht meine Aufmerksamkeit auf sich, und auch Vale wendet sich nach einer kurzen Begrüßung von Aaron und Adrian der Bühne zu.

»Ich hatte diesen Freundeskreis, in dem es völlig normal war, dass ständig und überall getrunken wurde. Und irgendwann fing es an, dass ich auch etwas getrunken habe, wenn wir uns nicht getroffen haben. Zuerst nur mal ein Glas Wein nach dem Essen, um ein bisschen abzuschalten.« Sie zupft am Ärmel ihrer hellen Bluse und wechselt dann die Hand mit dem Mikrofon. »Als ich festgestellt habe, dass ich nervös werde, wenn in meinem Vorratsschrank nur noch eine Flasche Wein steht, habe ich Angst bekommen. Aber ich wusste nicht, was ich tun soll.«

Die Frau berichtet weiter von ihrer Geschichte, und wie schon zuvor bei Aaron wird auch ihr alle Aufmerksamkeit des Publikums zuteil. Als sie erzählt, dass sie sich in einen Entzug begeben hat, den sie erfolgreich durchgezogen hat, brandet lauter Applaus auf, dem ich mich anschließe.

»Ich habe es noch lange nicht geschafft. Momentan bin ich jeden Tag in einer ambulanten Therapie, und es wird noch dauern, bis ich wieder so am Leben teilnehmen kann, wie ich es mir wünsche. Aber ich gebe heute euch und vor allem mir selbst das Versprechen, dass ich nicht aufgeben werde!«

»Du schaffst das, Vivi!«

»Wir lieben dich!«

Die Rufe kommen von irgendwo weiter hinten und bringen die junge Frau zum Lächeln. Sie bedankt sich noch mal und verlässt unter Applaus die Bühne.

Nachdem wir uns zwei weitere Auftritte angesehen haben, beschließen wir, dass wir uns noch eine Bar für ein gemütliches Getränk suchen. Am Alten Hafen werden wir schließlich fündig und ergattern einen Tisch, der gerade erst von einer Gruppe verlassen wurde. Das Personal räumt in Windeseile die letzten leeren Gläser weg, wischt den Tisch und nimmt unsere Bestellung auf.

»Vorbildlicher Service hier«, lobt Adrian, und ich stimme ihm zu. Schon nach kurzer Zeit erhalten wir unsere Getränke, und ich erkundige mich bei Vale nach seinem Job.

»Unser Projekt ist total gefragt, das Interesse ist riesengroß. Deshalb sind wir auch ständig auf der Suche nach Unterstützung.«

Lynn setzt den Strohhalm ab, durch den sie gerade einen Schluck von ihrem alkoholfreien Drink genommen hat. »Deshalb funktioniert unser Zusammenleben auch so gut.« Sie grinst. »Wir sehen uns eigentlich kaum, Vale ist nur noch an der Uni.«

»Ach, komm.« Lächelnd nimmt er auf dem Tisch ihre Hand in seine. »So ganz stimmt das nicht. Aber na ja, falls ihr zufällig jemanden mit passender Berufsqualifikation kennt, der oder die Interesse hat, eine Weile an unserem Lehrstuhl zu arbeiten … immer her damit.« Er lacht und nimmt sein Getränk auf.

»Falls ihr das Thema irgendwann für queere Liebe öffnet, bin ich dabei.« Adrian hebt sein Glas und prostet Vale zu, der nickt.

»Ich nehme dich beim Wort. Ich halte das für absolut möglich, momentan wird wirklich in alle Richtungen gedacht.«

»Wie wäre es mit dir, Luca?« Adrian nickt mir zu. »Du bist doch jetzt dank eurem Lovebirds-Menü ein Experte.«

Ich zeige ihm den Vogel, aber Vale und Lynn sehen mich neugierig an, sodass ich doch zu einer Erklärung ansetze. »Mauro hat mich angeheuert, um mit seiner Cousine Sara«, ich gebe mir Mühe, ihren Namen möglichst neutral auszusprechen, »ein Lovebirds-Menü für das Festival zu kreieren. Wir machen morgen einen Workshop, genau genommen zwei.«

»Ach ja!« Lynn stößt Vale an. »Das hab ich gelesen, als wir letztens in Köln im Restaurant waren.«

»Ja, die Plätze waren wohl in Windeseile vergeben, dabei hat Mauro eigentlich nur in den Restaurants Werbung dafür gemacht.«

»Kann ich mir vorstellen.« Lynn nickt. »Wir waren auch wieder sehr zufrieden, oder?« Sie lächelt Vale zu.

»Absolut. Mauro lässt sich in letzter Zeit wenig blicken, aber zum Glück ist sein Pizzabäcker in Köln echt top«, antwortet Vale und wendet sich wieder mir zu. »Und du hast das mitentwickelt? Das ist ja cool!«

»Ja, es war ... Wenn es morgen gut läuft, kann ich im September mit der Ausbildung anfangen.«

»Was?«, quietscht Lynn und klatscht begeistert in die Hände, und auch Vale nickt anerkennend.

»Glückwunsch, das sind tolle Nachrichten!«

»Und diese Cousine von Mauro? Ist sie auch aus der Gastronomie?«, hakt Lynn nach.

»Sie ist Ernährungswissenschaftlerin, hat erst kürzlich ein Zertifikat in Ernährungspsychologie gemacht«, sage ich leise, doch Vales Kopf ruckt hoch, als hätte ich ihn angeschrien.

»Hallo?! Hast du mir vorhin zugehört? Genau solche Leute brauche ich. Warum hast du sie mir nicht längst vorgestellt?« Er lacht und schüttelt gleichzeitig den Kopf.

»Äh«, mache ich, weil ich mir nicht sicher bin, ob das ein Scherz sein soll, und auch Aaron tauscht schmunzelnd einen Blick mit Adrian.

»Falls sie auf der Suche nach einer spannenden Herausforderung ist, soll sie sich melden«, sagt er jetzt ernst.

Lynn berührt für einen Moment meine Schulter. »Lass dich nicht von ihm aufstacheln, er versucht das in letzter Zeit wirklich überall, wo er hinkommt.« Lächelnd verdreht sie die Augen. »Ich wusste gar nicht, dass ihr auch Personal im Bereich Ernährung sucht?«

»Ernährung ist ein super interessantes Feld, wenig erforscht im Hinblick auf ihre Auswirkungen im zwischenmenschlichen Bereich. Wäre eine spannende Ergänzung.« Vale zuckt die Achseln, als wäre das klar. »Aber jetzt genug von mir. Aaron, erzähl du doch mal von deinem neuen Engagement«, fordert er Aaron auf, und sofort tritt ein stolzes Lächeln auf Adrians Gesicht.

Ich habe vorher nicht darüber nachgedacht, wie es sein würde, mit zwei Pärchen unterwegs zu sein, aber die Vertrautheit und Verbindung der vier lässt mich die Abwesenheit einer gewissen Person mehr als deutlich spüren. Und während Aaron bescheiden wie immer von seinem Engagement für die Staatsoper berichtet, erwische ich mich dabei, wie meine Gedanken immer wieder abschweifen. Ich frage mich, ob Sara heute auch schon hier unterwegs ist. Oder ob sie vielleicht im Restaurant arbeitet ... Wahrscheinlich kann Mauro jede helfende Hand gebrauchen. Morgen werden wir uns zum ersten Mal seit der Hochzeit wiedersehen. Und obwohl ich unsicher bin, wie ich ihr begegnen soll, obwohl ich Angst vor der Begegnung habe ... ist da auch ein bisschen Vorfreude. Weil ich Sara vermisse.

37

LUCA

Am nächsten Morgen bin ich so nervös, dass ich den Espresso ein zweites Mal aufsetzen muss, weil ich beim ersten Mal unglücklich gegen die Kanne stoße und dabei den ganzen Kaffee über die Herdplatte verteile. Ich ziehe drei verschiedene Shirts an und wieder aus, obwohl sie alle gleich sind und ich eigentlich dachte, dass ich darüber hinweg bin, mir wegen anderen Stress zu machen, wie ich aussehe.

Skeptisch starre ich mein Spiegelbild an, die dunklen Brauen, die Haare, die an den Seiten schon wieder einen Tick zu lang sind ... Sara hat das alles nie interessiert. Wenn wir zusammen waren, habe ich nie gezweifelt, ich habe mich einfach nur ... richtig gefühlt. Und so oft war ich mir sicher, dass es ihr genauso geht. Kann das alles wirklich nur in meinem Kopf gewesen sein?

Wieder kommen mir Adrians Worte in den Sinn. Wir haben nicht genug geredet, eigentlich überhaupt nicht. Ob sich heute eine Gelegenheit ergibt?

Als mein Handy mit irgendeiner belanglosen Push-Benachrichtigung aufleuchtet, erschrecke ich. Ich muss los! Das blaue Shirt, das ich aktuell trage, wird es also.

Ich schnappe mir eine Sweatjacke und die Bauchtasche, in der ich meine Wertsachen verstaut habe, und mache mich auf den Weg zum Restaurant. Unterwegs drehe ich die Musik in meinen Kopfhörern so laut auf, bis meine nervösen Gedanken verstummen. Sara ist jetzt nicht die Aufgabe! Ich muss mich darauf konzentrieren, den Workshop gut hinter mich zu bringen – es geht schließlich um meinen Ausbildungsplatz. Wer weiß, ob Mauro überhaupt noch bereit ist, mich zu beschäftigen, jetzt, wo Sara und ich sowohl unsere Freundschaft als auch alles andere an die Wand gefahren haben. Die Zukunftsängste sorgen nicht unbedingt für Entspannung, aber immerhin bin ich bei meiner Ankunft eine Viertelstunde später voll motiviert, alles zu geben.

»*Ciao*, Luca!« Giuseppe steht vor dem Gebäude und raucht eine Zigarette. »Pass bloß auf, dass du nicht unter die Räder gerätst«, warnt er mich augenzwinkernd. »Dadrin herrscht mal wieder Anarchie.«

»Das ist ja ganz was Neues«, sage ich belustigt und stoße die Tür auf.

»Wer hat die Getränkelieferung gestern entgegengenommen?«, brüllt Mauro durch das halbe Restaurant. »*Madonna mia*, der Weißwein fehlt!«

»Entspann dich mal, Giuseppe und ich haben den Weißwein schon gestern in den Kühlraum gebracht.« Saras Stimme lässt mich in der Bewegung innehalten. »Ganz hinten links«, ruft sie in die Küche.

»Sag das doch gleich.« Mauro kommt mit genervtem Gesichtsausdruck durch die Tür und bleibt neben Sara an der Theke stehen. Dann fällt sein Blick auf mich. »Luca! Was stehst du da so rum? *Andiamo, sbrigati*!«, treibt er mich an und gestikuliert dabei ausladend.

Ich winke Sara nur kurz zu, eile an ihm vorbei und schmeiße Tasche und Jacke in das Büro, bevor ich mir die Hände wasche.

»*Allora*, sind alle da?« Mauro hat das Team in der Küche zusammengetrommelt. Insgesamt sind wir zu sechst für die Workshops zuständig, das übrige Personal wird sich um den Betrieb des Restaurants kümmern. Für heute wird es keine normale Karte geben, sondern nur Außerhausverkauf von Pizza.

»Die angemeldeten Paare haben einen kurzen Fragebogen ausgefüllt, und Sara und ich haben gestern versucht, die Teilnehmenden möglichst passend auf das Team aufzuteilen. Ich bin optimistisch, dass ihr mit euren Lovebirds klarkommt.« Er reicht jedem von uns zwei Zettel.

Giuseppe und ich werden als Erstes mit Laura und Eliah arbeiten, laut ihrem Anmeldebogen beide Mitte zwanzig und große Pizzafans. In der zweiten Runde sind uns Christoph und Merle zugeteilt, die beiden sind Anfang und Mitte dreißig und lieben anscheinend italienische Nachspeisen. Um mich herum tauschen sich alle kurz aus, doch ich bleibe an Saras Blick hängen.

»Passt?«, fragt sie lautlos, und ich hebe den Daumen nach oben.

Mauro fasst nochmals alle Stationen zusammen. Die Vorspeisen werden mit Silvia im Gastraum vorbereitet, hierzu wurde extra eine Arbeitstheke aufgebaut, und ein Teil der Tische und Stühle wurden herausgenommen. Primo und Secondo werden in der Küche zubereitet, da diese beiden Gänge am aufwendigsten sind und die meisten Utensilien benötigt werden. Sara wird sich um das Risotto kümmern, Danilo und Mauro übernehmen das Fleisch mit den Beilagen. Giuseppe und ich werden uns im Gastraum an der Pizzatheke der Focaccia und der Crostata annehmen. So trägt jedes Paar seinen Teil bei und darf am Ende das gesamte Menü genießen.

Als Mauro mit seiner Ansprache geendet hat, dauert es

noch eine halbe Stunde, bis die Paare des ersten Workshops eintreffen werden. Alle machen sich sofort an die Arbeit, sich ihren Arbeitsplatz einzurichten. Giuseppe winkt mich zu sich, und ich folge ihm an die Theke mit dem Pizzaofen im Gastraum.

»Zuerst richten wir alle Zutaten für die Focaccia her, da der Teig gehen muss und wir uns dann in der Zwischenzeit an den Teig für die Crostata machen können.« Gemeinsam räumen wir die Kiste mit den Zutaten auf der Theke aus und sortieren die Produkte.

»Ich würde sagen, es reicht, wenn wir dann nach den Vorspeisen die Mandelcreme zubereiten und den Kuchen zum Primo in den Ofen geben.«

»Klingt gut. Wie lange braucht er noch mal?« Giuseppe sieht sich nach dem Rezept um.

»Vierzig Minuten. Die Pärchen hätten dann bis zum Secondo Pause, und dann kann er anschließend lauwarm serviert werden«, schlage ich vor, und Giuseppe nickt zustimmend.

»*Perfetto*. Jetzt müssen wir das nur noch hinbekommen«, sagt er, und sein raues Lachen schallt durch den Gastraum. »Ich hoffe, diese Leute verstehen ein bisschen was vom Backen.«

***

Laura und Eliah sind zum Glück absolut sympathisch, neugierig und mit einem guten Gefühl fürs Kochen ausgestattet. Die beiden harmonieren wunderbar und nehmen unsere Tipps und Unterstützung dankbar an. Im Restaurant herrscht ein wilder Mix aus Unterhaltungen, dem Lärm der Küchengeräte und dem Brutzeln der verschiedenen Speisen.

Weil Mauro und Giuseppe nebenher den Pizzaofen für den Außerhausverkauf bedienen, bin ich komplett eingespannt, und ich vermute, dass es Sara ähnlich geht, jedenfalls habe ich sie noch keine Sekunde außerhalb der Küche gesehen. Jedes Mal, wenn ich etwas in die Spülküche bringe oder Mehlnachschub hole, bleibt mein Blick an ihr hängen. Die dunklen Haare hat sie zu zwei straffen Zöpfen geflochten und die Schürze mit Mauros Logo eng um ihren Körper gebunden. Sie macht einen konzentrierten Eindruck, aber mir fällt trotzdem auf, dass ihr Blick mir ebenso folgt, wenn sie denkt, ich bemerke es nicht.

Während der Teig für die Focaccia geht, lasse ich Laura Cocktailtomaten und Eliah Zwiebeln schneiden. Giuseppe unterstützt Mauro in der Zwischenzeit bei der Pizzazubereitung, und ich bereite schon alle Zutaten für unsere Crostata vor, denn wenn wir zu langsam sind, ist sie später noch zu warm.

»Luca?« Silvia ist in der Küchentür aufgetaut. »Was macht die Focaccia? Wir dürften in den nächsten fünfzehn Minuten mit den Vorspeisen durch sein, dann können wir mit dem Anrichten beginnen. Schafft ihr es, dass wir in einer guten halben Stunde servieren?«

»Das kriegen wir hin.« Ich hebe den Daumen und wende mich unseren Lovebirds zu, die soeben mit dem Schnippeln der Zutaten fertig geworden sind. »Ihr habt es gehört. Wir belegen einen Teil des Teiges mit dem Gemüse, der Rest wird nur mit Salz und Rosmarin gewürzt.« Ich ziehe eine Form mit Teig hervor. Er ist gut aufgegangen, und durch das Einarbeiten des Öls hat er seine charakteristischen Löcher gebildet. Ich gebe beispielhaft die Zwiebeln auf den Teig und nehme dann einen Pinsel zur Hand, den ich in Wasser eintauche. »Wir benetzen den Teig noch ein wenig mit Wasser, und dann geht's ab in den Ofen«, kommentiere ich mein Tun. Im Anschluss reiche ich Laura und Eliah je einen Pinsel und stelle die vorbereiteten Formen nach und nach auf die Theke.

»Würdest du noch mehr Tomate draufmachen?« Laura hält mir eine Schüssel hin, und ich schüttle den Kopf.

»Nein, das ist perfekt so. Das besondere an der Focaccia ist, dass sie im Gegensatz zur Pizza für sich allein steht. Das Gemüse ist eher als kleines Topping zu sehen.«

Sie nickt und gibt den fertig belegten Teig dann an Giuseppe weiter, der einen nach dem anderen in den Ofen schiebt. Dort müssen sie für etwa fünf bis zehn Minuten backen.

»Na, hättest du das gedacht?« Eliah lässt seinen Pinsel schwungvoll über den Teig gleiten und lächelt Laura an. »Bis jetzt habe ich weder irgendwas abgefackelt noch irgendeine andere Katastrophe ausgelöst.«

Lachend legt Laura eine Hand auf seinen Rücken. »Zum Glück lässt man dich nicht an den Pizzaofen.«

Grinsend nehme ich den Teig von ihm entgegen und reiche ihn an Giuseppe weiter. »Was das angeht, sind die Pizzabäcker eigen«, sage ich. »Aber das klingt so, als wärst du nicht so erfahren in der Küche?«

Eliah hebt die Schultern und sieht Laura an. »Nein, ich muss zugeben, dass zu Hause meistens Laura das Kochen übernimmt. Ich finde es ja eigentlich nicht schlecht, aber ich bin wohl einfach …«

»Ungeübt«, ergänzt sie und reicht Giuseppe den letzten Teig. »Deshalb fand ich die Idee mit dem Workshop toll. Ich liebe es, gemeinsam zu kochen.«

»Jetzt bin ich gespannt, ob es auch schmeckt«, erklärt Eliah schmunzelnd.

»Na, das will ich doch hoffen. Ich hole schnell was zum

Wischen, dann können wir unseren Arbeitsplatz vorerst säubern und sind im Grunde fertig.«

In der Küche herrscht ein Gewusel, weil Silvia mit ihrem Paar begonnen hat, die Vorspeisenteller anzurichten. Sara steht am Herd und gießt Flüssigkeit in das Risotto, während eine Frau mit dunkler Kurzhaarfrisur den köchelnden Reis rührt. Für einen Moment bleibt Saras Blick an mir hängen, und alles in mir schreit danach, einfach zu ihr rüberzugehen, mich hinter sie zu stellen und ihr über die Schulter zu schauen. Aber natürlich tue ich das nicht, sondern lächle ihr flüchtig zu und besorge dann aus der Spülküche einen kleinen Eimer mit warmem Wasser.

Nachdem wir alles für die Zubereitung des Kuchenteiges vorbereitet haben, schicken wir Laura und Eliah schon mal los, um sich einen der vorbereiteten Tische im Gastraum auszusuchen, und wenige Augenblicke später folgen auch die anderen. Obwohl Mauro damit gedroht hatte, die Playlist noch umzuschmeißen, läuft im Hintergrund Ultimo.

Als ich die Lovebirds alle an ihren Tischen sitzen sehe, bei gedimmtem Licht, Kerzenschein und mit dem Wein, den Sara und ich für die Vorspeisen ausgewählt haben, muss ich an unser eigenes Menü denken. Auch wenn es uns nicht zu hundert Prozent überzeugt hat – der Abend hat etwas verändert. Für einen Moment wird die Sehnsucht so groß, dass ich nicht weiter tatenlos herumstehen kann, deshalb löse ich Giuseppe am Pizzaofen ab, der sich dankbar seine Zigaretten schnappt und nach draußen verschwindet.

Nachdem die Vorspeisen durch sind, machen sich alle wieder an die Arbeit. Silvias Team unterstützt uns zuerst bei den Törtchen und hilft dann Saras Pärchen beim Anrichten des Risottos, das bei allen sehr gut ankommt.

Nach dem zweiten Hauptgericht sind die Paare auch untereinander warm geworden und helfen sich gegenseitig, unterhalten sich lebhaft und tauschen sich begeistert über das Essen aus. Als wir den ersten Workshop verabschieden, ist Sara der Stolz über den Erfolg unseres Menüs deutlich anzusehen, und Mauros Lob tut dem gesamten Team gut. Doch es bleibt nicht viel Zeit, uns auszuruhen. Kaum dass wir die Arbeitsplätze wieder in Ordnung gebracht haben, stehen schon die Pärchen für den zweiten Workshop bereit, und wir starten von vorn.

***

»Luca.«

Ich zucke zusammen, als Saras Stimme mich aus der Konzentration reißt. Sie steht in der Tür, zwei Tassen mit Espresso in der Hand. »Los, mach mal Pause.« Ihre Stimme klingt fordernd, und ich tue mich schwer, ihr irgendwelche Emotionen vom Gesicht abzulesen. Auch sie sieht inzwischen müde aus, ihr Babyhaar hat sich aus den Zöpfen gelöst und kringelt sich am Ansatz, was wunderschön aussieht.

Mit ein paar Papierhandtüchern trockne ich mir die Hände und nehme ihr eine Tasse ab. »Danke«, sage ich leise und folge ihr in die Küche, wo sie den kleinen Tisch ansteuert, an dem wir schon oft gemeinsam saßen.

»Leistest du mir Gesellschaft?«, fragt sie. Die Spur Unsicherheit in ihrer Stimme bilde ich mir bestimmt ein.

»Sicher.« Ich setze mich ihr gegenüber und nehme einen Schluck Espresso, der dank der vorgeheizten Tassen noch schön heiß ist.

»Geht's dir gut?«, frage ich sie.

Sie hebt den Kopf und sieht mich durchdringend an,

dann hebt sie unbeholfen eine Schulter. »Es ging mir schon sehr viel schlechter. Aber besser war's auch schon mal.« Sie zieht einen Mundwinkel ein Stück hoch. »Und dir?«

»Ich schätze, das trifft es ganz gut.«

»Hast du das zweite Risotto probiert?«

Ich schüttle den Kopf. »Bis auf ein bisschen Focaccia hab ich noch gar nichts gegessen.«

Sie schüttelt missbilligend den Kopf, steht auf und geht an den Herd, wo sie sich eine Schüssel schnappt und ein wenig Risotto aus dem Topf schöpft. Zusammen mit Besteck bringt sie es zurück an den Tisch.

»Hier, probier wenigstens mal. Es ist wirklich toll geworden.« Sie lächelt. »Und das soll kein Eigenlob sein, Angelika und Robert waren echt der Hammer.«

Das Pärchen, das sie beim zweiten Workshop betreut, ist Anfang fünfzig und, wenn ich es richtig mitbekommen habe, mit der italienischen Küche bestens vertraut.

Ich nehme einen Löffel von dem lauwarmen Risotto. Der Reis hat den perfekten Garpunkt, die Konsistenz ist cremig, aber die Körner haben ihren Biss behalten, genau wie es sein soll.

Ich begegne Saras erwartungsvollem Blick und erwidere ihr Lächeln. »Sehr lecker.«

Sie nickt zufrieden, doch bevor sie noch etwas sagen kann, kommen Silvia und Danilo in die Küche.

»Luca, du wirst verlangt. So langsam sind die Paare mit dem Secondo durch«, erklärt Silvia, während Danilo schon beginnt, das Kochgeschirr in die Spülküche zu räumen.

Ich nehme noch einen schnellen Löffel Risotto, bevor ich Sara einen entschuldigenden Blick zuwerfe. »Bis später«, sage ich, woraufhin sie nickt und sich Danilo anschließt.

Obwohl wir schon beim ersten Workshop angenommen hatten, dass die Paare sich spätestens nach dem Secondo nicht mehr von ihren Plätzen wegbewegen und den restlichen Abend genießen, stehen auch dieses Mal nach kurzer Zeit fast alle Pärchen um die Theke mit dem Pizzaofen. Ich schnappe mir drei der Paare und zeige ihnen anhand eines Beispieltellers, wie wir den Kuchen mit etwas Puderzucker bestäuben und mit den Brombeeren anrichten, während Mauro sich zwei weitere Paare abzieht und sie eine Runde Amaro für alle ausschenken lässt. Die Stimmung ist ausgelassen und entspannt, alle Paare sind gut gelaunt, satt gegessen, und auch beim Personal spüre ich trotz des stressigen Tages den Stolz und die Freude über das gelungene Event.

Als die Lovebirds mit ihrer Nachspeise und dem Absacker an ihren Plätzen sitzen, trommelt Mauro das gesamte Team in den Gastraum.

»*Cari ospiti, cari amici* ... in der *Pizzeria da Mauro* werden Gäste zu Freunden und alle zu einer großen Familie.« Er lächelt breit in die Runde. »Ich hoffe, euch hat der Workshop gefallen, ihr konntet etwas mitnehmen, für euch, für eure Liebe, und ein gutes Essen genießen.«

Angelika nimmt ihre Gabel und schlägt damit an ihr Glas, die anderen tun es ihr lachend nach, bis ein klirrender Applaus den Gastraum füllt.

»*Grazie, grazie.*« Mauro wartet, bis es wieder ruhiger geworden ist, dann wendet er sich uns zu. »Ich bin sehr stolz darauf, so ein tolles Team in Düsseldorf gefunden zu haben. Zuletzt möchte ich einen besonderen Dank an meine Cousine Sara und an Luca aussprechen.« Er winkt uns zu sich, und ich spüre Röte in meine Wangen steigen, als unsere Gäste erneut an ihre Gläser schlagen. »Ihr habt euch mit Herzblut für dieses Menü eingesetzt, und ich glaube, es hat sich gelohnt. *Grazie.*«

Das Team applaudiert lautstark, woraufhin Sara sich zu mir umdreht und lächelt. Und als ich es erwidere, überbrückt sie die kurze Distanz und schließt mich einen wundervollen Augenblick in ihre Arme. Der süße Duft ihres Haares vermischt mit den Gerüchen der letzten Stunden kriegt mich, und am liebsten würde ich sie gar nicht mehr loslassen. Viel zu schnell löst sie sich wieder von mir, und ich schaue verlegen in die Runde.

»Genug des Lobes! Mein Team geht zurück an die Arbeit, und euch wünsche ich ein letztes Mal einen guten Appetit.« Mauro grinst, und dann dreht er sich zu Sara und zwinkert ihr zu.

38

SARA

Mauro zwinkert mir zu, und ich weiß genau, was er mir sagen will. *Er liebt dich, du liebst ihn, es ist ganz einfach.* Und vielleicht ist es das auch?

Santa Maria, er fehlt mir wie verrückt. Es ist nicht wie diese lähmende Panik, die ich manchmal gespürt habe, wenn es Vini gelungen ist, mir einzureden, dass ich ohne ihn nicht leben kann. Ich weiß, dass ich ohne Luca leben kann. Ich bin noch jeden Tag dabei, meinen Weg zu finden, aber ich finde ihn, und ich schaffe es allein. Der Punkt ist ... ich will ihn dabeihaben. Ihm will ich es als Erstes erzählen, wenn ich mal wieder ohne Trinkgeld an der Haustür eines frei stehenden Einfamilienhauses abgewimmelt wurde. Mit ihm gemeinsam will ich die Augen verdrehen, wenn Mauro einen seiner Ausraster hat und mich zusammenscheißt, weil ich mich verfahren habe und zu spät zurück bin. All die großen und kleinen Momente will ich mit ihm teilen. Ich will mit ihm kochen und unser Essen genießen, nur er und ich.

Bei dem Gedanken knurrt mein Magen, denn wie Luca habe auch ich über den Tag kaum etwas in den Bauch bekommen. Und dann kommt mir eine Idee ...

Um mich herum haben sich alle zurück an ihre Posten begeben, und als ich die Küche betrete, kommen Silvia und Danilo gerade mit ihren Jacken und verabschieden sich bei Mauro, der sich noch mal für ihren Einsatz bedankt.

»*Ciao*, Sara!« Silvia winkt mir zu, und Danilo klopft mir mit anerkennendem Blick auf die Schulter.

»Wo ist er?«, frage ich an Mauro gewandt, als die beiden durch die Tür sind.

»Spülküche. Schnapp ihn dir, wir machen hier später weiter. Den Rest morgen früh, Nonna hat mir angeboten, zu helfen. Ich bin mit Giuseppe draußen.« Er nimmt eine frische Teigkiste mit nach draußen, denn das Pizzageschäft läuft nach wie vor, und auch wenn ich vom Festival wenig mitbekommen habe, scheint auf der Terrasse ordentlich Betrieb zu sein.

Obwohl ich total ausgehungert bin und vielleicht wenigstens kurz ein Stück Pizzabrot essen sollte, gehe ich rüber zur Spülküche und bleibe in der Tür stehen. Luca fallen ein paar Strähnen ins Gesicht, und er trocknet die nassen Hände an seiner Schürze ab. Als er den piepsenden Geschirrspüler öffnet, entweicht eine Wolke Wasserdampf. Bevor er den Spülkorb herausnehmen kann, mache ich auf mich aufmerksam.

»*Ciao*, Luca.«

Die Luft zwischen uns flirrt, vermutlich vom Wasserdampf, aber ich spüre es auch im übertragenen Sinn. Zwischen uns ist etwas, und ich weiß, dass es meine Aufgabe ist, einen Schritt auf ihn zuzugehen. Also tue ich es, wortwörtlich. Luca verharrt in der Bewegung, wartet ab, mustert mich mit leicht geöffnetem Mund und gehobenen Brauen.

»Können wir reden?«

»Hier?«

»Hier ist es zumindest ruhig«, sage ich mit einem Lächeln.

Luca nickt und lehnt sich mit der Hüfte gegen die Theke.

»Ich hab's ziemlich verbockt, oder?« Ich schüttle den Kopf, um mich zu sammeln. »Du kannst dir vielleicht vorstellen, dass Mauro mir nach der Hochzeit ordentlich den Kopf gewaschen hat.«

Luca zieht die Brauen zusammen und runzelt die Stirn. »Mauro? Weswegen?«

»Er hat vielleicht nicht gleich etwas von unserem One-Night-Stand erfahren, aber ... er hat sehr wohl mitbekommen, dass da etwas zwischen uns ist. Und dass ich einen Fehler begehe, indem ich es abstreite.«

»Warum hast du es dann getan?«

»Ich hatte Angst. Ich war mir meiner selbst nicht sicher. Ich ... es tut mir leid, dass ich so über dich gesprochen habe. Bitte glaube mir, dass ich es nicht in böser Absicht getan habe, ich habe mich in die Ecke gedrängt gefühlt und ... ich wollte dich einfach schützen. Und na ja, ich wollte mich schützen.«

Lucas Blick wird ganz weich. »Ich weiß, ich wirke vielleicht nicht so tough wie andere. Nicht so tough wie du. Aber du musst mich nicht beschützen. Es reicht, wenn du auf dich aufpasst.«

Ich nicke. »Es hat mich so wütend und traurig gemacht, dass ein Teil meiner Familie einfach nicht sehen kann, dass ich glücklich bin. In ihren Augen kann ich das nur zu ihren Bedingungen sein ... ich schätze, das habe ich sehr lange geglaubt.«

»Und jetzt?«

»Mit dir an diesen Gerichten zu arbeiten, hat mir so unglaublich viel Spaß gemacht. Zeit mit dir zu verbringen, einfach alles ... *Dio*, ich hab dich so sehr vermisst.«

Ich sehe, dass Luca schluckt, doch bevor er etwas erwidern kann, spreche ich weiter.

»Ich habe nicht erwartet, mich zu verlieben. Alles war klar, wir haben darüber gesprochen, wir hatten einen Deal. Es war einfacher, daran festzuhalten, als mir einzugestehen, dass ich die Kontrolle verloren habe.«

»Ich hatte auch nicht geplant, mich zu verlieben.« Lucas Stimme ist rau. »Du hast gesagt, dieses dämliche Lovebirds-Menü funktioniert nicht, du hast gesagt, ich muss mir keine Sorgen machen.« Vorwurfsvoll sieht er mich an, und für einen Moment beiße ich mir auf die Unterlippe, doch dann bricht es aus mir heraus. Ich lache, und Luca lacht mit mir. Als wir uns wieder beruhigt haben, knurrt Lucas Bauch in die plötzliche Stille, und er legt erschrocken eine Hand darauf.

»*Oh dio,* ich bin auch am Verhungern«, platze ich heraus, woraufhin er erneut lacht.

»Ich wette, es gibt noch Reste vom Lovebirds-Menü.«

Ich ziehe eine Braue hoch. »Mutig von dir. Aber weißt du was? Scheiß auf das Menü, ich hab nach heute wirklich genug davon.«

»Was möchtest du dann essen?«, hakt er nach.

»Lust auf eine Portion Spaghetti aglio e olio *alla Sara*?«

»*Ma certo.*« *Aber sicher.*

Luca folgt mir nach nebenan, wo ich in Windeseile Knoblauch, Peperoni und glatte Petersilie zusammensuche. Während ich den Knoblauch in feine Scheiben schneide, setzt Luca einen Topf mit Wasser auf. Dann schnappt er sich ebenfalls ein Messer und beginnt damit, die Petersilie fein zu hacken. Nachdem ich auch die Peperoni geschnitten habe, streue ich Salz ins Nudelwasser und gebe dann eine großzügige Menge Spaghetti hinein.

Von der Terrasse sind Gelächter und Stimmen zu hören, und obwohl ich Mauro und Giuseppe am Pizzaofen hantieren höre, kam, seit ich mit Luca allein bin, niemand mehr in die Küche. Ich wette, Mauro hat aus Angst dafür gesorgt, jemand könnte uns in flagranti erwischen. Sicher hat er nicht damit gerechnet, dass wir uns Pasta kochen, doch als der Duft des Knoblauchs, der im Olivenöl vor sich hin brutzelt, den Raum um uns herum einnimmt, lächelt Luca mich an, und mir fällt nichts ein, was ich in diesem Moment lieber tun würde. Kurz bevor die Pasta al dente ist, bereite ich die Teller vor, dann gebe ich die Nudeln tropfnass in die Pfanne zu Knoblauch und Peperoni und würze mit etwas Salz und Pfeffer nach.

Luca schöpft die Nudeln schließlich auf die Teller und gibt mit der Parmesanreibe noch etwas frischen Käse darüber.

»*Perfetto*«, sage ich, und er nickt und reicht mir einen Teller. »Lass uns den Tisch vom letzten Mal nehmen«, schlage ich vor und gehe voraus, vorbei an Mauro, der uns entgeistert ansieht, sich aber jeden Kommentar spart.

Der hintere Teil des Gastraums ist nicht mehr voll beleuchtet, aber ich schnappe mir von der Bedientheke ein Feuerzeug und zünde die Kerze auf dem Tisch an.

»Guten Appetit«, sagt Luca, und in seinen Augen spiegelt sich das Flackern der Flamme.

»Guten Appetit«, gebe ich leise zurück, und dann nehmen wir beide eine erste Gabel. Ein leises Stöhnen kommt mir über die Lippen. *Santo cielo*, ist das gut.

Luca schließt genießerisch die Augen, und als er sie wieder öffnet, sieht er mich an. »Du bist eine verdammt gute Köchin«, sagt er.

»Jemand hat mir mal gesagt, ich sei seine Lieblingsköchin.«

Luca schmunzelt. »Kann ich verstehen.«

»*Vino*?« Mauro ist gerade so weit in den Gastraum getreten, dass er uns am anderen Ende des Raumes sehen kann, in der Hand zwei Weingläser und eine Flasche.

Ich werfe Luca einen fragenden Blick zu, und als er nickt, winke ich Mauro heran, der uns die Gläser füllt und sich dann wieder zurückzieht. Wir stoßen an und nehmen einen Schluck, doch dann konzentrieren wir uns beide voll und ganz auf das Essen. Erst als mein Teller leer ist, habe ich wieder Kapazität für Worte und lehne mich erleichtert in meinem Stuhl zurück.

»Mir war nicht klar, wie sehr ich das gebraucht habe«, sage ich, und Luca nickt.

»Genau die richtige Entscheidung. Das war definitiv der perfekte Abschluss für die Workshops. Tut mir leid, das sagen zu müssen, aber ich fürchte, das Lovebirds-Menü kann nicht mithalten.« Er lächelt, und ich erwidere es.

Ja, dieses Essen war schon ziemlich nah dran an einem perfekten Abschluss ...

39

LUCA

Unsere beiden Teller in der Hand gehe ich zurück in die Küche und stelle sie auf der Theke ab. Einen Augenblick später folgt Sara mir mit zwei Espressi, die wir im Stehen trinken.

»Ich glaube, ich habe jetzt verstanden, was Nonna meinte, als sie sagte, es gehe viel weniger um die Speisen selbst als um die Tatsache, mit wem man das Essen zubereitet und genießt.«

Ihr Blick bringt alles in mir zum Kribbeln, und als sie noch einen Schritt näher kommt, halte ich nervös den Atem an.

»Gibst du mir noch eine zweite Chance?«, fragt sie leise, ungewohnt leise, wo sie doch die lauteste Person ist, die ich kenne. Wo sie doch laut und aufmüpfig und mutig ist und ich all das will, weil Sara genau so sein soll. Doch bevor ich antworten kann, läuft Mauro mit einem riesigen Berg Tellern in die Küche und stellt sie schwungvoll auf der Theke ab.

»Könnt ihr euch das vorstellen?«, platzt er heraus und strahlt über das ganze Gesicht. »Gerade haben sich die letzten zwei Gäste des Workshops verabschiedet. Sie hatten nichts als Lob für uns übrig – alle eigentlich. Das Feedback war … *incredibile.*«

Sara lacht und tauscht einen kurzen Blick mit mir, dann ist Mauro schon bei uns und schließt uns beide innig in seine Arme.

»Danke, dass ihr euch zusammengerissen habt, ihr schrecklichen Lovebirds. Der Ehrenpreis kann jetzt höchstens noch ... wie sagt man? Die Kirsche auf der Torte sein.« Er grinst breit, dann hält er inne und wendet sich mir zu, als wäre ihm gerade etwas eingefallen. »Ah, Luca! Das mit deinem Ausbildungsplatz! Das geht natürlich klar, am ersten September geht es los. Wenn du noch willst?«

Unwillkürlich klappt mir der Mund auf. Sara neben mir klatscht in die Hände und nickt mir grinsend zu.

»Ähm«, sage ich und räuspere mich. »Ja, auf jeden Fall will ich noch! Danke!« Ich schlage in Mauros ausgestreckte Hand ein, und als er sein Geschirr wieder aufnimmt und damit in die Spülküche verschwindet, drehe ich mich ungläubig zu Sara um. »Ist das gerade wirklich passiert?«

»Ja. Du kannst stolz auf dich sein.« Sie lächelt und legt ihre Hand einen Wimpernschlag lang auf meinen Arm.

Dabei fällt mir etwas ein. »Wo waren wir stehen geblieben?«

Sara sieht mich direkt an. »Ich hab um eine zweite Chance gebeten.«

Mein Kopf ist so voll, dass mir die richtigen Worte fehlen, deshalb mache ich einen Schritt auf sie zu, lege meine Hand an ihren Rücken und ziehe sie an mich. Für einen Moment verharren wir Gesicht an Gesicht, unser Atem vermischt sich, und dann überbrücke ich das letzte bisschen Raum und küsse sie.

Und ich glaube, das ist es. Saras Kuss schmeckt nach ihr, nach Vermissen und nach Vorfreude. Ein bisschen würzig und ein bisschen nach Knoblauch. Und ich liebe alles daran. Es braucht nicht die feinsten Lebensmittel, die erlesensten Speisen oder den außergewöhnlichsten Aperitif. Damit etwas Besonderes entsteht, braucht es manchmal nur Pasta mit Knoblauch und Peperoni. Und einen Löffel voll Liebe.

Epilog

LUCA

Ein paar Wochen später

»Ah, da sind sie ja. *Ciao*, Vale! Schon lange nicht mehr gesehen!« Mauro breitet die Arme aus und läuft auf meine beiden Gäste zu. Als er vorgeschlagen hat, den Ehrenpreis heute gemeinsam mit unseren Familien zu feiern, war er sofort einverstanden, dass ich Vale und Lynn einlade. Immerhin hatten sie ihr erstes Date damals bei ihm auf der Terrasse in Köln und sind seither Fans seiner Küche.

»Du lässt dich ja in Köln nicht mehr blicken.« Vale schüttelt Mauro die Hand, dann nimmt er Lynn die Jacke ab.

»*Ciao, signorina.*« Mauro begrüßt auch Lynn und wendet sich dann wieder Vale zu. »Ich habe ein fantastisches Küchenteam in Köln, Gott sei Dank. Ab nächstem Monat bin ich wieder mindestens zweimal die Woche dort.«

»Dann hat sich hier alles gut eingespielt?«, erkundigt sich Lynn.

»*Sì, è tutto fantastico*! Alles super!« Stolz geht Mauro voraus und bleibt vor der goldgerahmten Urkunde für den Ehrenpreis stehen, die er prominent auf einem kleinen Aufsteller auf der Theke platziert hat.

»Manche würden behaupten, das liegt an der Unterstützung deiner großartigen Cousine und des talentierten Auszubildenden, den du dir ins Haus geholt hast.« Sara stemmt neben mir die Hände in die Hüften und grinst Mauro frech an, der die Augen verdreht und abwinkt. Nachdem Vale und Lynn die Urkunde ausreichend bewundert haben, zieht er sich hinter die Theke zurück, und ich nutze die Gelegenheit, Sara meine Freunde vorzustellen.

»Lynn arbeitet als Zimmerin in Köln, und Vale ist mein ehemaliger Mitbewohner, ich hab dir von ihm erzählt«, erkläre ich.

Sara nickt und begrüßt die beiden mit einer kurzen Umarmung.

»Vale arbeitet am Lehrstuhl in Köln und hat mich schon beim Festival damit vollgequatscht, dass er dich kennenlernen will.«

Sara wirft mir einen belustigen Blick zu.

»Beim Festival hatte ich keine Gelegenheit, es anzusprechen, da gab es Wichtigeres ... Aber jetzt hat es ja geklappt«, füge ich an Vale gewandt hinzu.

Vale lächelt. »Hat lange genug gedauert.«

»Das musst gerade du sagen«, gebe ich zurück und deute auf ihn und Lynn. »Er war der Letzte, der mitbekommen hat, das Lynn und er einfach zusammengehören.«

Sara lacht, während Lynn kopfschüttelnd die Nase rümpft. »Reden wir nicht darüber.«

Vale legt seinen Arm um ihre Schultern und haucht einen Kuss auf ihre Schläfe.

»Sollte ich verstehen, worum es hier geht?«, hakt Sara nach, aber Vale winkt ab. »Ich hab gehört, du bist Ernährungswissenschaftlerin und vielleicht auf der Suche nach einem spannenden Job?«

»Ja, die Prüfungen liefen super, und seit letzter Woche hab ich jetzt auch ganz offiziell mein Zertifikat. Ich bin also offen für Angebote.« Grinsend macht sie eine einladende Geste in den Gastraum. »Setzen wir uns.«

Mauro hat das Restaurant für den heutigen Abend geschlossen und lässt durch einen Teil seines Personals nur die Terrasse bewirten. Die Tische hat er zu einer langen Tafel zusammengeschoben, sodass neben seiner Familie und Francesca, Vale und Lynn, Sara und ich sowie Danilo, Silvia und Giuseppe mit ihren Familien Platz finden. Mit Giuseppe steht er hinter dem Pizzaofen, und während wir alle nach und nach Platz nehmen und ich meine Freunde den restlichen Anwesenden vorstelle, bringt der Service schon diverse Teller mit Antipasti an die Tafel.

»Fangt an, wir kommen gleich dazu«, ruft Mauro zu uns herüber.

Ich nehme gegenüber von Sara Platz, die mich anlächelt, bevor sie eine Schüssel mit gegrilltem Gemüse nimmt und sich etwas auftut. Dann reicht sie diese weiter an Lynn, die sich neben sie gesetzt hat.

Während der nächsten Stunden futtern wir uns durch Mauros Spezialitäten und lassen die verschiedenen Pizzen rund um den Tisch gehen, bis wir alle pappsatt sind. Während Danilos und Giuseppes Familien sich nach Hause verabschieden, beginnt Vale auf Saras Nachfrage hin, über seine Arbeit zu erzählen, und ich erkenne an ihren leuchtenden Augen, dass es sie begeistert, was er berichtet.

Mir kommt Mauros Aussage während seiner kleinen Ansprache nach den Workshops in den Sinn. *Hier werden Gäste zu Freunden und alle zu einer Familie.* Francesca, die mit Sandro und Emilio würfelt und dabei das faltige Gesicht zu einem breiten Lachen verzogen hat. Mauro, der den Arm um seine Frau gelegt hat und ihr in einer einfachen Geste liebevoll über den Kopf streicht. Ihnen gegenüber Silvia, die Danilo und Giuseppe einen Vortrag übers

Rauchen hält und wie sehr sie damit ihrer Gesundheit schaden. Vale und Lynn, die gegenüber Sara die These vertreten, dass zu viel Knoblauch definitiv von Intimität abhält. Und Sara, die kluge, wunderschöne und laute Frau, die ich liebe. Deren Leibgericht Spaghetti aglio e olio ist und die mich über den Tisch hinweg wissend angrinst.

Sie und Vale fachsimpeln immer noch über Knoblauch, als Mauro sich nach einer halben Stunde auf die Suche nach einem Hammer macht, um die Urkunde für den Ehrenpreis aufzuhängen. Schon wenige Minuten später kehrt er zurück und macht sich höchstpersönlich daran, einen Nagel in die Wand zu schlagen. Dann dreht er sich zu Vittoria um, die ihm lächelnd den Rahmen reicht. Mit feierlicher Miene bringt er ihn an und richtet ihn gerade aus.

»*Perfetto*«, sagt er und grinst.

Silvia pfeift und applaudiert, woraufhin wir anderen lachend einsteigen.

Erst mitten in der Nacht verabschieden wir uns voneinander, und obwohl ich auch bei Mauro willkommen wäre, entscheiden Sara und ich, dass wir noch zu mir gehen.

»Deine Wohnung hat sich inzwischen zu meinem richtigen Wohlfühlort entwickelt«, sagt Sara, als wir Hand in Hand durch die nächtlichen Straßen laufen. »Ein Luca-Ort«, ergänzt sie.

»Und ein Sara-Ort«, antworte ich leise lächelnd und drücke ihre Hand.

Sie bleibt stehen und hält mich auf. Geht ein winziges Stückchen auf Zehenspitzen und bringt ihren Mund direkt an meine Lippen. »Ein Sara-und-Luca-Ort.«

Und dann küsst sie mich.

Glossar

A
a dopo = bis später
allora = also, nun
amico = Freund
amò = Kurzform für Liebe (Kosename)
amore = Liebe
anch'io = ich auch
Anch'io ti amo. = Ich liebe dich auch.
Andiamo raggazzi, su. = Kommt, auf geht's, Leute.
acqua = Wasser
arrivedercí = auf Wiedersehen
aspetta = warte
avanti = los, geh

B
bambini = Kinder
bellina = Hübsche
bene = gut
buona notte = gute Nacht
buonasera/buona serata = guten Abend

C
caffè = Espresso
calmati = Beruhige dich
caponata = sizilianisches Auberginengemüse

cari ospiti, cari amici = liebe Gäste, liebe Freunde
Cazzo! = Scheiße! Mist! (Schimpfwort)
certo (che no) = natürlich (nicht)
Che c'è? = Was ist?
cin cin = Prost
Ci sentiamo. = Wir hören uns.
Come si dice? = Wie sagt man?
Come stai? = Wie geht's? (Auch als Grußformel)
cornetti = Hörnchen (Gebäck)
crostata = Mürbeteigkuchen
cugino = Cousin

D
Dio = Gott
disastro = Desaster
Dove sei? = Wo bist du?
due = zwei

E
e basta = und das war's/und mehr nicht
ecco = so ist es
Eccola. = Hier ist sie.
È per sempre. = Es ist für immer.
È tutto fantastico. = Alles ist fantastisch.

F
figliolo = Sohn
figlio mio = mein Sohn
forza = los
fra(tello) = Bruder
frittata = italienische Eierspeise (ähnlich wie Omelette)

G
giusto = richtig
grazie (mille) = (tausend) Dank

I
Il primo amore non si scorda mai. = Die erste Liebe vergisst man nie.
incredibile = unglaublich

L
L'amore vince sempre. = Die Liebe gewinnt immer.
Lo giuro. = Ich schwöre.

M
Madonna (mia/santa) = (meine/heilige) Maria (Fluch/Ausruf)
Ma certo, tesoro. = Aber sicher, Liebling.
Ma dai, assurdo! = Ach was, so ein Quatsch!
melanzane = Auberginen
Merda! = Scheiße!
(una) miscela = eine Mischung
molto benissimo = sehr gut

N
neanche io = ich auch nicht
nonna = Oma
Non ti credo. = Ich glaube dir nicht.

O
ovvio = offensichtlich

P
pasta aglio e olio = Nudeln mit Knoblauch und Öl

perfetto = perfekt
peperoncino = Peperoni
porca miseria = verdammt noch mal
prego = bitte
primo = erster Gang
principesa = Prinzessin (Kosename)
pronto = hallo (am Telefon)
proprio come = genau wie
pulcina = Küken (Kosename)

R
ragazzo = Junge
ragù alla bolognese = Hackfleisch-Tomatensoße

S
salve = hallo
santo cielo = ach du lieber Himmel (Fluch)
secondo = zweiter Gang
Sei d'accordo? = Bist du einverstanden?
Se lo dice lei. = Wenn sie das sagt.
senza peperoni = ohne Paprika
sì = ja
solo = nur
sorellina = Schwesterchen
Sono la tua sorellina. = Ich bin's, deine Schwester.
sotto o sopra = unten oder oben
Spogliati. = Zieh dich aus.
Spogliami. = Zieh mich aus.
Sbrigati. = Beeil dich.
stupido = Dummkopf
succo d'arancia = Orangensaft

T

tesoro/tesoruccio = Schatz/Herzchen

V

va bene = in Ordnung, okay
Vaffanculo! = Verpiss dich!
vieni qui = Komm her
vitello tonnato = Kalbfleisch in Thunfischsoße

Z

zia = Tante

Danksagung

Ich sitze auf dem Balkon, die Abendluft ist noch warm, spätestens morgen soll es ein Gewitter geben. Erst vor ein paar Tagen habe ich wieder Absagen kassiert – das passiert als Autorin, manchmal viel öfter, als man sich in seinen pessimistischsten Träumen hätte vorstellen können. Und trotzdem sitze ich hier und darf eine Danksagung schreiben, für ein Buch, das mir aus so vielen Gründen die Welt bedeutet.

Sara und Luca sind zwei Figuren, von denen ich lange nicht wusste, dass ich sie schreiben würde. Dass sie jetzt in die große weite Welt entlassen werden, verdanke ich vielen Menschen, die nicht unerwähnt bleiben sollen:

Zuallererst geht ein Dank an meine Agentin Susanne Zeyse von litmedia.agency, die unermüdlich mit mir an Ideen, Exposés und Leseproben feilt – es macht so Spaß, von dir zu lernen! Vielen Dank an das Team von between pages, allen voran Christiane Bauer für die gute Zusammenarbeit.

Liebe Larissa, dein Feedback zu diesem Roman hat mich sehr glücklich gemacht, und es hat wieder großen Spaß gemacht, mit dir das Beste aus diesem Buch herauszuholen! Danke dafür.

Danke an Michelle für den ganzen Input zum Gaming und an Oli fürs Gegenchecken.

Danke an Elisa fürs Korrekturlesen hinsichtlich der italienischen Ausdrücke.

Danke an meine Testleserinnen Luise, Christiane und Alina, euer Feedback war unglaublich wichtig und hilfreich! Christiane, du bist zu meiner persönlichen Daumen-drück-Support-Zahnfee geworden – dir ist hoffentlich klar, dass ich auch zukünftig darauf setze 😉

Lisa, du bist neben Mama meistens die Erste, die von meinen neusten Einfällen erfährt, der ich random Ausschnitte zum Testlesen schicke oder damit sie mir daraus eine tolle Charakterpostkarte zaubert – danke fürs Immer-da-Sein <3

Mama & Papa, danke, dass ihr mir vorgelebt habt, wie eine liebevolle Familie sein kann, und dass ich immer auf euch zählen kann!

Liebe Oma Ruggi, du wirst diese Zeilen nicht mehr lesen – aber du bist Teil von jeder einzelnen in diesem Roman. Ich bin froh, dass du »den Italiener« geheiratet hast, obwohl du ihn erst nicht wolltest. ☺ Danke für alles.

Lieben Dank auch an Stefanie von *Zeiten & Wunder* in Bamberg, die im Gegensatz zu mir genau weiß, wie man so eine Hochzeitstorte im besten Fall einstreicht.

Tausendmal danke an die inzwischen zahlreichen Kontakte in der Buchbubble – es würde den Rahmen sprengen, euch alle aufzuzählen, aber bitte fühlt euch angesprochen!

Danke an Alexa Kim von A&K Buchcover für das tolle Cover!

Liebe Piper-Girls, ich bin sehr froh über unseren Austausch und den gegenseitigen Support, es tut so gut, in dieser wilden Buchwelt Menschen zu haben, auf die man zählen kann. ☺

Y. und M. Ohne euch wäre ich nichts. Ich liebe euch.

Ich hoffe, wir lesen uns bald wieder. Bis dahin folgt mir gerne in den sozialen Medien unter julia.schuck.autorin (Instagram & TikTok).